EINE STADT DER HOFFNUNG

NACHKRIEGSROMAN ZUR ZEIT DER BERLINER LUFTBRÜCKE

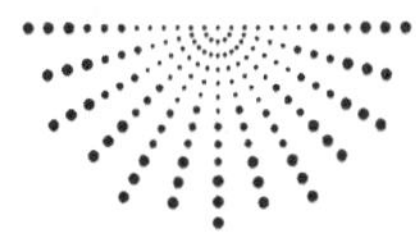

MARION KUMMEROW

Übersetzt von
TORA VON COLLANI

MARION KUMMEROW

Impressum

Eine Stadt der Hoffnung — Schicksalhaftes Berlin, Band 2

© 2022 Marion Kummerow

ISBN Printversion: 978-3-948865-46-7

Herstellung und Verlag:

Marion Kummerow
Weißtannenweg 7
80939 München

Übersetzung: Tora von Collani

Titelbildgestaltung: JD Smith Design

Bildnachweise

Hintergrund: Bundesarchiv, Bild Bild_183-19204-3296 / CC-BY-SA 3.0 https://creativecommons.org/licenses/by-sa/3.0/de/deed.en

Frau: Shutterstock

Dieses Buch basiert auf historischen Begebenheiten, historische Persönlichkeiten und Vorfälle wurden sorgfältig recherchiert und wiedergegeben.

Die Namen der Hauptpersonen und die Handlung sind frei erfunden. Ähnlichkeiten mit lebenden oder realen Personen sind rein zufällig.

NEWSLETTER

Wenn Sie Hintergrundinformationen über meine Bücher haben wollen, oder wissen möchten, wann das nächste erscheint, tragen Sie sich hier in meinen Newsletter ein:

https://marionkummerow.de

1

BRUNI

Die Sängerin und Unterhaltungskünstlerin Brunhilde von Sinnen trat aus dem Badezimmer, ein Handtuch um ihren Körper gewickelt und ein zweites wie einen Turban um ihren Kopf. Ihr Blick fiel auf den attraktiven Mann, der sich auf ihrem Bett ausstreckte. Für Anfang vierzig sah er jung aus, obwohl sein kurz geschnittenes dunkles Haar und sein Schnurrbart bereits ergrauten. Seine braunen Augen jedoch waren lebhaft, sein Verstand scharf und sein Körper durchtrainiert.

Sie liebte ihn zwar nicht, denn Liebe war ein antiquiertes Konzept, das nur dazu diente, Frauen zu versklaven und von Männern abhängig zu machen, doch sie hing sehr an ihm. Immerhin ermöglichte er ihr einen extravaganten Lebensstil in einem Berlin, das nach dem Zweiten Weltkrieg immer noch in Trümmern lag. Im Gegensatz zu ihr mangelte es den anderen Einwohnern an allem: Nahrung, einer Unterkunft, Kleidung und Kohle zum Heizen.

Brigadegeneral Dean Harris war der Kommandant des amerikanischen Sektors und damit der mächtigste Mann in Berlin

– vielleicht mit Ausnahme des russischen Kommandanten General Sokolow.

Sie erschauderte beim Gedanken an Sokolow, der nicht nur mächtig war, sondern auch einer der unangenehmsten Menschen, denen sie je begegnet war. Er hatte pechschwarzes Haar, eine stämmige Statur und eine ständig gerötete Nase. Doch es war sein Jähzorn, verstärkt durch seine Magengeschwüre, welcher Freund und Feind gleichermaßen erzittern ließ. Sie hatte gewiss nicht vor, mit ihm das Bett zu teilen.

Nein, Dean war ein hervorragender Fang und sie lebte nun schon seit über einem Jahr ein sehr komfortables Leben als seine Geliebte. Beide profitierten von diesem Arrangement: Sie erfüllte seine Bedürfnisse nach sexueller Entspannung, während er ihr einen Luxus bot, den sich nicht viele Deutsche leisten konnten.

„Wie lange kannst du bleiben?", fragte sie mit ihrer rauchigen Stimme. Dabei legte sie das Badetuch auf den Schminktisch und griff nach dem seidenen rosafarbenen Morgenmantel, den Dean ihr vor einigen Monaten geschenkt hatte. Der glatte Stoff schmiegte sich sanft an ihre nackte Haut.

„Was das angeht ...", antwortete er ausweichend, erhob sich vom Bett und ging völlig unbekümmert splitternackt in Richtung Badezimmer.

Beunruhigt kam ihm Bruni auf halbem Weg entgegen und streichelte mit einer Hand seine haarige Brust. Sie trat einen Schritt näher, um sich an ihn zu schmiegen und ihn zurück ins Bett zu locken, doch er legte seine Hände auf ihre Schultern und schob sie von sich.

Schmollend blickte sie zu ihm auf. Nach ihrem ausgedehnten Liebesspiel hatte sie ihr sorgfältig aufgetragenes Make-up aufgefrischt sowie ihr platinblondes Haar gebürstet.

Die meisten Menschen, selbst ihre besten Freundinnen, hielten Bruni für eitel – aber was blieb ihr anderes übrig? Ihre Schönheit war ihr Kapital. Nur deswegen hatte sie es geschafft, sowohl Dean zu verführen als auch sich das Engagement als Solosängerin im berühmten Café de Paris zu sichern, dem angesagtesten Nachtklub der Stadt im französischen Sektor.

Dort wollte schließlich niemand eine hässliche Frau singen sehen. Nein, die nach Sex hungernden alliierten Soldaten sehnten sich nach einer Frau mit weiblichen Kurven, deren Schönheit ihr Verlangen schürte, während ihre sinnliche Stimme sie umschmeichelte. Und genau das konnte Bruni bieten.

„Was ist los, Liebster?" Sie neigte den Kopf zur Seite und versuchte, den ernsten Blick auf Deans Gesicht zu ergründen.

Für einen langen Augenblick betrachtete er sie, bevor er einen Schritt zurücktrat. Doch statt seinen Weg ins Badezimmer fortzusetzen, umrundete er das Bett und zog erst seine Unterhose und dann die Uniformhose an. Als er nach seinem Unterhemd griff, wurde Bruni klar, dass er nicht vorhatte, sich Zeit für eine Zugabe zu nehmen.

„Du gehst schon?"

„Ja, meine Familie kommt heute Nachmittag in Berlin an."

„Deine Frau? Und deine Söhne auch? Was wollen die hier?" Bruni war plötzlich schwindlig. Natürlich wusste sie, dass Dean verheiratet war, aber seine Familie wohnte weit weg in Amerika.

„Sie sind hergekommen, um hier bei mir zu leben."

Es war offensichtlich, dass ihm die Situation unangenehm war. Sie hütete sich davor, ihm Beleidigungen an den Kopf zu werfen, obwohl er sie verdient hätte, weil er sie auf diese schändliche Weise abservierte. Auch wenn ihre Affäre rein geschäftlich war, hatte sie ihn doch lieb gewonnen.

Bruni atmete tief durch und sagte so nonchalant wie möglich: „Ich nehme an, das heißt, wir werden uns ab sofort nicht mehr sehen."

„Ja, das tut es. Du und ich ..." Seine Stimme geriet ins Stocken. „Das ist nichts Persönliches, denn ich mag dich wirklich, aber es wäre mir lieber, wenn wir uns auch in der Öffentlichkeit nicht mehr treffen. Ich liebe meine Frau."

Ich bin mir sicher, dass du das tust. Bruni machte einen Schmollmund, aber aus jahrelanger Erfahrung wusste sie, dass die

Sache zwischen ihnen vorbei war. Dean war schließlich nicht der erste Mann, den sie zu ihrem Vorteil benutzt hatte. Gleichzeitig war ihr jedoch bewusst, dass man sich den mächtigsten Mann Berlins besser nicht zum Feind machte. „Wenn du es wünschst, dann vergesse ich, dass es jemals etwas zwischen uns gab."

„Ich habe nichts anderes von dir erwartet." Er sah erleichtert aus und sagte nach einem kurzen Blick durch die kleine Wohnung: „Du kannst natürlich weiterhin hier wohnen und alles behalten."

Die Wut kroch ihr den Rücken hinauf. Wie konnte er es wagen, auch nur anzudeuten, dass er sie aus ihrer Wohnung rausschmeißen könnte? Sollte sie etwa in einem dieser abscheulichen Löcher leben, mit denen sich der Rest der Bevölkerung zufriedengeben musste?

Sie war immerhin Brunhilde von Sinnen und kein beliebiges deutsches Fräulein, das er einfach abservieren konnte. Trotzdem gelang es ihr, ihre Stimme kehlig und sinnlich zu halten, als sie antwortete: „Es war schön, solange es gedauert hat. Ich wünsche dir eine glückliche Zeit mit deiner Familie."

Dann machte sie auf dem Absatz kehrt und verschwand im Badezimmer. Sie war sich sicher, wenn sie wieder herauskäme, wäre er bereits weg.

Dieser egoistische Trottel hat mich einfach abserviert! Männern kann man wahrhaftig nicht trauen!

Sorgfältig ordnete sie ihre Locken, die sie schon lange im Stil von Ginger Rogers trug. Während sie ihrem Äußeren den letzten Schliff verpasste, schwelgte Bruni in Selbstmitleid.

Diese Trennung war so viel schlimmer als das, was ihr sowjetischer Liebhaber Fjodor Orlowski ihr angetan hatte. Nach den gescheiterten Wahlen im Oktober 1946 war er sang- und klanglos verschwunden und niemand hatte je wieder etwas von ihm gehört oder gesehen.

Als die Wohnungstür ins Schloss fiel, kam sie aus dem Badezimmer und wechselte sofort die Bettwäsche, denn sie wollte nicht durch Deans Geruch an ihn erinnert werden. Auch wenn sie sich bestimmt nicht mit gebrochenem Herzen nach ihm verzehrte, würde sie sein Geld und die Annehmlichkeiten schmerzlich vermissen. Es brachte Vorteile, die Geliebte eines amerikanischen Generals zu sein.

„Du verdammter Mistkerl!", schrie sie die Wand an.

Seine Unverfrorenheit, ihr einfach den Laufpass zu geben, empörte sie zutiefst und sie fluchte und schimpfte über Dean, bis sie urplötzlich damit aufhörte. Das Gezeter würde nur Falten in ihr ansonsten makelloses Gesicht ziehen. Um ihren verletzten Stolz zu besänftigen und ihren extravaganten Lebensstil zu sichern, musste sie schleunigst einen anderen alliierten Offizier bezirzen, vorzugsweise einen Amerikaner. Aber dieses Vorhaben musste bis zum späten Nachmittag warten, wenn sie im Café de Paris zur Arbeit ging.

In der Zwischenzeit wollte sie ihrer Freundin Marlene, die sie noch aus der Schulzeit kannte, einen Besuch abstatten. Vielleicht bekäme sie dort etwas Mitleid, wenn Dean schon so kaltherzig war.

Sie erwischte Marlene in der Mittagspause an der Universität, als diese inmitten einer Gruppe von Jurastudenten aus dem Gebäude trat.

„Hallo, Marlene", rief Bruni.

Marlene, eine große, schlanke Brünette mit sanft gewelltem Haar und großen blauen Augen, lächelte, als sie Bruni sah. Sie kam herüber und umarmte sie herzlich. „Was für eine Überraschung, Bruni. Was führt dich hierher? Hast du dich etwa dazu entschlossen, dich zu immatrikulieren?"

„Ich soll mich an der Uni einschreiben? Nie im Leben." Trotz ihrer schlechten Laune musste Bruni lachen. Allein beim Gedanken, ihre Nase in langweilige Lehrbücher zu stecken, bekam sie eine Gänsehaut. „Hast du Lust, mit mir essen zu gehen?"

Zum Mittagessen auszugehen war ein Luxus, den sich Marlene normalerweise nicht leisten konnte, also ergriff sie die Gelegenheit sofort. „Immer. Wohin gehen wir?"

„Irgendwo in der Nähe." Aus Gewohnheit steuerte Bruni auf ein kleines Restaurant zu, wo hauptsächlich amerikanische

Offiziere verkehrten. Doch dann änderte sie ihre Meinung und ging stattdessen zu einem viel bescheideneren Lokal.

Beim Anblick des schäbigen Gasthauses warf Marlene ihr einen kritischen Blick zu und fragte: „Ist etwas nicht in Ordnung?"

„Das erzähle ich dir drinnen." Nachdem beide ein Gericht von der Speisekarte bestellt hatten, das mit Devisen bezahlt werden musste, kam Bruni ohne Umschweife zur Sache. „Dean hat mich abserviert."

„Er hat was?"

„Er hat mich eiskalt abserviert. Seine Familie ist hier."

„Wie? Hier in Berlin?"

Bruni nickte. „Heute Nachmittag kommen sie an."

„Oh! Das ist ja ziemlich überraschend. Aber du wusstest, dass das irgendwann passieren würde, oder?"

„Wie kann dich das nur so kalt lassen? Er hat mir das Herz gebrochen!"

„Na ja, es ist ja nicht so, als ob du ihn geliebt hättest."

Bruni öffnete den Mund, um zu widersprechen, entschied dann aber, dass es der Mühe nicht wert war. Marlene kannte sie einfach zu gut. „Also gut, ich habe ihn nicht geliebt."

Marlene schmunzelte. „Was du in Wahrheit geliebt hast, waren Deans Geschenke und die anderen Annehmlichkeiten, die diese Liaison mit sich gebracht hat."

„Ich behaupte ja gar nicht, dass ich schöne Dinge nicht mag." Bruni schüttelte ihre blonden Locken. In der Hinsicht war sie einer Meinung mit Lorelei Lee im Roman *Blondinen bevorzugt*: Brillanten waren die besten Freunde einer Frau.

„Du bist einfach furchtbar verwöhnt und Dean hat dir im Gegenzug für deine Gesellschaft alles gekauft, was dein Herz begehrt. Im Prinzip wart ihr Partner in einem gleichberechtigten Handelsabkommen."

„Lass mich raten: Du studierst dieses Semester Wirtschaftsrecht?", erwiderte Bruni mit kaum verhohlenem Sarkasmus in der Stimme.

„Spiel jetzt nicht die beleidigte Leberwurst. Du bist doch nur aus verletzter Eitelkeit eingeschnappt. Normalerweise bist du diejenige, die erst richtig abräumt und dann den Abgang macht. Diesmal ist dir dein Liebhaber eben zuvorgekommen."

Bruni stieß den Atem aus. So viel zum Thema Mitgefühl. Offenbar hatte Marlene beschlossen, stattdessen Salz in Brunis Wunden zu streuen. „Warts nur ab, Dean wird es noch leidtun, dass er seine Familie hergeholt hat."

Marlene lachte über die Drohung. „Wieso, was denkst du denn, was passieren wird? Erwartest du etwa, dass Sokolow ihn zum Duell herausfordert für das Leid, das Dean dir zugefügt hat?"

Brunis Versuche, ihr Gesicht unter Kontrolle zu halten, scheiterten, und sie begann herzhaft zu lachen. „Also, ich fände es gut. Aber nicht, dass du denkst, ich fühle mich zu Sokolow hingezogen."

„Ihh ... Wer tut das schon? Er sieht ja nicht nur aus wie eine Bestie, seine beleidigenden Schimpftiraden und seine gehässige Propaganda sind unerträglich. Es ist schwer vorstellbar, dass er diese ganzen Lügen selbst glaubt, die er uns tagtäglich auftischt."

In Gedanken vertieft aßen sie einige Minuten schweigend. Das Essen entsprach nicht der Qualität, die Bruni gewohnt war, aber ihre Freundin schien es nicht zu stören.

„Das war köstlich, danke für die Einladung", sagte Marlene, nachdem sie alles ratzeputz aufgegessen hatte. Da dämmerte es Bruni, dass sie baldmöglichst einen neuen Gönner finden musste, wenn sie nicht den Gürtel enger schnallen und im selben Elend wie der Rest der Berliner Bevölkerung versinken wollte.

Die Aussicht war ernüchternd.

Sie brauchte dringend einen neuen Liebhaber; einen Offizier, denn darunter machte sie es nicht. Einfache Soldaten hatten weder den Sold noch die nötigen Verbindungen, um ihr den Lebensstil zu ermöglichen, den sie gewohnt war.

„Versinkst du immer noch in Selbstmitleid?", unterbrach Marlene Brunis Gedanken.

„Im Gegenteil." Bruni grinste. „Ich plane schon meinen nächsten Zug."

„Ach? Und wer ist der Glückspilz?"

„Ich habe mich noch nicht endgültig entschieden. Es gibt da einige Voraussetzungen, die er erfüllen muss." An ihren Fingern zählte sie ab: „Es muss ein Alliierter sein, vorzugsweise ein Amerikaner. Ein Offizier, mindestens im Rang eines Hauptmanns. Er muss länger als nur ein paar Wochen in Berlin stationiert sein. Bevorzugt ohne Frau, die zuhause auf ihn wartet. Und er darf nicht hässlich wie die Nacht sein."

„Na, dann viel Glück."

„Meine Liebe, Glück brauche ich dazu nicht. Ich verlasse mich lieber auf meine Reize." Sie schenkte Marlene ein anmutiges Lächeln und warf ihr eine Kusshand zu. „Bei diesem Augenaufschlag kann keiner widerstehen."

Marlene brach in einen Kicheranfall aus. „Da bin ich mir ganz sicher. Mir tut dein nächstes Opfer jetzt schon leid. Der arme Mann wird gar nicht wissen, wie ihm geschieht."

2

VICTOR

Sergeant Victor Richards stieg aus dem Zug, der in den Bahnhof Zoologischer Garten eingefahren war. Auch drei Jahre nach Kriegsende war dieser immer noch von Trümmern und ausgebombten Häusern umgeben. Eigentlich sollte Victor mit dem Flugzeug anreisen, aber er hasste das Fliegen – ein seltsamer Widerspruch zu seinem Beruf als Flughafeningenieur.

Die Präsenz der Ruinen kannte er bereits vom Rhein-Main-Flughafen in Frankfurt, wo er für die Instandhaltung der Flughafengebäude zuständig war. Eigentlich war Instandhaltung nicht das richtige Wort, denn was er tat, glich eher dem Versuch, das ganze verdammte Ding aus Schutt wieder aufzubauen. Er hatte die Kameraden auf dem viel schöneren und weniger beschädigten Wiesbadener Flughafen immer beneidet. Doch als er nun in Berlin aus dem Bahnhof trat, gelobte er, sich nie wieder über die desolaten Zustände in Frankfurt zu beschweren.

Wenn es dort schlimm war, gab es keine Worte für den Anblick, der sich ihm hier bot. Doch er hatte kaum Gelegenheit, um über die entsetzlichen Zustände in dieser Stadt nachzudenken, denn

9

schon hielt ein Jeep vor ihm und ein junger Soldat sprang heraus. „Sind Sie Sergeant Richards?"

„Ja."

„Steigen Sie ein. Ich bringe Sie zum Alliierten Kontrollrat in Schöneberg."

„Danke." Mit Schwung warf Victor seinen Seesack auf die Ladefläche und kletterte in das türlose Gefährt. Während der Fahrt hing er seinen Gedanken nach. General Clay hatte einen Fachmann für die Instandhaltung von Flughäfen angefordert, um an dem bevorstehenden Treffen der vier Besatzungsmächte teilzunehmen. Da Victors unfähiger befehlshabender Offizier nichts vom Thema verstand, hatte er stattdessen ihn geschickt.

Normalerweise machte es ihn nicht nervös, vor Publikum über seinen Arbeitsbereich zu reden, doch er hatte viele unschöne Geschichten über die Russen gehört, die offenbar in der Kommandantur, der regierenden Behörde von Berlin, und im Alliierten Kontrollrat, der ganz Deutschland regierte, mit Beschimpfungen um sich warfen.

Würde Marschall Kapralow, der Leiter der SMAD, der Sowjetischen Militäradministration in Deutschland, ihn genauso mit Beleidigungen überschütten, wie er es schon so oft mit seinen Gesprächspartnern getan hatte? Und wie würde General Clay reagieren, wenn Victor nicht alle Fragen zur Zufriedenheit des Russen beantworten konnte? Ein leichtes Unbehagen erfasste ihn. Wie sollte sich ein einfacher Sergeant gegen einen Marschall behaupten?

„Wir sind da", riss der Fahrer Victor aus seinen Gedanken.

Er war noch nie zuvor im Alliierten Kontrollrat gewesen und war sehr überrascht von der Schönheit des imposanten fünfstöckigen Gebäudes. Die neobarocke Fassade des früheren Kammergerichts wies kaum Kriegsschäden auf und der Risalit, der markante zentrale Vorsprung, war immer noch mit Säulen, Pilastern und Figuren verziert. Über den großen Eingangstüren wehten die Flaggen der vier Besatzungsmächte.

„Ziemlich beeindruckend, was?", sagte der Fahrer und gab

dann eine Erläuterung des Gebäudes. „Es hat insgesamt fünfhundert Räume, achtunddreißig Gänge und sieben Innenhöfe, aber wir nutzen nur den mittleren Teil für den AKR und den nördlichen Gang für das Berliner Flugsicherheitszentrum."

„Danke", antwortete Victor und sprang aus dem Jeep. Nach den üblichen Sicherheitskontrollen wurde er in einen Besprechungsraum geführt, wo bereits einige Teilnehmer Platz genommen hatten.

Er ließ sich bei der amerikanischen Delegation nieder, nahm seine Unterlagen heraus und ordnete sie akribisch vor sich auf dem Tisch. Egal, was der Kontrollrat ihn fragen würde, er war gewappnet.

Wie üblich hatte er Antworten auf alles vorbereitet, was auch nur im Entferntesten mit dem Thema zu tun hatte, auch wenn er sicher war, dass die hohen Tiere wahrscheinlich nicht einmal zehn Prozent davon wissen wollten. Aber es schadete nicht, auf alle Eventualitäten vorbereitet zu sein. Während des Vormarschs durch Frankreich hatte diese Denkweise viele Menschenleben gerettet.

Die Anspannung im Raum war beinahe greifbar und Victor fragte sich, was wohl am Vormittag geschehen war. Auf eine Antwort brauchte er nicht lange zu warten.

Marschall Kapralow eröffnete die Nachmittagssitzung mit der Forderung nach voller Transparenz über die geheimen Beschlüsse, die auf der illegalen Londoner Konferenz gefasst worden waren.

Victors Kopf begann zu schmerzen. Geheime Beschlüsse? Die Beschlüsse waren doch für jedermann öffentlich zugänglich. Und wieso illegale Konferenz? Die Sowjets hatten die erhaltene Einladung abgelehnt. Hatte er etwas verpasst?

Nervös blätterte er in den Unterlagen auf dem Tisch, doch darin stand nichts über illegale Treffen oder geheime Entscheidungen.

Kapralow wandte sich nun direkt an General Clay und forderte ihn auf, alle in London getroffenen Entscheidungen auf der Stelle zu annullieren, da sämtliche Deutschland betreffenden Fragen in die Zuständigkeit des Alliierten Kontrollrates fielen.

General Clay jedoch lehnte Kapralows Forderung höflich ab, und Victor wurde Zeuge, wie das Gesicht des sowjetischen Marschalls hochrot anlief, bevor er eine Flut von Beleidigungen ausstieß. Obwohl Victor außer *njet* und *nastrovje* kein Wort Russisch sprach, brauchte er keine Übersetzung, um den Inhalt zu erahnen.

Als der Dolmetscher schließlich sprach, fielen Victor fast die Augen aus dem Kopf.

„Dies ist eine schwere Verletzung der alliierten Verpflichtungen, die im Potsdamer Abkommen und in den darauffolgenden Viermächteabkommen festgehalten wurden. Wenn die USA, Großbritannien und Frankreich nicht bereit sind, sich an schriftliche Verträge zu halten, dann sind sie um keinen Deut besser als die gewöhnlichen Verbrecher auf den Straßen Berlins. Die abscheulichen Londoner Entscheidungen sind ein Angriff auf Frieden und Demokratie in Deutschland."

Victor unterdrückte ein Schnauben und sah nach links und rechts, bevor sein Blick auf General Clay fiel, der nicht mit der Wimper zuckte. Victor konnte nicht glauben, dass Clay bei solch einer ungeheuerlichen Beleidigung durch den Russen einfach stumm blieb. Doch der General sprach kein Wort, ja er rollte nicht einmal mit den Augen. Noch nie hatte Victor eine derart abstruse Situation erlebt.

Der Dolmetscher fuhr fort: „Sie haben eine Situation erschaffen, in der allein die sowjetische Seite Rechenschaft ablegen soll, während die westlichen Verbündeten sich weigern, dasselbe zu tun. Mit diesen schändlichen Aktionen beweisen Sie, dass Sie die Viermächteherrschaft über Deutschland nicht respektieren, und haben damit den Alliierten Kontrollrat zu einer Farce gemacht."

Das konnte der Marschall nicht wirklich gesagt haben – oder etwa doch? Victor war so verblüfft, dass er sich zu dem Mann, der rechts von ihm saß, hinüberbeugte und fragte: „Waren das wirklich seine Worte?"

Der andere Mann schien an diese Art von Faktenverdrehung gewöhnt zu sein und flüsterte: „Sie erleben diesen Zirkus wohl zum ersten Mal. Keine Sorge, wenn Kapralow damit fertig ist, uns aller nur denkbaren Verbrechen zu beschuldigen, wird er sich beruhigen und irgendeine lächerliche Forderung stellen, die wir unmöglich erfüllen können, nur um zu beweisen, dass er recht hat. Mehrere Stunden später wird er dann in seiner Rolle als amtierender Vorsitzender die Sitzung ohne Ergebnisse beenden."

Bestürzt blickte Victor auf den Papierstapel, der vor ihm lag, und dachte an die vielen Stunden Arbeit, die er in die Vorbereitung gesteckt hatte. So nervös er zuvor gewesen war, so niederschmetternd war nun der Gedanke, dass er womöglich gar nichts vortragen würde.

Im nächsten Moment ergriff Marschall Kapralow wieder das Wort. Ein Raunen ging durch die Reihen der russisch sprechenden Anwesenden. Mit Verblüffung beobachtete Victor, wie Kapralow den Raum verließ, noch während der Dolmetscher übersetzte. Auch die sechzehnköpfige sowjetische Delegation erhob sich geschlossen und folgte Kapralow aus dem Saal.

„Der Alliierte Kontrollrat existiert nicht mehr länger als Regierungsorgan", sagte der Dolmetscher.

Die Tür schloss sich.

Die Generale Clay, Robertson und König schauten etwas überrascht, aber nicht übermäßig schockiert. Victor jedoch war erschüttert. Hatte er gerade das Ende der Viermächteherrschaft über Deutschland miterlebt?

„Eine bewusste Unhöflichkeit", kommentierte Clay trocken.

„Das wars dann wohl", sagte der Mann zu Victors Linken leise und ein anderer ergänzte: „Das hatte sich schon seit einer Weile angekündigt. Um die Russen ist es nicht schade, finde ich."

Eine Zeit lang schien unklar, was nun zu tun war, da gemäß Protokoll der Vorsitzende, also Kapralow, das Treffen offiziell schließen musste.

„Ich schätze, die Sitzung ist beendet", sagte General Clay schließlich und machte sich daran, den Saal zu verlassen. Alle anderen folgten ihm. Es herrschte eine seltsame Atmosphäre. Victor nahm gleichzeitig Anspannung, Ungläubigkeit und

Erleichterung wahr. Er schnappte sich seine Unterlagen und folgte der amerikanischen Delegation nach draußen.

Mit einem Mal hatte er jede Menge freie Zeit und so nahm er den angebotenen Transport zur Garnison gerne an. Dort angekommen fragte er einige der jüngeren Männer: „Hey, wo kann man sich heute Abend gut amüsieren?"

„Bist du neu hier? Ich bin John."

„Ich bleibe nur für ein paar Tage. Ich bin am Rhein-Main-Flughafen stationiert."

„Na dann, willkommen in der Hauptstadt!" John grinste. „Wenn du willst, nehm ich dich heute Abend mit ins Café de Paris. Ist der angesagteste Laden der Stadt. Und der Star der Show? Eine blonde Sexbombe. Die kann es locker mit Marlene Dietrich aufnehmen." John leckte sich mit einem verträumten Ausdruck über die Lippen.

„Klingt gut", sagte Victor, obwohl er normalerweise nicht auf Blondinen stand. Seiner Erfahrung nach gab es nur wenige echte und den Rest hielt er für oberflächlich.

3
BRUNI

„**H**e, Puppe, du bist als Nächstes dran", rief Gabi, als sie die Garderobe hinter der Bühne betrat.

Bruni blickte von dem kleinen Schminktisch auf, wo sie ihr Bühnen-Make-up auftrug. „Gutes Publikum heute Abend?"

„Klaro. Jede Menge hübsche Soldaten. Einer sieht aus wie Cary Grant, als er jung und fesch war." Gabi wackelte mit den Augenbrauen und die anderen Mädchen im Raum kicherten.

Bruni verdrehte die Augen. „Du bist verlobt, schon vergessen?"

„Ich kann doch wohl trotzdem schauen, oder nicht?"

„Solange dein schnuckeliger Soldat es nicht mitbekommt", rief eine der Frauen von hinten.

Bruni nickte. „Pass besser auf. Wenn dein Sam sieht, wie du mit einem anderen Mann schäkerst, wird er nicht erfreut sein."

„Und was ist mit dir? Wirst du heute Abend mit jemandem anbändeln?", fragte Gabi und setzte sich auf einen Stuhl neben Bruni.

„Mal sehen. Jetzt, wo Dean weg ist, brauche ich einen Neuen, aber ich bin wählerisch."

„Nein, verwöhnt bist du."

Bruni rümpfte die Nase. „Das ist heute schon das zweite Mal, dass eine meiner Freundinnen so was von mir behauptet. Denkst du wirklich, da ist was Wahres dran?"

Schallendes Gelächter erfüllte den Raum und Bruni blickte von einem Mädel zum anderen. „Und wisst ihr was? Ihr könnt eure süßen Popöchen drauf verwetten. Was bringt es denn, um einen Mann herumzuscharwenzeln, wenn er nicht in der Lage ist, mir den Lebensstil zu bieten, den ich gewohnt bin?"

Gabi schüttelte den Kopf und ging zu ihrem eigenen Schminktisch. „Ich überlasse dir den jungen Cary Grant."

„Danke, das weiß ich zu schätzen, aber du brauchst mir keinen Gefallen zu tun." Bruni warf einen letzten Blick auf ihr Spiegelbild, bewunderte ihre perfekt gelegten platinblonden Locken und das kunstvoll aufgetragene Make-up, das ihre blauen Augen zur Geltung brachte.

Kurz schürzte sie ihre rubinrot geschminkten Lippen und hoffte, dass sie heute Abend im Publikum jemanden fand, der ihrer Aufmerksamkeit würdig war. Sie hatte es satt, allein und bald pleite zu sein, jetzt da Dean sie nicht mehr großzügig mit allem versorgte, wonach ihr Herz begehrte.

„Bruni, du bist dran."

„So, Mädels. Zeit, die Jungs vom Hocker zu hauen", rief sie den anderen zu und ging zum Bühnenvorhang. Von der Seite spähte sie in den Zuschauerraum und ließ den Blick umherschweifen auf der Suche nach den neuen Gesichtern, die Gabi erwähnt hatte. Wegen der Lichtverhältnisse konnte sie jedoch nur die Tische sehen, die der Bühne am nächsten standen. Der Rest war in Dunkelheit gehüllt.

Als der Bühnenmeister ihr zunickte, nahm sie das Mikrofon und trat unter tosendem Beifall heraus. Sie schenkte den Männern, die so begeistert klatschten, ein kokettes Lächeln und schritt in die Mitte der Bühne. Auf ein Zeichen spielte der Pianist die ersten Töne ihres Lieds und Lampenfieber kribbelte in ihren Gliedern. Das Publikum verstummte, sobald ihre sinnliche Stimme das Kabarett erfüllte. Sie sang von verlorener Liebe und dem Ende der

Einsamkeit, während sie gekonnt mit Körper und Gesichtsausdruck flirtete.

Schließlich erhaschte sie einen Blick auf den Mann, von dem Gabi so geschwärmt hatte, und musste zugeben, dass ihre Kollegin einen ausgezeichneten Geschmack besaß. Der Mann war mehr als nur attraktiv – er war eine wahre Augenweide. Sie machte ihm schöne Augen, denn sie wollte sich seiner Aufmerksamkeit gewiss sein für den Fall, dass er auf der Suche nach Gesellschaft war.

Hochgewachsen und muskulös saß er mit breiten Schultern in einer amerikanischen Uniform da, doch aus der Entfernung konnte Bruni die Rangabzeichen nicht erkennen. Sein aschblondes Haar wirkte trotz der Kürze zerzaust. Auch wenn das Aussehen auf ihrer Liste der Anforderungen an letzter Stelle stand, entsprach er optisch genau ihrem Geschmack.

Sie konnte sehen, wie er sie mit Argusaugen beobachtete, und gab ihm mit verführerischen Blicken zu verstehen, dass sie dieses Lied nur für ihn sang. Sally, eine der Kellnerinnen, blieb an seinem Tisch stehen, und genau wie Bruni gehofft hatte, sagte er etwas zu ihr, während er in Richtung Bühne gestikulierte.

Nicht umsonst sagte man von Bruni, dass sie dieses Spiel aus dem Effeff beherrschte. Schon früh hatte sie lernen müssen, sich ihres Aussehens zu bedienen, um zu überleben. Sie wusste, wie man Männer um den kleinen Finger wickelte, und bot Gefälligkeiten im Tausch gegen Nahrung, Unterkunft und Zuneigung an – doch niemals ihre Liebe. Denn Liebe war lediglich eine Illusion; etwas, von dem man sich besser fernhielt.

Als Sally nach dem Auftritt an den Bühnenrand trat, verbarg Bruni gekonnt ihre Genugtuung und täuschte stattdessen Überraschung vor.

„Der Herr an Tisch Nummer 6 fragt, ob du mit ihm etwas trinken möchtest."

Bruni warf einen Blick in seine Richtung und stellte zufrieden fest, dass er sie immer noch beobachtete. Sie tat so, als würde sie über sein Angebot nachdenken, und nickte dann. „Sag ihm, dass ich mich in ein paar Minuten zu ihm geselle."

Während Sally die Nachricht überbrachte, warf Bruni ihm ein charmantes Lächeln zu, bevor sie hinter den Bühnenvorhang schlüpfte. Unter dem Gejohle der anderen Mädchen betrat sie die Garderobe.

„Der hat dir förmlich aus der Hand gefressen!", rief Gabi mit ehrlicher Bewunderung.

Bruni zog strahlend ihren Lippenstift nach. „Er hat mich eingeladen, mit ihm etwas zu trinken."

„Ich weiß gar nicht, wieso ich mir überhaupt Sorgen um dich gemacht habe."

„Es ist nur ein *Drink*. Ich bin nicht mal sicher, welchen Rang er hat."

„Und das ist natürlich wichtig." Gabi schüttelte den Kopf, während sie sich den Mantel anzog. „Sam ist nur ein Sergeant, aber er kümmert sich gut um mich."

„Na, dann hoffen wir mal, dass er keine Frau und Kinder hat, die nur darauf warten herzufliegen, um bei ihm zu sein." Ein letztes Mal schüttelte sich Bruni die Haare auf, bevor sie in den Gästebereich ging und sich ihrem Auserkorenen auf leisen Sohlen näherte.

Ihr Puls beschleunigte sich, denn aus der Nähe sah er sogar noch fescher aus. Als er sie bemerkte, erhob er sich und bot ihr einen der freien Stühle an, indem er einen für sie unter dem Tisch hervorzog. Bruni schenkte ihm ihr charmantestes Lächeln, was ihr jedoch auf den Lippen gefror, als sie seine Rangabzeichen erkannte. Die Enttäuschung war bodenlos. Wie kam es, dass die bestaussehenden Männer immer am unteren Ende der Rangordnung standen?

„Danke, dass Sie sich zu mir setzen", sagte er mit einer tiefen, rauen Stimme, die ihr eine Gänsehaut über den Körper jagte. Bruni blickte auf den Stuhl und dann wieder in seine graugrünen Augen.

„Bin ich von Nahem so hässlich, dass Sie es sich anders überlegt haben?", fragte er mit leicht nach oben gezogenen Mundwinkeln.

„Nein, natürlich nicht." Ihre Knie wurden weich. Unverständlicherweise sehnte sie sich plötzlich danach, seine Arme um sich zu spüren. *Hier geht es ums Geschäft, nicht um peinliche Gefühlsduselei,* ermahnte sie sich selbst.

Sie brauchte dringend einen neuen Gönner und durfte ihre Reize nicht an den erstbesten Kerl verschwenden. Er musste schon mindestens Hauptmann sein, sonst war er nicht geeignet; der Sold eines Sergeants würde niemals für den Luxus ausreichen, den sie gewohnt war. Schlimmer noch, wenn sie mit ihm ausging, würde es den Eindruck erwecken, sie sei leicht zu haben. Und dann würde sie bald mit unpassenden Angeboten von unpassenden Männern überschwemmt werden.

„Ich heiße Victor Richards", sagte er, während seine wunderbaren Augen sie in ihrem Bann hielten.

„Brunhilde von Sinnen, aber meine Freunde nennen mich Bruni", erwiderte sie automatisch.

„Nun, Bruni, würden Sie mir ein paar Minuten Gesellschaft leisten? Ihr Auftritt war phänomenal. Er hat mich tief berührt."

„Ja, wirklich?" Das war eine sehr dumme Antwort, aber aus irgendeinem Grund hatte sich ihr Gehirn zu Brei verwandelt und ihr fiel partout keine geistreiche Erwiderung ein.

Er deutete auf den Stuhl, den er ihr noch immer hinhielt, und sie ließ sich langsam auf die Kante sinken. Ihm so nahe zu sein, raubte ihr den Atem sowie die Fähigkeit, klar zu denken – was kein gutes Omen war. Sie sollte aufstehen und weggehen. Augenblicklich.

Doch ihre Beine verweigerten den Dienst und selbst ihr treuloses Gesicht verzog sich zu einem albernen Lächeln.

Er lächelte zurück und sie konnte nicht anders, als verzückt seine Grübchen zu betrachten. Als er sich setzte, kam Sally auch schon angelaufen. „Was kann ich Ihnen zu trinken bringen?"

Victor sah sie mit einer hochgezogenen Augenbraue an. Bruni bebte innerlich. *O Gott, was für ein umwerfender Mann.*

„Für mich einen Martini," sagte Bruni mit einem Blick auf Sallys kaum verhohlenes Grinsen. Natürlich würde die Kellnerin sie genauestens beobachten und in der Küche brühwarm von Bruni und ihrem Bewunderer erzählen.

Victor bestellte ein Bier für sich, und als Sally in Richtung Bar verschwand, beugte er sich schmunzelnd vor. Seine Grübchen ließen Brunis Entschlossenheit, sich von ihm fernzuhalten, wie Eis in der Sonne dahinschmelzen. Ein Getränk mit ihm würde nicht schaden, aber danach wollte sie sich auf der Stelle verabschieden.

„Meine Kameraden haben mir gesagt, dass Sie wie Marlene Dietrich singen, aber sie lagen völlig falsch. Sie singen so viel besser."

Ganz gegen ihre Gewohnheit errötete Bruni bei diesem Lob, und als er sie interessiert ansah, fielen ihr die Lachfältchen in seinen Augenwinkeln auf. Dieser Mann genoss sein Leben und es war ganz und gar nicht gut, dass sie sich so zu ihm hingezogen fühlte.

Sie blickte sich im Kabarett um, halb in der Hoffnung, jemand würde kommen und sie retten. Doch die Stammgäste wussten, dass sie zwar mit jedem großzügig flirtete, aber im Gegensatz zu den meisten anderen Mädels nie mit einem Gast nach Hause ging.

Wieso also nahm dieser Fremde sie so sehr gefangen? Das Einzige, was für ihn sprach, war sein Aussehen: aschblondes, nach hinten gekämmtes Haar, ein markantes Kinn und Augen zum Dahinschmelzen. Er war sonnengebräunt, vermutlich weil er viel Zeit im Freien verbrachte.

Entlang seiner Kieferpartie konnte man einen Hauch von Bartwuchs erahnen und sie wäre zu gerne mit der Hand über die Stoppeln gefahren. Offenbar gehörte er zu den Männern, die sich zweimal am Tag rasieren mussten, um ein glattes Gesicht zu behalten. Sie konnte nicht sagen, wieso sie das so anziehend fand, aber plötzlich stellte sie sich vor, wie er mit entblößtem Oberkörper und einem Handtuch um die Hüften vor dem Spiegel stand, während er ein Rasiermesser ansetzte.

Hör sofort damit auf, Bruni! Dieser Mann ist nichts für dich.

Zum Glück kam die Kellnerin zurück, um ihr albernes Schmachten zu unterbrechen. Dankbar nahm Bruni den Martini und stieß mit Victor an, bevor sie daran nippte und ihn über den Rand des Glases hinweg betrachtete.

„Haben Sie schon immer in Berlin gelebt?", fragte Victor in dem Versuch, ein Gespräch zu beginnen.

„Ja."

„Ich bin entsetzt über das Ausmaß der Zerstörung."

Bruni nickte. „Auch wenn jetzt so viel kaputt ist, bin ich immer noch gerne in Berlin und würde nie woanders leben wollen." Sie hing sehr an der Stadt. Im Gegensatz zu den Männern würde ihr geliebtes Berlin sie niemals verraten, verlassen oder verletzen. „Wie lange sind Sie schon hier?"

„Ich bin erst heute Vormittag angekommen und werde nur zwei Tage bleiben. Dann muss ich zurück nach Frankfurt am Main."

„Sie sind in Frankfurt stationiert?" Noch ein Grund, keine Zeit mit ihm zu verschwenden.

„Ja, am Rhein-Main-Flughafen, wobei ...", seine Augen funkelten schelmisch, „... wir ihn normalerweise Rhein-Matsch nennen."

Bruni konnte sich ein Kichern nicht verkneifen. „Kein sehr schöner Spitzname."

„Und kein sehr schöner Ort zum Arbeiten. Ernsthaft, seit ich vor einem halben Jahr dort angekommen bin, hat es jeden Tag geregnet, sodass wir ständig durch knietiefen Schlamm waten müssen." Er machte ein schmatzendes Geräusch und sie lachte wieder.

„Sie übertreiben doch."

„Sie glauben mir nicht?" Er setzte einen Hundeblick auf und legte eine Hand auf die Brust. „Da blutet mein Herz."

Ihr gefiel sein Humor. „Wirklich? Knietief?" Bruni fiel es schwer, ein ernstes Gesicht zu bewahren.

„Wenn ich es doch sage. Es ist ein Wunder, dass unsere Flugzeuge überhaupt abheben. Sie stecken fest wie Treibgut im Sand."

„Jetzt weiß ich, dass Sie übertreiben."

„Vielleicht ein klitzekleines bisschen." Victor hob eine Hand und hielt Zeigefinger und Daumen etwa einen Zentimeter auseinander, während seine funkelnden Augen seltsame Dinge mit ihrem Inneren anstellten.

Da er Berlin schon in zwei Tagen wieder verließ, was schadete es, die Nacht mit ihm zu verbringen? Er würde nichts Längerfristiges erwarten und niemand musste davon erfahren.

War er erst wieder in Frankfurt, könnte sie ihre Suche nach einem neuen Gönner fortsetzen, aber in der Zwischenzeit würde sie seine Gesellschaft auskosten. Es kam selten genug vor, dass sie in den tristen Ruinen Berlins so ausgelassen lachte wie mit Victor.

Nachdem sie diese Entscheidung getroffen hatte, dachte sie nicht länger über ihre lange Liste von Eigenschaften nach, die ein Mann haben sollte. Stattdessen genoss sie seine amüsanten Bemerkungen.

„Haben Sie schon etwas von Berlin gesehen?", fragte sie.

„Nicht wirklich. Ich bin nach meiner Ankunft direkt nach Schöneberg gefahren."

„Zum Alliierten Kontrollrat?", fragte Bruni und ihre Anerkennung wuchs.

„Ja, auch wenn ich nur ein unbedeutender Experte für Flughafenbau und Sicherheit bin." Er sah sie einige Sekunden lang an und schien unsicher, wie er fortfahren sollte. „Sie haben es wahrscheinlich schon im Radio gehört."

Sie schüttelte den Kopf. „Ich höre vor meinen Auftritten nie Radio, das lenkt mich nur ab."

„Möchten Sie, dass ich Sie jetzt ablenke?" Seine raue Stimme ließ ihr Herz höherschlagen.

„Hm?"

„Mit den neuesten Nachrichten. Ansonsten werden Sie es morgen früh erfahren."

Ihre Augen hingen an seinen sinnlichen Lippen, die sie nur zu gerne geküsst hätte. Sie nickte.

„Den Alliierten Kontrollrat gibt es nicht mehr. Marschall

Kapralow und seine Handlanger sind heute einfach rausmarschiert."

Bruni neigte den Kopf zur Seite. So ganz verstand sie nicht, was das bedeutete. Doch als ihr die Tragweite dessen, was Victor gerade gesagt hatte, bewusst wurde, stöhnte sie auf. „Sie machen Witze, oder?"

„Leider nicht."

Nachdem sie den ersten Schrecken überwunden hatte, sagte sie: „Ich schätze, das kommt nicht völlig unerwartet. Eigentlich bin ich sogar überrascht, dass das so lange gedauert hat." Dean hatte ihr oft von General Sokolows verbalen Attacken in der Kommandantur erzählt und sie ging davon aus, dass dessen Vorgesetzter Kapralow sich im AKR ähnlich aufführte. Victor würde sie diese Information natürlich nicht verraten. Eine der Eigenschaften, die die Männer an Bruni schätzten, war, dass sie Dinge für sich behielt, die ihr unter vier Augen anvertraut wurden.

Er lachte laut auf und wieder erschienen die hinreißenden Grübchen auf seinen Wangen. „Das Gute daran ist, dass ich die nächsten zwei Tage frei habe, bis ich wieder nach Frankfurt zurückfahre."

„Möchten Sie, dass ich Ihnen Berlin zeige? Morgen ist mein freier Tag." Bruni konnte kaum glauben, dass sie das tatsächlich angeboten hatte.

„Sie bekommen einen ganzen Tag frei? Und was ist mit der Nacht?", fragte Victor schelmisch.

Sie warf ihm einen spielerisch tadelnden Blick zu. „Kommen Sie nicht auf unangemessene Gedanken, Soldat. Ich tue das aus reiner Herzensgüte, um einem ausländischen Gast die Schönheit meiner Stadt zu zeigen. Wobei ... Ihre Kollegen haben während des Krieges keinen Stein auf dem anderen gelassen."

Er machte ein zerknirschtes Gesicht und sie beeilte sich, die Atmosphäre aufzulockern. „Berlin hat übrigens einen sehr schmeichelhaften Spitznamen: Es wird der größte Trümmerhaufen der Welt genannt."

Er hob sein Bier und prostete: „Auf die Trümmer – und auf die wunderbarste Frau der Welt."

„Dann ist es also abgemacht?"

„Abgemacht?" Er kratzte sich am Kinn. „Bisher haben Sie mir angeboten, mich herumzuführen, aber wo ist der Haken? Was erwarten Sie im Gegenzug von mir?"

„Es gibt keinen Haken. Sie müssen mich lediglich bei Laune halten, solange ich Ihre Fremdenführerin bin."

„Das bekomme ich hin." Er zeigte ihr eine Reihe perfekter weißer Zähne.

„Das beinhaltet übrigens auch eine angemessene Verpflegung."

„Ich verstehe. Muss ich selbst kochen oder kann ich Sie in ein Restaurant einladen?"

Bruni legte die Stirn in Falten, als dächte sie angestrengt nach, und sagte dann zögernd: „Ein Restaurant wäre ausreichend, denke ich ... sofern es ein französisches ist."

„Dagegen habe ich nichts einzuwenden. Nach dem, was heute passiert ist, möchte ich sowieso lieber nicht in den sowjetischen Sektor gehen. Aber lassen Sie mich raten: Das Restaurant, das Sie im Sinn haben, liegt im französischen Sektor?"

„Woher wissen Sie das?", fragte sie mit gespielter Unschuld und klimperte mit den Wimpern.

Victor zuckte mit den Schultern und grinste. „Das war nur geraten. Wann soll ich Sie abholen?"

Bruni nannte ihm Uhrzeit und Adresse.

„Ich werde da sein und ich freue mich darauf, Sie wiederzusehen", sagte er und berührte kurz ihre Hand, die auf dem Tisch lag. „Aber jetzt sollte ich zurück in die Kaserne und etwas schlafen, es war ein langer Tag. Darf ich Sie nach Hause begleiten?"

Bruni schüttelte den Kopf und hob ihr noch halb volles Glas. Sie hatte einen Ruf zu wahren und wollte nicht, dass jemand ihr Interesse an diesem Mann bemerkte. „Ich muss noch einmal auf die Bühne. Aber wir sehen uns morgen."

„Darauf können Sie Gift nehmen." Victor stand auf und setzte sein Schiffchen auf. „Ich bin froh, dass ich heute Abend hergekommen bin. Sie kennenzulernen, hat diesem grauenvollen Tag eine wunderbare Wendung gegeben."

„Es freut mich, dass ich behilflich sein konnte." Sie schenkte ihm ein zu ihren Worten passendes kokettes Lächeln. „Es war mein Glück, dass ich Ihnen heute Abend ins Auge gefallen bin."

„Sie würden einem Blinden ins Auge fallen. Sie, Fräulein von Sinnen, sind umwerfend und ich weiß, dass mich morgen Abend jeder Mann in diesem französischen Restaurant beneiden wird." Victor hob ihre Hand und küsste ihre Handfläche, wobei seine Augen die ihren nicht verließen.

Sie spürte seinen Kuss bis in die Zehenspitzen und ihr Innerstes zog sich zusammen, als er ihre Finger über der Stelle schloss, wo seine warmen Lippen ihre Haut berührt hatten. „Bis morgen."

Brunis Stimme versagte. Sie nickte und sah ihm nach, als er davonschritt. Sie ließ die Hand in den Schoß sinken und hielt ihre Finger für einige lange Sekunden geschlossen, während sie das Gefühl auskostete, das ihr Geplänkel hinterlassen hatte.

4

WLADI

Wladimir Rubljow schaute mit einem lauten Gähnen auf seinen Wecker. Es war bereits nach Mittag, aber nach dem grandiosen Besäufnis vom Vorabend hatte er es nicht eilig, sein Bett zu verlassen. In der sowjetischen Verwaltung würde ohnehin niemand so früh am Tag zur Arbeit erscheinen.

Etwa zehn Minuten später stand er schließlich auf, dehnte und streckte sich, während er zum Waschbecken in der Zimmerecke ging und dort seinen Kopf unter den Hahn hielt. Das kalte Wasser half, den Kater abzuschütteln und wieder klar zu denken. Er grinste. Nach Marschall Kapralows Coup hatte es spontane Feiern gegeben und der Wodka war bis in die frühen Morgenstunden geflossen.

Sollten sich die westlichen Alliierten die Viermächteregierung doch in ihren Allerwertesten stecken. Es geschah ihnen ganz recht, schließlich hatten sie ihre sowjetischen Kollegen fast drei Jahre lang schikaniert. Allein ihre Anwesenheit in Berlin war ein Affront gegen Russland, ein letzter schändlicher Versuch, dem sowjetischen Volk ihre verderbten kapitalistischen Thesen aufzuzwingen.

Er rubbelte sein kurzes blondes Haar mit dem Handtuch trocken und zog seine Uniform an, obwohl er als Angehöriger des

Nachrichtendienstes der Roten Armee nicht dazu verpflichtet war, sie zu tragen. Normalerweise bevorzugte er eine feste dunkle Hose, ein Hemd, bei dem er die beiden obersten Knöpfe offenließ, und eine Lederjacke – genau wie sein Idol Nikolai Koroljow, der sowjetische Meister im Schwergewichtsboxen.

Wladimir oder Wladi, wie ihn seine Freunde nannten, hatte als Jugendlicher ebenfalls geboxt. Doch bald hatte er festgestellt, dass es lukrativer war, in die Fußstapfen seines Vaters zu treten und dem Nachrichtendienst der Roten Armee beizutreten.

Heute jedoch war ihm danach, Uniform zu tragen. Nach einer solch historischen Demütigung des imperialistischen Feindes würde sie seinem Auftreten einen zusätzlichen Hauch Würde verleihen.

Als er im Hauptquartier der Sowjetischen Militäradministration in Karlshorst ankam, befand sich General Sokolow, der sowjetische Kommandant von Berlin, zu Wladis Überraschung bereits in seinem Büro.

„Guten Morgen, Genosse General", grüßte Wladi ihn. „Da müssen sich die Amerikaner gestern ja ganz schön wüst aufgeführt haben, wenn Genosse Kapralow sich gezwungen sah, die Sitzung zu verlassen."

„Guten Morgen, Genosse Hauptmann. Gut, dass Sie da sind. Ich brauche dringend einen Mann, der sich nicht scheut, in ein Wespennest zu stechen."

Wladi fluchte innerlich. „Natürlich, Genosse General. Was kann ich tun?"

„Nehmen Sie den Zug."

Es kam nicht oft vor, dass Sokolow zu Scherzen aufgelegt war, deshalb grinste Wladi pflichtbewusst, während er sich selbst fragte, warum er so früh aufgestanden war. Hätte er doch nur etwas länger geschlafen, dann hätte der General einen anderen Dummen gefunden, der seinen neuesten Einfall in die Tat umsetzen musste.

General Sokolow bedeutete ihm, sich zu setzen. „Jetzt, da die Amerikaner ihr wahres Gesicht gezeigt und sich geweigert haben, ihre Pflichten aus dem Viermächteabkommen zu erfüllen, müssen wir ihnen zeigen, dass wir keine Schwächlinge sind, die man einfach herumschubsen kann."

Wladi nickte und merkte sich das neue Narrativ, dass es die Amerikaner gewesen waren, die sich weigerten, im AKR zusammenzuarbeiten, und nicht, dass Kapralow die Sitzung verlassen hatte.

„Ich möchte, dass Sie eine Gruppe von Militärpolizisten zusammenstellen und alle Züge der Westalliierten anhalten, die durch unsere Zone fahren. Bestehen Sie darauf, aufgrund eines ernsthaften Problems mit Schmugglern, sämtliche Fracht und Passagiere zu kontrollieren."

Wladi schnappte nach Luft. „Sie meinen die westlichen Militärzüge, die sich im Transit von Berlin in ihre Zonen in Deutschland befinden, Genosse General?" Das war ein klarer Verstoß, wenn nicht gegen schriftliche Vereinbarungen, so doch gegen das Gewohnheitsrecht. Solange die anderen Alliierten beim Transit durch die sowjetisch besetzte Zone nicht von den festgelegten Straßen und Zugstrecken abwichen, hatten die Sowjets kein Recht, militärisches Personal oder Güter zu kontrollieren.

„Ganz genau. Sagen Sie ihnen, dass wir gezwungen sind, drastische Maßnahmen gegen die Schieberei zu ergreifen. Die westlichen Alliierten demontieren die Berliner Industrie und verbringen die gesamte Ausstattung in ihre Zonen in Westdeutschland. Auch das ist ein perfider Verstoß gegen das Potsdamer Abkommen, den wir nicht hinnehmen werden. Diese Amerikaner haben überhaupt kein Quäntchen Anstand!"

„Jawohl, Genosse General, ich mache mich sofort an die Arbeit. Morgen früh beginnen wir mit der Kontrolle der Züge."

„Halten Sie mich auf dem Laufenden, und ..." Sokolow sah Wladi kritisch an. „... stiften Sie Unruhe, aber geben Sie den Imperialisten keinen Grund für Vergeltungsmaßnahmen. Vermeiden Sie um jeden Preis einen größeren Konflikt. Wir wollen darüber keinen neuen Krieg anfangen – zumindest noch nicht."

„Verstanden." Wladi machte auf dem Absatz kehrt und verließ das Büro. Vielleicht war seine neue Aufgabe doch nicht so übel. Er würde sich einen Spaß daraus machen, die Amerikaner zu schikanieren, und vielleicht hatte er sogar das Glück, die Nacht an der innerdeutschen Grenze in Helmstedt zu verbringen, wo ein williges Fräulein auf ihn wartete.

Als der Wecker am nächsten Morgen um sieben Uhr klingelte, revidierte Wladi seine Meinung. Wieso um alles in der Welt musste er mitten in der Nacht aufstehen, während alle anderen noch drei bis vier Stunden schlummern durften?

Er tröstete sich mit dem Gedanken, dass er seine schlechte Laune bald an den Imperialisten auslassen konnte, und stand auf, um sich zu rasieren. Persönlich hielt er es für wirksamer, unrasiert zu erscheinen, wenn er sich auf eine seiner zwielichtigen Missionen begab. Da er aber in Uniform auftrat und nur einzelne Nadelstiche verteilen würde, ohne eine diplomatische Krise zu verursachen, wollte er respektabel aussehen.

Vor dem Spiegel übte er eine freundliche, aber entschlossene Miene, gefolgt von einer hochgezogenen Augenbraue, während er sagte: „Ich bedauere zutiefst die Unannehmlichkeiten, aber aufgrund der erschreckenden Zunahme von Schmuggel und Hehlerei ..."

Dann kämmte er sein Haar mit den Fingern und bestieg im Hof einen Jeep, den die Amerikaner während des Krieges im Zuge ihres Leih- und Pachtgesetzes den Sowjets zur Verfügung gestellten hatten und der inzwischen mit russischen Insignien überklebt worden war.

Brandenburg an der Havel lag etwa auf halber Strecke zwischen Berlin und der innerdeutschen Grenze und tief genug in der sowjetisch besetzten Zone, damit Reisende es sich zweimal überlegten, ob sie eine Inspektion durch die Sowjets wirklich ablehnen wollten. Immerhin bestand die Gefahr, nach Berlin zurückgeschickt zu werden, wenn sie sich weigerten.

Soweit er wusste, reisten keine hochrangigen Offiziere mit dem Morgenzug nach Hannover. Allerdings konnte man nie sicher sein, denn diese sturen Imperialisten weigerten sich, den Sowjets vollständige Passagierlisten auszuhändigen, indem sie schlichtweg darauf bestanden, Hoheitsgewalt über ihre Militärzüge zu haben.

In Brandenburg traf er sich mit fünf örtlichen Militärpolizisten und wies sie in die bevorstehende Aufgabe ein. Er schärfte ihnen ein, unter keinen Umständen ihre Waffen zu ziehen, denn die Amerikaner waren dafür bekannt, erst zu schießen und danach Fragen zu stellen. Dann warteten sie auf den Zug.

Der Bahnhofsvorsteher stellte die Weiche und gab dem Zug das Signal anzuhalten. Mit lautem Schnaufen kam die Lokomotive zum Stillstand und Wladi feixte in freudiger Erwartung. *Der Spaß kann beginnen!*

„Los gehts!" Er deutete auf den Waggon, in den sie einsteigen sollten. Wie erwartet war er voll mit uniformierten Männern und nur wenigen Frauen und Kindern, vermutlich die Familien von Militärangehörigen. Zu seiner großen Erleichterung befand sich kein ranghoher Offizier an Bord. Offiziere hatten nämlich die lästige Angewohnheit, Entscheidungen zu treffen, ohne vorher das Hauptquartier zu konsultieren. Zu leicht hätte so jemand Wladis Mission vereiteln können.

Mit zwei Militärpolizisten im Schlepptau betrat er ein Abteil, in dem sowohl eine Frau mit zwei Kindern als auch ein in einer Ecke schlafender Soldat saßen. In seinem besten Englisch sprach Wladi sie an: „Ma'am, darf ich bitte Ihre Papiere sehen?"

Sie blickte auf und ihre Augen wurden groß, als sie seine Uniform erkannte. *Prima, sie hat Angst. Und weil die Kinder dabei sind, wird sie keinen Aufstand machen.*

„Meine Papiere? Wir sind amerikanische Militärangehörige. Ich dachte, für uns gäbe es keine Kontrollen durch die Russen."

„Ich bedauere zutiefst die Unannehmlichkeiten, Ma'am, aber

aufgrund der erschreckenden Zunahme von Schmuggel und Hehlerei in der letzten Zeit müssen wir leider jede Person überprüfen, die unser Gebiet durchquert." Er schenkte ihr ein beruhigendes Lächeln und hoffte, sich damit einen hilfsbereiten Anstrich zu geben.

Sie sah leicht beunruhigt aus, öffnete aber ihre übergroße Handtasche und kramte nach den Papieren.

Wladi war sehr zufrieden, denn bisher lief alles nach Plan. Er würde sich die Ausweise ansehen und sie dann anweisen, alle drei Koffer in der Gepäckablage zu öffnen, bevor er zum nächsten Abteil weiterging. Insgeheim fragte er sich, wie lange es wohl dauern würde, bis jemand ungeduldig wurde und versuchte, den Grund für ihren ungeplanten Halt in Erfahrung zu bringen. Dann würde der eigentliche Spaß erst beginnen.

Sie reichte ihm die Ausweise für sich und die Kinder; der Mann in der Ecke schnarchte weiter leise vor sich hin. *Umso besser*, dachte Wladi, während er einen flüchtigen Blick auf die Papiere warf. Mrs. Harris und ihre beiden Kinder. Fast wäre er umgekippt. Ausgerechnet die Frau des amerikanischen Kommandanten in Berlin! Wenn ihr Mann sich auch im Zug befand, wäre gleich die Hölle los.

Er warf einen Blick auf den Mann in der Ecke. Ein einfacher Soldat, vielleicht eine Art Leibwächter für die Frau des Kommandanten. Kalter Schweiß lief Wladi den Rücken hinunter und er überlegte, wie er vorgehen sollte. Nein, der Kommandant konnte nicht an Bord sein, sonst würde er mit seiner Familie im selben Abteil reisen.

Angestrengt versuchte Wladi, sich an den Termin für das nächste Treffen in der Kommandantur zu erinnern. Er war sich ziemlich sicher, dass demnächst eines angesetzt war. Nein, Brigadegeneral Dean Harris konnte keinesfalls im Zug sein.

Durch diese Erkenntnis ermutigt gab er ihr die Ausweise zurück und sagte: „Vielen Dank, Mrs. Harris. Es tut mir furchtbar leid, aber würden Sie mir einen Blick in Ihre Koffer gestatten?"

„Nein."

Diese Antwort kam unerwartet. *Blöde Kuh, die soll bloß nicht frech werden.*

Er zwang sich, eine freundliche Miene beizubehalten und lediglich die Stirn effektvoll zu runzeln. „Ich fürchte, laut der Viermächteverfügung zur Prävention von illegalem Schmuggel unterliegen sämtliche Güter, die die sowjetisch besetzte Zone verlassen, der Kontrolle durch die sowjetischen Behörden."

Sie erwiderte einige Sekunden lang trotzig seinen Blick, dann gab sie nach. „Na, gut." Sie erhob sich und deutete auf den kleinsten der Koffer: „Sie können mit dem da anfangen."

Wladi unterdrückte ein Grinsen und rückte bedrohlich nahe an sie heran, während er den Koffer von der Ablage herunterwuchtete. Er war tonnenschwer und er fragte sich, was sie darin transportierte. Goldbarren? In diesem Fall würde er die Gegenstände natürlich sofort konfiszieren.

Gerade als er den Koffer auf einen der leeren Sitze fallen ließ, rief der jüngere der beiden Jungen: „He, der gehört mir, Pfoten weg!"

Und schon war sein sorgfältig ausgearbeiteter Plan im Eimer. Der Soldat in der Ecke wachte auf, erfasste die Situation mit einem einzigen Blick und sprang hoch. „Was machen Sie hier?"

„Ich mache im Namen der Sowjetunion eine Gepäckdurchsuchung." Auf dem Namensschild des Mannes las Wladi den Namen Johnson. Kaum hatte er seinen Satz beendet, da sagte Johnson schon viel zu laut: „Sie haben kein Recht, Durchsuchungen durchzuführen. Dies ist ein Militärzug im Eigentum der Vereinigten Staaten von Amerika."

„Ich fürchte, das stimmt so nicht. Dieser Zug durchquert unser Gebiet, also haben wir das Recht, Passagiere und Fracht zu durchsuchen – ganz besonders, wenn Gefahr im Verzug ist."

Der Soldat stellte sich zwischen Wladi und die Frau, bevor er erwiderte: „Und mit welcher Art von angeblicher Gefahr haben wir es genau zu tun?"

„Schmuggel. Ihren Ausweis bitte, Johnson." Wladi streckte seine Hand in einer fordernden Geste aus, bei der seine

Fingerspitzen fast die Brust des Amerikaners berührten. Er konnte spüren, wie der Zorn in dem Mann hochkochte. Hoffentlich beging er einen dummen Fehler, damit Wladi ihn festnehmen konnte.

„Nein."

„Zeigen Sie ihm einfach Ihren Ausweis, dann wird er uns in Ruhe lassen", wisperte Mrs. Harris.

Wladi nickte. „Sehen Sie, Soldat, das ist eine kluge Frau. Ich will ganz sicher keinen Ärger, aber mein Befehl lautet, das Eigentum der großartigen Sowjetunion und des deutschen Volkes zu schützen."

Johnson schnaubte spöttisch. „Ich werde einen der Offiziere im Zug informieren."

Wladi spürte, wie sich seine Muskeln anspannten, als er sich bereit machte, den anderen aufzuhalten, sollte er sich an ihm vorbeidrängen wollen. Ein kurzes Räuspern hinter seinem Rücken versicherte ihm, dass einer der Militärpolizisten die Tür des Abteils blockierte. Johnson käme nicht an ihm vorbei, ohne ihn zur Seite zu schubsen, was unweigerlich zu einem Handgemenge und Johnsons Verhaftung führen würde.

In Johnsons Augen konnte er sehen, wie auch dieser zu demselben Ergebnis kam. Kaum merklich sackten die Schultern des Amerikaners zusammen.

„Ihre Papiere bitte?", wiederholte Wladi mit seiner höflichsten Stimme, wobei er sorgfältig darauf achtete, jede Spur von Triumph zu vermeiden.

Johnson warf ihm einen wütenden Blick zu, gehorchte aber und händigte seinen Ausweis aus.

"Corporal Johnson, Sie sind in Wiesbaden stationiert. Wieso waren Sie in Berlin?"

„Das geht Sie nichts an."

Mrs. Harris zuckte zusammen und schob ihre beiden Söhne hinter sich. Wladi schätze sie auf acht und zehn Jahre. Es war ein gutes Gefühl, die Angst in ihren Augen zu sehen. Sie brauchte ja nicht zu wissen, dass er niemals einer Frau etwas antun würde.

„Und ob mich das etwas angeht. Immerhin schütze ich die Interessen meines Landes und Sie könnten ein Schwarzhändler sein." Wladi beschloss, die Befragung abzubrechen, denn dieser Johnson war stur wie ein Esel. Nicht auszudenken, wenn er am Ende noch einen diplomatischen Zwischenfall und jede Menge Bürokratie verursachte.

Belästigen und Schikanieren waren Wladis Auftrag, aber Sokolow wäre sicher nicht erfreut über einen hysterischen Anruf vom *Biest von Berlin*, wie er Dean Harris nannte.

„Ich fürchte, ich muss einen Blick in Ihr Gepäck werfen", sagte Wladi.

„Es ist auf der Gepäckablage", zischte Johnson.

Diese passive Widerborstigkeit war genau das, worauf Wladi gehofft hatte. Er drehte sich um und winkte seinem Kollegen, der daraufhin den Seesack grob herunterzog und den Inhalt auf einen leeren Sitz schüttete. Wladi zog sich ein Paar weiße Handschuhe an und durchwühlte die Sachen, wobei er die Unterwäsche zur Inspektion hochhielt.

Als verheiratete Frau mit zwei Söhnen zuckte Mrs. Harris nicht einmal mit der Wimper, der junge Soldat jedoch errötete heftig, als seine intime Wäsche vor einer Dame zur Schau gestellt wurde. Dann fand Wladi ein Päckchen Kondome und grinste voller Vorfreude. „Was ist das?"

„Sie wissen verdammt gut, was das ist", sagte Johnson, dessen Gesicht mit jeder Sekunde noch dunkler anlief.

„Ich weiß es wirklich nicht. Wie nennen Sie das? Lümmeltüte? Würden Sie mir erklären, wofür Sie so etwas brauchen?" Wladi stellte sich breitbeinig hin, ließ seine Arme und Hände jedoch locker herabhängen und widerstand dem Drang, nach der Waffe an seiner Hüfte zu greifen, schließlich schossen diese amerikanischen Rüpel augenblicklich, wenn sie sich bedroht fühlten. Das wollte er nun ganz sicher nicht riskieren.

Johnson war inzwischen sichtlich verzweifelt und vermied es, auch nur in die Richtung von Mrs. Harris und ihren minderjährigen Söhnen zu blicken. „Es ist eine Dame anwesend."

Wladi wandte den Kopf betont langsam in Mrs. Harris' Richtung und dann wieder zu Johnson. „Ich würde meinen, sie weiß ganz genau, wie der Geschlechtsverkehr vollzogen wird."

Johnson stürzte sich wütend auf Wladi, der mit so etwas gerechnet hatte und problemlos auswich. Er freute sich bereits auf die bevorstehende Verhaftung dieses ungehobelten Soldaten. Unglücklicherweise kam genau in diesem Moment ein Offizier den Gang vor dem Abteil entlang und bellte wütend: „Was zum Teufel machen Sie in unserem Zug?"

Verdammt. Wladi biss sich auf die Zunge und sagte sein einstudiertes Sprüchlein auf: „Sir, ich bedauere zutiefst die Unannehmlichkeiten, aber aufgrund der erschreckenden Zunahme von Schmuggel und Hehlerei müssen wir jede Person kontrollieren, die unser Gebiet durchquert."

„Den Teufel müssen Sie. Ich habe es satt, dass ihr Aufwiegler unsere Leute belästigt. Sie haben in unseren Militärzügen rein gar nichts verloren. Steigen Sie auf der Stelle aus oder ich verhafte Sie wegen Verletzung der Unantastbarkeit amerikanischen Eigentums."

Warum mussten die Amerikaner eigentlich immer so aggressiv sein? Wenn das kein deutliches Zeichen dafür war, dass diese Imperialisten Dreck am Stecken hatten, dann wusste Wladi auch nicht. Eine unschuldige Person, die nichts zu verbergen hatte, würde nicht so einen Aufstand machen, nur weil sie nach ihrem Ausweis gefragt wurde.

„Ich beuge mich der Androhung von Gewalt, denn wir Sowjets sind friedliebende Menschen", sagte Wladi und winkte dem Militärpolizisten zu, ihm zu folgen. Schließlich kam später am Tag noch ein französischer Zug vorbei, dessen Passagiere es zu belästigen galt.

5

VICTOR

E r hatte mit Bruni einen herrlichen Tag beim Erkunden der Stadt verbracht. Noch nie hatte er so viel Spaß mit einer Frau gehabt, dabei war sie so gar nicht sein Typ. Normalerweise zog er eine ernsthafte, intelligente Frau einem oberflächlichen *Partygirl* wie ihr vor.

Doch zu seiner großen Überraschung hatte sich Bruni, wenn schon nicht als intellektuell, so doch zumindest als lebensklug und ausgesprochen herzlich erwiesen. Was aber am wichtigsten war: Ihre trockenen Bemerkungen und ihre Berliner Schnauze hatten ihn ein ums andere Mal zum Lachen gebracht.

Nach einem unvergesslichen Tag hatte sie ihn noch zu einer Feier eingeladen, die sie für eine ihrer Freundinnen gab. Sie hatte ihm versichert, dass er in der Menge der ebenfalls anwesenden amerikanischen, britischen und französischen Soldaten nicht unangenehm auffallen würde.

Wie hätte er eine so charmante Einladung ausschlagen können? Jetzt stand er vor dem Spiegel in der Kaserne, rasierte sich und rätselte, was ihn an dieser Kabarettsängerin so sehr faszinierte. Es hatte nicht in erster Linie mit ihrem umwerfenden Aussehen zu tun oder mit ihrer geheimnisvollen Art. Vielmehr sprach sie ihn auf einer tieferliegenden Ebene an und es fiel ihm schwer zu verstehen, was da vor sich ging.

Ein anderer Soldat betrat den Gästeschlafsaal. „Richards?"

„Hier drin", rief er aus dem Waschraum.

„Sergeant Victor Richards?", fragte der andere Mann.

„Ja, was gibts?" Er drehte sich nicht um, denn er hatte gerade die Klinge angesetzt.

„General Harris möchte Sie sprechen."

Mich? Was will er ausgerechnet von mir? „Gewiss. Ich rasiere mich schnell fertig, dann komme ich sofort."

„Ich warte hier auf Sie."

Victor beendete die Rasur, wischte den restlichen Schaum ab und erfrischte sein Gesicht mit kaltem Wasser, bevor er den Schlafsaal betrat und sich Hemd und Jacke über das Unterhemd zog. „Wir können gehen."

„Gut, ich bringe Sie zu ihm."

Victor fragte nicht weiter nach, sondern folgte ihm, als er das Gelände in Richtung von General Harris' Büro überquerte und später dort anklopfte.

„General Harris." Victor salutierte und stand stramm.

„Rühren", sagte Harris und bedeutete Victor, vor dem großen Schreibtisch Platz zu nehmen. „Sie fragen sich bestimmt, warum ich Sie hierhergebeten habe."

„Ja, Sir."

„Wie ich hörte, fahren Sie morgen mit dem Zug nach Frankfurt zurück?"

„Das stimmt, Sir. So lautet mein Befehl."

„Wir haben soeben beunruhigende Nachrichten erhalten. Die Russen sind dazu übergegangen, unsere Militärzüge zu besteigen und unsere Leute zu belästigen. Sie behaupten, es befänden sich Schmuggler unter ihnen."

„Sir?" Victor traute seinen Ohren kaum, obwohl er nach dem Manöver, das Kapralow am Vortag im AKR abgezogen hatte, nichts für unmöglich hielt.

„Sie beschuldigen uns, das Potsdamer Abkommen oder was auch immer zu verletzen, um davon abzulenken, dass sie diejenigen sind, die ebendies tun. Der Geier weiß, was sie damit erreichen wollen. Ich habe Militärpolizisten in allen Waggons platziert und sie angewiesen, sowjetische Militärs daran zu hindern, unsere Züge zu betreten. Trotzdem möchte ich, dass Sie auf Ihrer morgigen Reise wachsam sind und sofort mein Büro anfunken, sollten sowjetische Soldaten in den Zug einsteigen wollen."

„Jawohl, Sir. Sonst noch etwas?" Victor hoffte, entlassen zu werden, denn er wollte keinesfalls zu spät zu seiner Verabredung mit Bruni kommen.

„Rufen Sie mich an, sobald Sie wieder in Frankfurt sind, und geben mir einen detaillierten Bericht über die Geschehnisse, auch wenn nichts Außergewöhnliches passiert ist."

„Jawohl, Sir."

„Sie dürfen jetzt gehen. Sie scheinen es eilig zu haben."

Victor hatte nicht vorgehabt, seine Ungeduld so offensichtlich zu zeigen, und nun brannten seine Ohren. „Es tut mir leid, Sir. Ich bin zu einer Feier eingeladen."

„Eine Frau, nehme ich an?"

Victor nickte.

„Seien Sie vorsichtig. Den meisten Fräuleins geht es nur um Ihren Geldbeutel, was auch völlig in Ordnung ist, solange Sie nicht so dumm sind, auf ihre Schöntuerei hereinzufallen und wahre Liebe zu vermuten."

„Verstanden, Sir." Victor war nur für zwei Tage in Berlin und erwartete sicherlich kein *Und wenn sie nicht gestorben sind, dann leben sie noch heute.* Nein, für seine zukünftige Frau schwebte ihm ein Mädel aus seiner Heimat im ländlichen Montana vor, das gut kochte, reiten konnte und vor harter Arbeit nicht zurückschreckte. Die glamouröse Sängerin, mit der er verabredet war, besaß keine dieser Eigenschaften.

Eine halbe Stunde später betrat er das Café de Paris, das an diesem Tag eine geschlossene Gesellschaft mit Brunis Gästen beherbergte. Kaum hatte er ihr platinblondes Haar und das gewagte Kleid erspäht, das ihre umwerfenden Kurven betonte, musste er lächeln.

Sie entdeckte ihn und winkte ihn mit langen, leuchtend rot lackierten Fingernägeln heran. „Da sind Sie ja. Ich hatte schon Angst, Sie würden mich versetzen."

„Das würde ich niemals tun", sagte er.

„So ist es brav", kicherte Bruni und nahm seinen Arm.

„Darf ich fragen, was der Anlass dieser Feier ist? Hat jemand Geburtstag?"

„Ach, nein. Es ist eine Abschiedsfeier. Eine meiner besten Freundinnen zieht nach Wiesbaden."

„Nach Wiesbaden? Das ist ja nicht weit von Frankfurt", sagte Victor.

„Stimmt. Vielleicht trefft ihr euch mal, sobald sie dort ist? Sie ist ein bisschen schüchtern, wissen Sie, und wäre sicher froh, wenn sie schon jemanden kennt."

Victor zog die Stirn in Falten. Versuchte Bruni gerade, ihn mit ihrer Freundin zu verkuppeln?

„Kommen Sie, ich stelle Sie einander vor." Bruni nahm seine Hand und zog ihn hinter sich her. „Zara, das ist Victor Richards. Er ist in Frankfurt am Main stationiert."

„Freut mich, Sie kennenzulernen", sagte Victor und betrachtete die hübsche hochgewachsene Frau mit dem hüftlangen, ebenholzfarbenen Haar, der blassen Haut und den leuchtend roten Lippen. Sofort kam ihm Schneewittchen in den Sinn, wie sie den Jäger um ihr Leben anfleht. Vielleicht lag es an dem zaghaften und verletzlichen Ausdruck in ihren schönen Augen.

„Das Vergnügen ist ganz meinerseits", sagte sie mit einer weichen, seidigen Stimme, die so gar nicht zu der harten, typisch deutschen Aussprache passte. Sie reichte ihm die Hand, obwohl sie dabei wie ein verängstigtes Reh aussah, das am liebsten weggelaufen wäre.

Bruni zog an seinem Ärmel und stellte ihn immer mehr neuen Leuten vor. Es dauerte nicht lang, bis sein Kopf vor Namen und Gesichtern schwirrte. Zara, Marlene, Laura, Heinz, Lotte, Patricia.

Er konnte sich beim besten Willen nicht alle Namen merken, aber er erfuhr, dass Heinz der Neffe des Besitzers des Café de Paris und Lauras Freund war, während die anderen Mädchen alle miteinander befreundet zu sein schienen.

Neben Brunis deutschen Freunden wimmelte es nur so vor französischen, amerikanischen und britischen Soldaten. Der Alkohol floss in Strömen und bald wurde die Stimmung fröhlich und ausgelassen. Er amüsierte sich prächtig und bemerkte kaum, wie die Zeit verging, bis die ersten Gäste die Feier verließen.

„Ich möchte mich verabschieden", sagte Zara.

Mit Erstaunen beobachtete Victor, wie Bruni ihre Freundin umarmte, als wolle sie sie nie wieder loslassen. Er hätte es nicht für möglich gehalten, dass sie so sehr an jemandem hängen könnte – zumindest nicht, wenn man danach ging, wie sie an diesem Abend mit sämtlichen Männern im Raum geflirtet hatte.

Jedem Einzelnen hatte sie auf neckische und doch charmante Weise ihre Aufmerksamkeit geschenkt. Sie hatte allen – ihn eingeschlossen – das Gefühl gegeben, geschätzt und gemocht zu werden, ohne jedoch auch nur einen flüchtigen Blick in ihre Seele zu gewähren. Doch jetzt sah er echte Traurigkeit in ihren Augen, was sie ihm noch sympathischer machte.

Nachdem Zara gegangen war, verabschiedeten sich nach und nach die meisten Gäste. Als nur noch eine Handvoll von Brunis deutschen Freunden übrig war, flüsterte sie ihm ins Ohr: „Möchten Sie noch auf einen Schlummertrunk mit zu mir kommen?"

Auch wenn Victor es nicht darauf angelegt hatte, würde er ein solches Angebot sicher nicht ablehnen.

6

DEAN

Dean schäumte vor Wut. Victor Richards hatte von seiner Zugreise und dem Ärger berichtet, den die Sowjets gemacht hatten.

Er wusste, dass er nichts damit erreichen würde, trotzdem sandte er eine formelle Beschwerde an General Sokolow und machte deutlich, dass das Hoheitsgebiet der Vereinigten Staaten und damit auch die Militärzüge unantastbar waren. Die Vergeltung ließ nicht lange auf sich warten.

„Holen Sie mir Major Gardner", bellte er seine Sekretärin an.

Sie war an seine Launen gewöhnt und zuckte nicht einmal mit der Wimper, als sie sagte: „Ja, Sir."

Fünf Minuten später betrat Jason Gardner das Büro. „Du wolltest mich sprechen?"

„Ich schwöre dir, wenn ich Sokolow jemals in einer dunklen Gasse begegne, dann gnade ihm Gott!"

Mit einem Blick auf Deans wutverzerrtes Gesicht erfasste Jason den Ernst der Lage und fragte: „Was hat er dieses Mal verbrochen?"

„Dieser verdammte Mistkerl hat die Eisenbahnlinien und Autobahnen zwischen Berlin und unseren Zonen gesperrt. Was glaubt er eigentlich, wer er ist?"

„Der sowjetische Kommandant von Berlin“, sagte Jason trocken.

„Haha. Sehr witzig.“ Trotz seiner miesen Laune konnte Dean ein Lächeln nicht unterdrücken. Jason war sein Resonanzboden und erdete ihn, wenn die Last der Verantwortung ihn zu erdrücken drohte.

„Haben die Russen einen Grund dafür angegeben?“

„Angeblich wegen technischer Schwierigkeiten. Dass ich nicht lache! Das sind reine Machtspielchen, weil wir nicht zulassen, dass ihre dreckigen Muschkoten unsere Züge durchsuchen.“

„Und haben sie gesagt, wie lange es dauern wird?“

„Du weißt genauso gut wie ich, dass die Russen das nie tun. Und wenn doch, dann halten sie sich nicht dran.“

„Die Hoffnung stirbt zuletzt.“ Jason ließ sich auf den Stuhl vor Deans Schreibtisch sinken.

„Tut mir leid ... Ich habe dir keinen Platz angeboten.“

„Nur gut, dass ich nie darauf warte.“

Dean war dankbar für den Versuch seines Freundes, seine Stimmung zu heben. Trotzdem machte er sich ernsthafte Sorgen. „Du weißt, was das bedeutet, oder? Unsere lieben Freunde haben mit einem Schlag jeglichen Transport von Truppen und Nachschub nach Berlin gestoppt.“

Jason rieb sich das Kinn. „Wir können den Nachschub für unsere Garnison immer noch einfliegen. Das ist nicht so viel.“

„Gute Idee, das machen wir. Aber wir sollten uns trotzdem nicht mit ihren fingierten technischen Schwierigkeiten abfinden. Das macht Sokolow doch nur, um uns zu schikanieren. Ich meine, jedes Mal, wenn wir in den letzten Wochen Änderungen an unseren Lastwagen und Zügen durchgeführt haben, nur um ihre Vorgaben zu erfüllen und weiter die Helmstedt-Autobahn und die Bahngleise benutzen zu dürfen, haben sie sich gleich am nächsten Tag neue Regeln ausgedacht. Sie benutzen eine fadenscheinige Ausrede nach der anderen, um den Verkehr zu stören. Ständig behaupten sie, es seien dringende Reparaturen nötig. Und jedes Mal, wenn sie einen Teil der Autobahn wieder öffnen, sperren sie einen anderen, der angeblich nicht in Ordnung ist, oder sie finden eine Brücke, die man nicht gefahrlos überqueren kann. Und weißt du, was der Inbegriff von Unverschämtheit ist?"

„Nein, was?" Jason lehnte sich in seinem Stuhl zurück, wohl wissend, dass er Deans Tirade besser nicht unterbrechen sollte.

„Jetzt behaupten sie, dass die Elbbrücke bei Dessau repariert werden muss und deshalb kein Verkehr mehr rüberfahren darf. Weißt du eigentlich, wer diese Brücke vor nicht einmal drei Jahren gebaut hat? Das waren wir! Unser Pioniertrupp. Ich zerre jeden einzelnen unserer Ingenieure vor ein Kriegsgericht, wenn diese gottverdammte Brücke nicht einmal drei Jahre lang hält!" Dean ging langsam die Puste aus. Er hatte die Nase gestrichen voll von Sokolows Eskapaden. Leider konnte er nicht viel tun, außer ihm mit einem neuen Krieg zu drohen.

Aber dank der Beschwichtigungspolitiker in seiner eigenen Regierung war nicht einmal das eine Option. Diese Sturköpfe im fernen Amerika verstanden einfach nicht, dass Druck die einzige Sprache war, die die Russen verstanden und derer sie sich selbst ununterbrochen im Umgang mit den westlichen Alliierten bedienten.

Jason sah ihn geduldig an und Dean beruhigte sich ein wenig. „Ich frage mich, was sie damit erreichen wollen."

„Es könnte ein Test sein."

„Ein Test wofür?", fragte Dean, auch wenn es nicht das erste Mal war, dass sie darüber sprachen.

„Für unsere Entschlossenheit, in Berlin zu bleiben. Und um herauszufinden, ob wir unsere Garnison auf dem Luftweg versorgen können."

„Und ob wir das können, verflixt noch mal!"

„Es ist ihr Probedurchlauf für was auch immer sie geplant haben. Wir wissen alle, dass ein großes Ding in der Luft liegt." Wie immer war Jason die Ruhe selbst, doch Dean wusste, dass sein Freund hinter der gelassenen Fassade genauso wütend war wie er selbst.

„Die Russen wissen genauso gut wie wir, dass man eine ganze

Stadt nicht aus der Luft versorgen kann. Es ist eine Warnung. Wir sollen erkennen, wie sinnlos unser Widerstand ist und wie verwundbar wir sind."

„Da hast du wahrscheinlich recht. Bestimmt heben sie die Verkehrsbeschränkungen in ein oder zwei Wochen wieder auf. Dann taucht Sokolow mit irgendwelchen unverschämten Forderungen bei der Kommandantur auf und deutet auf seine nicht gerade subtile Art an, dass wir ihnen ausgeliefert sind."

Dean antwortete nicht. Jason hatte seine schlimmsten Befürchtungen ausgesprochen. Schon seit einer Weile hegte er diesen Verdacht und hatte heimlich die Vorratslager aufstocken lassen. Abgesehen von Lebensmitteln, die hauptsächlich aus Brandenburg und Mecklenburg geliefert wurden, war seine größte Sorge die Kohle.

Sie wurde zum Heizen, Kochen und zur Stromerzeugung verwendet – sowohl im privaten als auch im industriellen Bereich. Ohne Kohle war kein Leben in Berlin möglich. Gemäß dem Potsdamer Abkommen wurde die Steinkohle aus dem Ruhrgebiet in der britischen Zone mit Zügen und Frachtkähnen nach Berlin transportiert. Der Transport per Lastwagen war nicht sinnvoll und per Flugzeug schlicht unmöglich.

Im Moment verfügte die Stadt über einen Kohlevorrat von einundzwanzig Tagen. Das hieß, dass eine Kapitulation vor den Sowjets in gerade einmal drei Wochen nötig werden würde, sollten diese ihre Verkehrsbeschränkungen nicht aufheben.

„Dein Wort in Gottes Ohr!", sagte Dean und kratze sich am Kinn.

„Wir können uns nicht auf Gott allein verlassen."

„Nein, und deshalb möchte ich, dass du mit der Logistikeinheit einen Plan ausarbeitest, wie wir unsere Vorräte an Grundnahrungsmitteln aufstocken können. Mehl, Kartoffeln, Fleischkonserven sowie Kohle. Ich will, dass voll beladene Züge an der Grenze bereitstehen und in der Sekunde losfahren, in der die Russen die Verkehrsbeschränkungen aufheben. Wir müssen jede einzelne Minute ungehinderten Verkehrs nutzen, die sie uns zugestehen.

„Du weißt, dass wir uns damit nur ein paar zusätzliche Tage für den Ernstfall verschaffen können."

„Ja, du Schwarzmaler. Aber ich werde mit allen Mitteln dafür kämpfen, dass wir die Stellung auf diesem Trümmerhaufen halten können. Und jetzt an die Arbeit!"

„Zu Befehl, Sir!" Jason erhob sich und verließ das Büro.

Dean blieb zurück, um die Alternativen abzuwägen, sollte es zum Äußersten kommen. Viele gab es nicht. Vor den Launen der Russen kapitulieren und Berlin verlassen? – nur über seine Leiche. Auf dem Luftweg Nachschub einfliegen und lange genug durchhalten, bis es eine diplomatische Lösung gab? – er schnaubte bei der Lächerlichkeit dieser Idee.

Oder sollten sich ihre Bodentruppen gewaltsam einen Weg durch die sowjetische Zone bahnen? Obwohl er persönlich Letzteres bevorzugte, wusste er, dass Amerika kriegsmüde war. Selbst wenn General Clay derselben Ansicht wäre, brauchten sie die Zustimmung dieser einfältigen Beschwichtigungspolitiker in Washington, die sie niemals bekommen würden.

Er saß wirklich in der Klemme. Trotzdem musste er sich um Dringenderes kümmern, denn eine Währungsreform musste vorbereitet werden, von der die Russen nichts mitbekommen durften.

7

BRUNI

Bruni hatte gerade das Frühstücksgeschirr abgewaschen, als es an der Wohnungstür klopfte. So früh am Morgen erwartete sie keinen Besuch. Sie warf einen Blick auf ihre bestrumpften Füße und den flauschigen Morgenmantel, den Dean ihr geschenkt hatte, und rief: „Wer ist da?"

„Ich bin's, Marlene."

Natürlich – ihre Freundin war die einzige Person, die es wagte, sie zu dieser unchristlichen Stunde zu stören, wenn alle anständigen Menschen entweder bei der Arbeit oder noch im Pyjama waren.

„Ich komme!", rief sie zurück und nahm den schweren Schlüssel vom Haken. Nachdem sie endlich aufgeschlossen hatte, riss sie die Tür auf. Mit einem Lächeln empfing sie eine grimmig aussehende Marlene.

„Na, das wird aber auch Zeit", blaffte Marlene.

„Tut mir leid. Komm rein. Wieso bist du nicht in der Uni?"

„Weil es schon Mittag ist, falls du es nicht bemerkt haben solltest." Marlenes Blick wanderte an Bruni hinab und sie hob eine Augenbraue. „Wie kannst du um diese Tageszeit noch nicht angezogen sein?"

„Weil ich gerade gefrühstückt habe. Im Übrigen ist es mein

gutes Recht, den Morgenmantel anzubehalten, bis ich zur Arbeit gehe. Ist ja nicht so, als würde ich hier Besuch empfangen."

„Ach, und was bin ich?"

„Du? Du bist doch kein Besuch, du bist nur eine Freundin."

„Nur eine Freundin?", erwiderte Marlene mit gespielter Entrüstung.

„Na gut, meine beste Freundin. Und dir würde ich die Tür sogar splitterfasernackt aufmachen."

Marlene kräuselte die Nase. „Bitte nicht! Erspar mir die Vorstellung und heb dir das für deine Liebhaber auf."

„Apropos Liebhaber." Bruni führte Marlene in die Küche und bot ihr eine Brioche an. „Das stellt sich als schwieriger heraus, als ich dachte. Es scheint fast so, als würden dieser Tage alle Offiziere ihre Frauen mit nach Berlin bringen."

Sorgfältig kaute Marlene auf ihrer Brioche, bevor sie antwortete: „Erzähl mir nicht, du musst dich jetzt doch einem einfachen Soldaten an den Hals werfen. Wäre das nicht eine grausame Wendung des Schicksals?"

„*So* verzweifelt bin ich nun auch wieder nicht. Außerdem ist die Zeit auf meiner Seite", sagte Bruni zuversichtlich, obwohl die Wahrheit ganz anders aussah. Ihre Vorräte gingen langsam zur Neige und von ihrem Gehalt als Kabarettsängerin konnte sie sich niemals den Lebensstil leisten, den sie gewohnt war. So sehr es ihr auch davor graute, sie würde den Gürtel enger schnallen müssen. Sie schielte auf den Rest der Brioche in Marlenes Hand. Ab morgen würde sie Brot zum Frühstück essen und sich süße Leckereien nur noch gönnen, wenn ein Verehrer im Kabarett dafür bezahlte.

„Also? Warum bist du hier?", fragte Bruni.

„Du kommst direkt zur Sache, was?", gluckste Marlene.

„Da du dich nicht telefonisch angekündigt hast, nehme ich an, dass du mir irgendwas Wichtiges erzählen willst."

„Du kennst mich einfach zu gut. Und ich habe wirklich aufregende Neuigkeiten." Mit kaum verhohlener Begeisterung sah Marlene sie an.

„Lass mich raten: Werner hat angerufen.“

Marlenes Gesicht nahm einen säuerlichen Ausdruck an. Sie war unglücklich in einen hochrangigen Funktionär der kommunistischen Partei verliebt und dieser hatte alle Verbindungen zu ihr kappen müssen, um ihr das Leben zu retten. „Wie kommst du darauf?“

„Weil ich ihn im Radio gehört habe. Er arbeitet jetzt für den amerikanischen Radiosender in Wiesbaden.“

„Oh. Schön für ihn. Aber wir können niemals zusammen sein, es sei denn, die Sowjets verlassen Deutschland.“

„Na, darauf kannst du bis zum Sankt-Nimmerleins-Tag warten“, sagte Bruni. Zwar konnte sie nicht verstehen, wieso Marlene ihr Herz an einen Mann verschenkt hatte und ihm nach so langer Zeit immer noch nachtrauerte, trotzdem empfand sie Mitleid mit ihr.

Jeder Rat, den sie geben konnte, würde jedoch auf taube Ohren stoßen. Marlene wollte sich einfach nicht mit der Tatsache abfinden, dass es in Berlin mehr als genug Männer gab und es nichts nützte, ausgerechnet an dem einen festzuhalten, der nie wieder einen Fuß in diese Stadt setzen konnte.

„Und was ist jetzt die gute Nachricht?“

„Wir haben es endlich geschafft.“

„Was denn?“

„Die Mitglieder der Stadtverordnetenversammlung haben den Magistrat beauftragt, eine neue freie und demokratische Universität in den westlichen Sektoren Berlins zu gründen. Du kannst dir gar nicht vorstellen, was das bedeutet. Wir werden dadurch nicht länger der kommunistischen Indoktrination und den Schikanen der Sowjets ausgeliefert sein.“

„Das freut mich ehrlich.“ Nur zu gut erinnerte sich Bruni daran, wie im Jahr zuvor zwei der Studentenführer festgenommen und gefoltert worden waren. „Wann soll sie eröffnet werden?“

„Noch vor Jahresende, damit es im Wintersemester losgehen kann. Sie soll Freie Universität Berlin heißen. Wir streben die akademische Selbstverwaltung an. Das ist ein ganz fortschrittliches Konzept mit akademischer Freiheit und Demokratie als Eckpfeilern."

„Das klingt ja gut. Pass trotzdem auf dich auf und krieg bis dahin keinen Ärger mit den Russen."

Marlene seufzte. „Klar, ich weiß es doch besser, als sie gegen mich aufzubringen."

„Warum gehen wir nicht aus und feiern das gebührend?", schlug Bruni vor und vergaß geflissentlich ihr Gelübde, von nun an sparsam zu leben.

„Tut mir leid, ich bin pleite."

„Sei doch nicht albern, das geht natürlich auf mich."

Marlene protestierte der Form halber, aber es war nicht schwer, sie zu überreden. Wer auf Lebensmittelkarten angewiesen war, hatte immer Hunger, und die Aussicht auf eine ordentliche Mahlzeit in einem Restaurant, das hauptsächlich alliierte Soldaten bewirtete, war zu verlockend, um ihr zu widerstehen.

„Ich werfe mir nur schnell etwas über", sagte Bruni und verschwand im Schlafzimmer, wo sie Nylonstrümpfe, ein Kleid und hochhackige Schuhe anzog. Dann schnappte sie sich ihre Handtasche und kehrte zurück in die Küche.

„Du siehst umwerfend aus!", sagte Marlene.

„Lieber reich und schön als arm und hässlich", lachte Bruni. Sie wusste, dass sie eitel war, aber ihr gutes Aussehen war ihr Kapital. Da sie auf der Suche nach einem neuen Gönner war, konnte es nicht schaden, sich in Schale zu werfen.

Marlene verdrehte die Augen und schaute an ihrem eigenen, ehemals smaragdgrünen Kleid hinunter. Nach zigmaligem Waschen hatte es seine Brillanz eingebüßt und wies nun eine gräuliche Farbe sowie unzählige geflickte Stellen auf.

Gemeinsam verließen sie das Mietshaus und gingen die Straße hinunter.

„Was ist eigentlich mit diesem Victor?", fragte Marlene plötzlich.

Mit dieser Frage hatte Bruni nicht gerechnet, schließlich war sie doch ungeheuer diskret vorgegangen. „Was soll mit ihm sein?" Ihr Ton klang schärfer, als sie beabsichtigt hatte.

„Fühlst du dich etwa ertappt?"

„Nein, wieso?" Vergeblich bemühte sich Bruni um eine gleichgültige Miene.

Marlene brach in Gelächter aus. „Du bist so eine schlechte Lügnerin!"

In gespielter Überraschung legte sich Bruni eine gespreizte Hand aufs Herz. „Ich? – Na gut, ich gebe es zu. Er ist unglaublich gutaussehend. Aber ich war mir sicher, dass niemand gemerkt hat, wie sehr er mich fasziniert."

„Mach dir keine Sorgen. Die anderen Gäste sind alle auf dein Spielchen hereingefallen. Aber mir kannst du nichts vormachen. Deine Augen haben jedes Mal geleuchtet, wenn ihr euch angesehen habt. Ich hab dich noch nie so ... so verliebt gesehen."

„Ich bin ganz bestimmt nicht in ihn verliebt, ich finde ihn einfach nur attraktiv." Um die Liebe machte Bruni einen großen Bogen, seit der erste Mann, den sie je geliebt hatte, ihren Glauben an die Menschheit erschüttert hatte. Nicht einmal Marlene kannte Brunis dunkelstes Geheimnis.

Sie umrundeten eine Häuserecke und kamen vor einer Schlange von Frauen zum Stehen, die Ziegelsteine von einem der zerstörten Gebäude abtrugen und auf einen Lastwagen warfen.

„Ich bin nur froh, dass wir keine Trümmerfrauen sind und so hart arbeiten müssen", sagte Bruni.

„Ich auch. Meine Mitbewohnerin Lotte hat das mehrere Monate lang gemacht. Sie sagt, es sei eine Knochenarbeit."

Bruni betrachtete ihre manikürten Fingernägel und empfand plötzlich Mitleid mit den Frauen, die diese Männerarbeit verrichteten. Doch dann sagte sie sich, dass jeder seines eigenen Glückes Schmied war. Wenn diese Frauen sich nicht die Mühe machten, eine angenehmere Arbeit zu finden, waren sie selbst schuld.

„Du weichst aus", sagte Marlene und unterbrach ihre Gedanken.

„Ich? Wieso?"

„Na ja, normalerweise hörst du gar nicht mehr auf, von deinem neuesten Liebhaber zu schwärmen, egal ob man es hören will oder nicht."

„Nun, da du es nie hören magst, habe ich vielleicht beschlossen, mir nicht mehr die Mühe zu machen", sagte Bruni, während sie an den schuftenden Frauen vorbeigingen.

„Lügnerin. Du verschonst mich doch nie auch nur mit dem kleinsten schlüpfrigen Detail."

„Es ist nichts passiert, also gibt es auch keine Details, über die ich reden könnte." Zu ihrem Entsetzen merkte Bruni, wie sie errötete. Das passierte ihr sonst nie.

„Oh je." Marlene ging langsamer und blickte Bruni direkt in die Augen. „Dich hat es wirklich erwischt."

„Hat es gar nicht", protestierte sie hitzig, als ob ihre Freundin sie eines schlimmen Verbrechens beschuldigt hätte. „Hast du vergessen, mit wem du es zu tun hast? Ich bin Brunhilde von Sinnen. Ich verliebe mich nicht. Im Übrigen erfüllt er sowieso nicht meine Kriterien. Und selbst wenn, er ist in Frankfurt am Main stationiert, also werde ich ihn nie wieder sehen."

„Das ist wirklich schade. Ihr zwei wart so ein schönes Paar. Wenn ich nur daran denke, wie er dich mit den Augen regelrecht verschlungen hat. Er ist offensichtlich genauso verknallt wie du."

„Ich bin nicht verknallt!" Endlich hatten sie das Restaurant erreicht, in dem sie oft gegessen hatte, als sie noch Deans Geliebte war. Bruni war froh über die Ablenkung, als sie von der Bedienung freundlich begrüßt wurden.

„Ah, Fräulein von Sinnen, wir wussten nicht, dass Sie uns heute beehren. Darf es ein Tisch für zwei sein?"

„Ja, bitte."

Sie bestellten und ließen sich die herzhafte Mahlzeit schmecken, während sie über Gott und die Welt plauderten.

„Sag mal, deine Mitbewohnerin Laura ... Wie kommt sie so mit Heinz zurecht?", fragte Bruni plötzlich.

„Also, ich kann ihn nicht ausstehen, er ist mir unheimlich."

„Inwiefern? Ist er irgendwie pervers oder so?"

Marlene betupfte sich mit der Serviette den Mund. „Das nicht, aber er ist … zwielichtig. Ich bin mir ziemlich sicher, dass er in illegale Machenschaften verstrickt ist."

„Ach, Marlene. Manchmal bist du wirklich naiv. Glaubst du, es gibt auch nur einen einzigen Menschen in Berlin, der nicht hin und wieder das Gesetz umgeht?" Bruni nahm einen weiteren Bissen ihres Kartoffelauflaufs.

„Also, *ich* nicht." Marlenes Augen funkelten entrüstet.

„Natürlich, verzeih mir. Ich vergaß, dass du die heilige Marlene bist."

„Ich bin keine Heilige, aber ich studiere Jura."

Bruni lachte. „Aber zu studieren ist doch kein Grund zu verhungern. Also, was sind das für Geschäftchen, die Heinz so treibt? Vielleicht kann er irgendwann nützlich sein."

„Tu doch nicht so, also wüsstest du das nicht. Seinem Onkel gehört schließlich das Café de Paris."

„Ich habe ihn noch nie bei illegalen Aktivitäten gesehen, aber ich habe eine Vermutung." Bruni brauchte nicht zu raten, denn sie war sich sicher, dass Heinz' Geschäftsmodell aus Schwarzhandel und Schieberei bestand. Ihr Chef war der ungekrönte König Berlins und konnte alles beschaffen, wonach das Herz begehrte, solange jemand in harter Währung bezahlte.

Und sein Neffe war für die Beschaffung der Waren zuständig. Herr Schuster und Heinz hatten beste Verbindungen zu den Mitgliedern aller vier Besatzungsmächte und sie war sicher, dass mehr als ein anrüchiges Geschäft über ihren Schreibtisch lief.

Als sie aufgegessen hatten, küsste Bruni Marlene zum Abschied auf die Wange. „Danke fürs Vorbeikommen und pass auf dich auf!"

Dann ging sie zurück nach Hause, um sich für ihren Auftritt am Abend vorzubereiten.

8

VICTOR

Juni 1948, mitten im Nirgendwo

„Dieses verdammte Loch hier!" Mit trüben Augen starrte Victor in sein leeres Bierglas. Schwerfällig hob er seinen Kopf und sah sich in dem kleinen Raum um. Außer ihm war etwa ein halbes Dutzend Männer dabei, sich zu betrinken.

Er saß schon seit einigen Stunden hier und gerade hatte der Barkeeper angekündigt, dass er den Laden in einer halben Stunde dichtmachen würde. Aber Victor war noch nicht danach zu gehen. Zuerst brauchte er noch ein Glas, noch eine Möglichkeit, diesen gottverlassenen Ort zu vergessen, an dem er seit zwei Wochen eingesperrt war.

Als er das Angebot seines Vorgesetzten angenommen hatte, die Logistik für die heimliche Auslieferung der neuen deutschen Währung in jeden Winkel Westdeutschlands mit Ausnahme der Hauptstadt auszuarbeiten, hatte er nicht geahnt, dass er wie ein Gefangener in einem abgeschirmten Gebäude auf dem amerikanischen Luftwaffenstützpunkt in Rothwesten, etwa fünfzehn Kilometer nördlich von Kassel, festsitzen würde.

Seine Isolation teilte er mit nur einem weiteren amerikanischen Soldaten, dem sechsundzwanzigjährigen Oberleutnant Edward

53

Tenenbaum, Sohn polnischer Juden, die nach Amerika ausgewandert waren. Tenenbaum war zudem ein Wirtschaftswissenschaftler, der das Studium an der Yale University mit summa cum laude abgeschlossen hatte.

Er war kein schlechter Kerl, aber Victor fühlte sich Akademikern gegenüber immer unterlegen, weil er selbst die Hochschule nicht abgeschlossen hatte. Abgesehen von Tenenbaum bestand seine einzige Gesellschaft aus elf deutschen Währungsexperten. Das gesamte Projekt war streng geheim – so geheim, dass die Deutschen es *Konklave von Rothwesten* nannten, in Anlehnung an das Kardinalskollegium, das den Papst wählt.

Abgesehen von den Teilnehmern waren nur die höchsten Vertreter der drei westlichen Siegermächte in das Geschehen in diesem vermaledeiten Gebäude eingeweiht. Nicht einmal die Wachposten wussten genau, was und wen sie da eigentlich bewachten.

Victor verfluchte sein Pech und fragte sich oft, was genau seine Rolle in diesem illustren Kreis war. Sein Deutsch war nicht besonders gut – es war sogar noch erbärmlicher als sein ohnehin schon schlechtes Französisch. Die Wissenschaftler fragten ihn auch nicht um Rat in Sachen Logistik, wenn sie sich über die Regeln und Vorschriften für die Währungsreform zankten.

Sein einziger Trost war, dass er spät dazugestoßen war und die langweilige Isolation nur zwei Wochen lang ertragen musste anstatt sieben, wie alle anderen.

Er dachte an seine Kameraden, die jetzt in Frankfurt oder Wiesbaden die Entlassung einer weiteren Gruppe von Soldaten feierten. Es gab dieser Tage viel Fluktuation und fast jeder, der seine Entlassung beantragte, wurde in die Staaten zurückgeschickt.

Ach, wie sehr er sich nach seinem Zuhause sehnte. Er würde einen schönen langen Urlaub auf der Farm seiner Eltern machen, sich ein nettes, traditionsverbundenes Mädel zum Heiraten suchen und dann mit ihr in eine Stadt mit einem kleinen Flughafen ziehen, wo ein Mann mit seinen technischen Fähigkeiten gebraucht wurde.

Schon bald würde er ein kleines Haus mit Garten kaufen, sich niederlassen und drei Kinder haben. Dort könnte er den Krieg und Deutschland vergessen.

Genau das wollte er. Seine Betrunkenheit verstärkte die Sehnsucht und er spürte einen Stich in der Brust, als er an seine Eltern dachte. Er hatte sie schon so lange nicht mehr gesehen. Eine weitere Welle von Heimweh entlockte ihm einen unglücklichen Seufzer.

„He, Kumpel", sagte der amerikanische Koch, der in der improvisierten Bar auch als Barkeeper fungierte. „Wird Zeit, dass du schlafen gehst."

Victor nickte, taumelte auf die Füße und wankte zum Ausgang, wobei er ungeschickt gegen mehrere Tische stieß, bevor er sein Gleichgewicht wiederfand.

Am nächsten Morgen erwachte er mit pochendem Kopf und erhielt kurz darauf die beunruhigende Nachricht, dass ein wichtiger Besucher sein Kommen angekündigt hatte.

Mist. Natürlich musste das ausgerechnet heute passieren, wo Victor in nicht gerade vorzeigbarer Verfassung war. Er ging mit großen Schritten ins Badezimmer am Ende des Flurs, wo eine eiskalte Dusche schnell wieder Leben in Geist und Körper brachte. Nachdem er sein Haar trockengerubbelt hatte, wickelte er das Handtuch um seine Hüften und trat vor den Spiegel, um sich zu rasieren.

Angezogen und dienstbereit setzte er sich zum Frühstücken in die Messe, in der er am Vorabend gebechert hatte, und verschluckte sich fast an seinen Cornflakes, als General Harris hereinkam.

Victor sprang auf und salutierte.

„Bitte essen Sie weiter", sagte Harris und setzte sich zu ihm an den Tisch.

Ganz toll.

„Wie läuft es denn so?", fragte Harris.

„Sir, ich bin nur als Berater für die Logistik hier; die Deutschen sind die eigentlichen Experten."

„Das weiß ich, aber", Harris senkte die Stimme, obwohl sich sonst niemand im Raum befand. „Wir brauchen vielleicht einen Plan B."

Victor war verwirrt. „Natürlich, Sir. Wenn ich dabei helfen kann."

„Wir haben von den Bemühungen der Sowjets erfahren, in ihrer Zone eine eigene Währung einzuführen."

„Das kommt nicht völlig überraschend", sagte Victor. Niemand konnte erwarten, dass die Russen sich zurücklehnten und abwarteten. Die inflationäre Reichsmark war dem Untergang geweiht und die Russen würden die Währungshoheit nicht freiwillig aus der Hand geben.

In der Tat hatten sie hartnäckig darauf bestanden, dass das Drucken von deutschem Geld ausschließlich ihr Privileg war und nur in ihren Einrichtungen in Leipzig erfolgen durfte, was einer der Gründe dafür war, dass die Reichsmark so schnell an Wert verloren hatte. Mittlerweile waren Zigaretten das bevorzugte Zahlungsmittel geworden, und das Einzige, was über die vier Zonen hinweg florierte, war der Schwarzmarkt.

„Wir glauben außerdem, dass ihre Währungsreform Berlin mit einschließen wird."

Diese Information änderte die Lage schlagartig, denn die westlichen Alliierten hatten die Hauptstadt sorgfältig aus dem Geltungsbereich ihrer eigenen Währungsreform ausgeklammert – hauptsächlich, um einen weiteren Zusammenstoß mit ihren sogenannten sowjetischen Verbündeten zu vermeiden.

„Sind die Russen wirklich so dreist, uns in so unverschämter Weise herauszufordern?", fragte Victor. „Immerhin untersteht Berlin der Viermächteherrschaft."

Harris warf ihm einen schiefen Blick zu. „Das sind Lügner, Halsabschneider, Betrüger und Banditen. Natürlich sind sie dreist genug. Aber wir werden vorbereitet sein."

„Jawohl, Sir", sagte Victor, obwohl sein verkatertes Gehirn dem

Gedankengang nicht folgen konnte. Außerdem fragte er sich, wieso Harris ausgerechnet ihm davon erzählte und nicht einem der Währungsexperten.

„Ich habe angeordnet, dass der Buchstabe B auf zweihundertfünfzig Millionen Deutsche Mark gedruckt wird und diese Geldscheine für alle Fälle nach Berlin gebracht werden."

Victor schüttelte den Kopf. „Das ist verdammt viel."

„Siebzig Tonnen, um genau zu sein."

„So viel können wir unmöglich mit dem Zug oder dem Lastwagen nach Berlin transportieren, ohne dass die Russen Wind davon bekommen. Dann sperren sie vielleicht mal wieder die Autobahn, nur um uns zu ärgern."

Harris nickte. „Deshalb bin ich zu Ihnen gekommen. Ich habe gehört, Sie sind ein Experte für Luftlogistik."

Ein Schauer lief Victor den Rücken hinab, als ihm das Ausmaß von Harris' Vorschlag klar wurde. „Das wären mindestens zehn Flugzeugladungen. Sofern wir sonst nichts transportieren." Seine Augen verengten sich zu Schlitzen. „Aber wahrscheinlich die einzige Möglichkeit. Die Russen können unsere Flugzeuge nicht inspizieren, weder in Westdeutschland noch in Berlin. Aber wir müssten sicherstellen, dass am Flughafen Tempelhof niemand etwas über die wahre Ladung erfährt, denn die Russen haben ihre Spitzel überall."

„Das war auch mein Gedanke. Was schlagen Sie vor?"

Augenblicklich war Victor in seinem Element. Er holte Stift und Papier aus seiner Brusttasche und zeichnete ein paar Kisten. „Wie viele Kisten schweben Ihnen vor?"

„Hängt von der Größe ab."

„Natürlich, Sir. Ich hatte an die kleinen Holzkisten gedacht, die wir zum Transport von Alkohol verwenden."

„Alkohol?" Harris schmunzelte.

„Ja, sie sind sehr robust, und es ist normal, dass sie vom übrigen Nachschub getrennt werden."

„Gute Idee. Wir könnten zu den Russen durchsickern lassen, dass unsere Vorräte aufgrund ihrer Spielchen zur Neige gehen und wir uns vorsorglich mit genügend Alkohol und Tabak eindecken, falls es auf den Straßen zu weiteren technischen Schwierigkeiten kommt."

„Die müssen uns für einen Haufen Alkoholiker halten", sagte Victor.

„Glauben Sie mir, das ist unser kleinstes Problem. Wodka ist den Russen heilig; wenn er ausgeht, kommt das einer Staatskrise gleich. Bis wann können Sie die komplette Logistikplanung abschließen?"

„Wenn das höchste Priorität hat, bin ich bis heute Abend fertig, aber ...", Victor sah den General an, „es wäre gut, wenn ich einen der Geldstapel sehen könnte. Oder zumindest die Anzahl und Maße genau wüsste."

„Sie wissen, dass dieses Projekt streng geheim ist und niemand, der daran beteiligt ist, Rothwesten verlassen darf, bevor die Währungsreform durchgeführt wurde?"

Victor nickte und überlegte, welche andere Möglichkeit es gab, an die gewünschten Informationen zu kommen, als Harris erneut das Wort ergriff. „Zumindest niemand ohne die entsprechende Unbedenklichkeitsbescheinigung."

„Sir?"

„In einer Stunde fahren Sie mit mir nach Frankfurt. Dort dürfen Sie den Sicherheitstrakt der Kaserne bis zum Abschluss der Operation nicht verlassen. Fangen Sie besser gleich mit dem Packen an."

„In Ordnung, Sir. Darf ich noch eine Frage stellen?" Victor leerte seinen Kaffeebecher.

„Schießen Sie los."

„Werden die Sowjets nicht Vergeltung üben, wenn wir sie auf diese Weise austricksen?"

Harris nickte. „Darauf können Sie Gift nehmen. Die werden Zeter und Mordio schreien und uns aller möglichen und unmöglichen Verbrechen beschuldigen. Es könnte sein, dass sie uns mit einer völlig unerwarteten Aktion unvorbereitet treffen. Ja, vielleicht provoziert das sogar den finalen Zusammenstoß."

Victor schluckte, aber General Harris schien diese Aussicht kalt zu lassen. Victor salutierte und verließ den Raum. Innerhalb der nächsten Stunde sollte er in ein anderes Gefängnis verlegt werden, aber wenigstens konnte er in Frankfurt etwas Nützliches tun, anstatt hier bei den Wissenschaftlern herumzuhocken, die ihn sowieso nie nach seiner Meinung fragten.

9

BRUNI

Mit ihrer rauchigen Altstimme sang Bruni die letzten Takte eines Chansons über verlorene Liebe. Das Kabarett war an diesem Abend mal wieder brechend voll und während ihres Auftritts hatte sie sich die Zeit genommen, die anwesenden Männer gründlich in Augenschein zu nehmen. Die meisten waren Stammgäste.

Für sie persönlich machte es keinen Unterschied, welcher Nationalität sie angehörten. Da sie jedoch im französischen Sektor lebte und arbeitete, hatte sie sich in letzter Zeit vorsichtshalber von sowjetischen Soldaten ferngehalten. Falls die spürbaren Spannungen zwischen den Alliierten überhandnahmen und es zu dem befürchteten Bruch sowie dem Ende der Viermächteherrschaft kam, wollte sie als loyale Unterstützerin der Franzosen gesehen werden.

Andererseits wollte sie die Russen auch nicht vor den Kopf stoßen, denn ihren guten Willen würde sie brauchen, falls es zum Schlimmsten kam und die Westalliierten Berlin verließen. Es war eine Gratwanderung, bei der sie ihre Gunst wohldosiert und gut überlegt austeilen musste.

Vielleicht hatte es sogar sein Gutes, dass Dean ihr den Laufpass gegeben hatte. Im Zweifelsfall würde der sowjetische

Geheimdienst die Geliebte des amerikanischen Kommandanten nicht mit Samthandschuhen anfassen. Unwillkürlich erschauderte sie und der nächste Ton klang ein wenig zu schrill. Schnell rang sie nach Fassung. Sich ihre Verzweiflung anmerken zu lassen, war wenig hilfreich. Immerhin war sie nur eine Sängerin, eine Frau ohne politische Ambitionen, unbewandert in internationaler Diplomatie.

Als sie das Lied beendete, entdeckte sie Capitaine Pierre Lejeune an seinem üblichen Tisch. Er zwinkerte ihr zu, was sofort ihre Stimmung hob.

„Das war wundervoll, Bruni", sagte Herr Schuster, der Besitzer des Café de Paris, als sie die Garderobe verließ, um sich unter die Gäste zu mischen.

„Danke", antwortete sie mit einem Nicken. Sicherlich freute er sich mehr über den Champagner, der während ihres Auftritts bestellt worden war, als über ihren Gesang. Er war ein massiger Mann Ende vierzig mit braunem Haar, dunkelbraunen Augen, denen nichts entging, und schmalen Lippen. Sie mochte ihn nicht besonders, aber für ihn zu arbeiten war in Ordnung. Im Gegensatz zu anderen Chefs, die ihre Hände gerne auf Wanderschaft schickten, belästigte er seine Angestellten nie.

Trotzdem beschlich sie jedes Mal ein mulmiges Gefühl, wenn sie sich mit ihm unterhalten musste. Es war nur allzu offensichtlich, wie er sein Geld wirklich verdiente – nicht durch den Verkauf von Alkohol an die Soldaten, die sein Etablissement besuchten. Hinter den Kulissen wurde alles und jedes zum Verkauf angeboten. Es war ein offenes Geheimnis, dass Herr Schuster auch den ausgefallensten Wunsch erfüllen und jedes Luxusgut beschaffen konnte, wenn der Empfänger nur genug zahlte – und zwar nicht in abgewerteter Reichsmark.

Doch trotz ihrer Geringschätzung seiner Machenschaften bewunderte sie insgeheim seinen Mut. Eigentlich waren sie und er sich sehr ähnlich: Beide erfüllten die Träume der Besatzungssoldaten und keiner von ihnen zog die eine Nationalität der anderen vor.

„Der französische Hauptmann dort drüben möchte, dass du was mit ihm trinkst", sagte ihr Chef.

„Ich setze mich gleich zu ihm, Herr Schuster."

„Vielleicht kannst du ihn auch dazu verleiten, etwas zu essen. Wir haben heute frischen Kaviar von der Krim."

„Ich werde mein Bestes tun." Bruni tänzelte von dannen. Sie hatte eine Schwäche für Kaviar und da sie knapp bei Kasse war, war es ein doppelter Genuss, im Klub zu essen.

Sie lächelte Pierre charmant an und setzte sich auf den Stuhl, den er ihr anbot. Mit seinem großen Zinken und dem schütteren dunklen Haar sah er keineswegs gut aus, außerdem war er weit über fünfzig – viel zu alt für sie.

Sie hatte ihn vor einigen Wochen das letzte Mal unter den Gästen gesehen und tat so, als würde sie schmollen. „Es ist schon viel zu lange her, dass Sie mich mit Ihrer Anwesenheit beehrt haben."

Pierre ließ sich nicht auf ihr Spielchen ein. Stattdessen antwortete er freundlich: „Ich war sehr beschäftigt. Wir alle waren sehr beschäftigt. Gestern hätte ich meinen Heimaturlaub antreten sollen, aber unsere lieben Freunde haben mir einen Strich durch die Rechnung gemacht." Er warf einen Blick durch den Raum und neigte den Kopf leicht in Richtung der russischen Offiziere, die an der Bar saßen.

„Was haben die Russen denn jetzt wieder angestellt?", fragte Bruni und unterdrückte ein lautes Auflachen. Wie oft hatte sie Dean genau denselben Satz sagen gehört?

„Sie haben die Autobahn wieder einmal aus technischen Gründen gesperrt."

Bruni schüttelte den Kopf. „Wieso können sie diese Autobahn eigentlich nicht länger als ein paar Tage in Schuss halten? Selbst als die Engländer und Amerikaner unser Land in Schutt und Asche gebombt haben, wurde die Autobahn nicht ein einziges Mal gesperrt."

Pierre legte eine Hand auf ihre. „Erzählen Sie mir nicht, dass

Sie so naiv sind, Mademoiselle Magnifique. Wir alle wissen, dass das nur ein Vorwand ist, um uns zu schikanieren."

Bruni lächelte und zog sanft ihre Hand unter seiner weg. Sie war weder dumm noch naiv, aber sie hatte es sich zur Regel gemacht, niemals mit einem der Soldaten über Politik zu sprechen. Bei einer solchen Unterhaltung konnte sie als deutsches Mädel nur den Kürzeren ziehen, vor allem wenn sie es sich mit keinem der vier Besatzer verscherzen wollte. „Also bleiben Sie stattdessen in Berlin?"

„Ja, und ich wüsste angenehme Gesellschaft zu schätzen, die mich davor bewahrt, hier noch den Verstand zu verlieren." Dabei warf er einen anzüglichen Blick auf ihr Dekolleté.

Genau genommen war Hauptmann Lejeune gar kein so schlechter Fang. Er war unverheiratet und hatte gute Manieren – obwohl sich die anderen Mädchen im Klub über seine bizarren Vorlieben im Bett beschwert hatten. Bruni wunderte sich, wie exotisch diese wohl waren. Sie würde Carla fragen, bevor sie eine Entscheidung traf, die sie hinterher vielleicht bereute.

„Ich muss im Dienstplan nachsehen", sagte sie unverbindlich. „Sie wissen ja, welche Disziplin Herr Schuster von seinen Angestellten erwartet."

„Dann sehen wir uns morgen Abend, und ich erwarte bis dahin Ihre Antwort", sagte er und küsste ihre Hand.

Sie stand auf und beobachtete, wie eines der Freudenmädchen, die den Klub frequentierten, es sich auf seinem Schoß bequem machte. Wenige Minuten später verließen die beiden heftig knutschend in enger Umarmung den Klub.

Nein, Pierre war definitiv nichts für sie. Sie hatte nichts dagegen, dass ihr Liebhaber irgendwo in der Heimat eine Ehefrau hatte; aber wenn ein Mann nicht einmal einen Tag warten konnte und sich nur wenige Minuten nach ihrem entschiedenen *Vielleicht* mit einer Dirne davonmachte, dann war er ungeeignet für ihre Bedürfnisse.

Bruni setzte ihr strahlendstes Lächeln auf und durchquerte das Kabarett, wobei sie mit allen Männern flirtete, die sie passierte.

Dann kehrte sie in die Garderobe zurück, um ihr Make-up für ihren letzten Auftritt an diesem Abend aufzufrischen. Wieder auf der Bühne ging ihr ein gewisser amerikanischer Ingenieur mit aschblondem Haar und braungrünen Augen nicht mehr aus dem Kopf. Sie legte all die aufgestauten Emotionen in ihr Lied, das sie nur für ihn sang – wo auch immer er gerade sein mochte.

Sie verstand sich selbst nicht, denn es sah ihr gar nicht ähnlich, sich nach einem Mann zu sehnen, schon gar nicht nach einem so unpassenden.

10

DEAN

15. Juni 1948

Dean saß mit einem Whiskey in der Hand mit seiner Frau im Wohnzimmer, als plötzlich das Geräusch von berstendem Glas die Stille der Nacht zerriss. Ein großer Ziegelstein, um den ein Zettel gewickelt war, landete nur wenige Zentimeter vor seinen Füßen.

„Dean!" Seine Frau schnappte erschrocken nach Luft.

„Ist schon gut. Schau bitte nach den Jungs, falls der Lärm sie geweckt hat."

„Was hast du vor?"

„Keine Sorge. Ich schaue mich nur mal draußen um, denke aber nicht, dass ich noch jemanden sehen werde." Er wartete, bis sie das Wohnzimmer verlassen hatte, bevor er den Ziegelstein auswickelte. Innerlich zog sich bei ihm alles zusammen, als er die unverhohlene Drohung auf dem Papier las.

Es war eine Sache, bei der Arbeit Morddrohungen zu erhalten; das kam regelmäßig vor. Doch dies war etwas anderes, immerhin war das hier sein Zuhause und er wollte nicht, dass seine Frau und seine Söhne gefährdet wurden. Er legte den Zettel in seine

Aktentasche, suchte im Keller ein Brett und ein paar Nägel und vernagelte das Fenster für die Nacht.

Dann schaltete er das Licht aus und überprüfte sämtliche Fenster und Türen im Erdgeschoss. Als er zu seiner Familie ins Obergeschoss ging, nahm er sicherheitshalber seine Pistole und Munition mit.

So sehr er die Idee auch verabscheute, möglicherweise musste er anordnen, dass Wachposten zum Schutz vor seinem privaten Wohnsitz postiert wurden. Er kannte die Herkunft der Morddrohungen, anonymen Anrufe oder Ziegelsteine nur zu gut: Sie kamen von eingefleischten Kommunisten, von sowjetischen Handlangern, die ihm Angst einjagen wollten, damit er Berlin verließ und die gesamte amerikanische Besatzungsmacht mitnahm.

Doch sie hatten die Rechnung ohne den Wirt gemacht. Niemals würde er die Stadt Stalins Speichelleckern überlassen, auch wenn er es bereits bereute, seine Familie nach Deutschland geholt zu haben. Das war aus purem Egoismus geschehen, weil er sie so sehr vermisst hatte. Dabei war es ihnen zu Hause in den Vereinigten Staaten viel besser ergangen.

Nach einer schlaflosen Nacht schleppte sich Dean am nächsten Morgen zum obligatorischen Treffen in der Kommandantur.

Es gab nicht Vieles, das er so sehr verabscheute wie seinen Widersacher General Sokolow. Zu Deans blankem Entsetzen hatte Sokolow einen weiteren dringlichen Punkt auf die Tagesordnung gesetzt: das besorgniserregende Ausbluten der Berliner Industrie nach Westdeutschland.

„Dieses scheinheilige Schwein", sagte er zu seinem Stellvertreter Jason. Erst klauen seine Leute alles, was nicht niet- und nagelfest ist, um es in die Sowjetunion zu schicken, und jetzt macht er sich angeblich Sorgen um das Ausbluten der Berliner Industrie?"

Die von den Sowjets geforderten Reparationen waren Dean auch drei Jahre nach dem Ende des Zweiten Weltkriegs ein Dorn im Auge, doch die aktuelle Unverschämtheit brachte das Ganze auf ein neues Niveau. Er musste Sokolow Anerkennung dafür zollen, dass dieser sich selbst mit immer noch lächerlicheren Anschuldigungen gegen die Westmächte übertrumpfte.

Kaum hatte der amtierende Vorsitzende, der französische General Ganeval, die Sitzung eröffnet, erhob sich Sokolow auch schon und setzte zu einem seiner gefürchteten Monologe an, die vor Beleidigungen nur so strotzten.

„Im letzten Jahr wurden den Berlinern siebenunddreißig Industriekomplexe geraubt und nach Westdeutschland verbracht – eine klare Verletzung des Potsdamer Abkommens."

Dean beugte sich zu Jason hinüber und murmelte: „Seit wann interessiert sich unser Freund für schriftliche Vereinbarungen?"

Sokolow fuhr in seinem monotonen Ton fort: „Darunter befinden sich so illustre Namen wie Karstadt, Knorr-Bremse, Kodak und Singer Nähmaschinen."

Die Ader an Deans Hals pulsierte heftig, und er unterbrach den Russen: „Singer ist übrigens ein amerikanisches Unternehmen, dem Sie die Maschinen unter Verletzung des Potsdamer Abkommens gestohlen haben, bevor wir hier eintrafen."

Sokolows Gesicht verzog sich vor Schmerz. Dean verspürte einen Anflug von Schadenfreude, denn er wusste, dass der General an einem Magengeschwür litt.

„Das ist imperialistische Propaganda und eine Diffamierung der großartigen UdSSR. Darf ich Sie daran erinnern, dass wir die Hauptlast der Kämpfe im Großen Vaterländischen Krieg getragen haben, während Sie untätig zugesehen und ein paar unbedeutende Stellvertreterkriege im Pazifik geführt haben, anstatt gegen die Nazis vorzugehen?"

Dean zog es vor zu schweigen. Auch wenn diese Anschuldigung Sokolows stark übertrieben war, so war sie doch nicht völlig unbegründet. Die Vereinigten Staaten hatten viel zu lange gewartet, in diesen Krieg einzutreten, weil sie stur am

Isolationismus festgehalten hatten. Er konnte immer noch nicht begreifen, warum die Menschen zu Hause geglaubt hatten, Amerika könne sich aus diesem *europäischen Krieg* heraushalten.

Die Welt war heutzutage so stark zusammengewachsen, dass jedes Land – mal abgesehen von einigen winzigen, rückständigen Inselgruppen im Pazifik – durch Handel, Politik sowie Ein- und Auswanderung mit allen anderen Ländern eng verwoben war.

Mit Sokolow zu streiten, brachte jedenfalls nichts. Genau wie die Isolationisten zu Hause hatte der sowjetische General einen festen Standpunkt – der in seinem Fall zweifellos direkt auf das „Genie" Stalin zurückging. Und er würde davon nicht abweichen, selbst wenn es den Weltuntergang bedeutete.

Jason beugte sich herüber. „Sind diese sowjetischen Wirtschaftsgenies mal auf die Idee gekommen, dass die Firmen Berlin vielleicht deshalb verlassen, weil sie Angst haben, dass ihre Anlagen sonst von den Russen demontiert werden? Oder dass sie Arbeiter brauchen, die nicht gleich bei der leisesten Kritik an den Sowjets von der Polizei verhaftet und entführt werden?"

„Es ist verabscheuungswürdig, dass die Amerikaner den schamlosen Diebstahl von Produktionsgütern zulassen. Wir wissen, dass sie nicht nur Industrieanlagen, sondern auch Kunst, Schmuck und andere Wertgegenstände in ihren Militärzügen hinausschmuggeln. Auf der Konferenz von Jalta wurde vereinbart ..."

Wieder einmal war Dean sprachlos ob Sokolows Unverfrorenheit. Immer, wenn es ihm in den Kram passte, berief sich der Russe auf irgendeine Konferenz, verdrehte dabei die Absprachen und vergaß alles urplötzlich, wenn es nicht zu seinen intriganten Plänen passte.

„... etwas muss unternommen werden gegen die unverschämte Plünderung von deutschem Eigentum durch die Amerikaner." Mit dieser haltlosen Anklage beendete Sokolow seine Rede.

Dean war derlei Beschimpfungen inzwischen gewohnt, doch dieses Mal hörte es sich wie eine unverhohlene Drohung an. Er war ernsthaft besorgt.

Dreizehn Stunden später hatte sich die Sitzung der Kommandantur festgefahren. Keine einzige Einigung war erzielt worden, nicht einmal bei so trivialen Fragen wie der Farbe der neu auszugebenden Lebensmittelkarten.

Erschöpfung übermannte ihn und Dean schloss kurz die Augen. Ein Blick auf die Wanduhr verriet, dass es bereits Mitternacht war. Nach Sokolows Vorwurf, die Amerikaner hätten Berlin die Lebensader geraubt, war die Diskussion auf die *Vierzehn Punkte zur Verbesserung der rechtlichen und materiellen Lage der Arbeiter und Angestellten Berlins* zurückgekommen. Über dieses Pamphlet hatten sie in den letzten sechs Monaten unermüdlich und unversöhnlich gestritten.

„Wenn die Sowjets den Befehl Nr. 20 zurücknehmen, können wir die vierzehn Punkte wieder einzeln diskutieren", erklärte General Ganeval – zum wiederholten Mal.

Ohne Genehmigung durch die Kommandantur hatten die Sowjets diesen Befehl in ihrem eigenen Sektor erlassen und damit alle vierzehn Punkte zum Gesetz erhoben, was an sich schon eine Verletzung des viel zitierten Potsdamer Abkommens war. Wäre Dean der amtierende Vorsitzende gewesen, hätte er den Sowjets klipp und klar gesagt, was er von ihren Machenschaften hielt. Doch Ganeval war viel zu höflich, um Sokolow direkt zu konfrontieren.

„Die vierzehn Punkte müssen in Gänze angenommen werden", erklärte Sokolow mit Nachdruck, wobei sich sein Gesicht vor Schmerz verzerrte.

Seit Monaten drehten sie sich im Kreis. Die Sowjets beharrten auf ihrer Alles-oder-nichts-Position, wohl wissend, dass die Westmächte dem niemals zustimmen würden. Befehl Nr. 20 war nur das i-Tüpfelchen, um den anderen zu zeigen, wie wenig sie sich um ihre Meinung scherten.

Das Endziel war klar: die Alleinherrschaft über Berlin, dann Deutschland und letztlich ganz Europa.

„Wir werden unseren rechtmäßigen Befehl nicht aufheben, es sei denn, die anderen Delegationen stimmen den vierzehn

Punkten zu und unterschreiben eine Vereinbarung, die für ganz Berlin gilt", erklärte Sokolow, lehnte sich in seinem Stuhl zurück und starrte die Anwesenden herausfordernd an.

Das brachte für Dean das Fass zum Überlaufen. Seit dreizehn Stunden musste er die Beschimpfungen des Russen über sich ergehen lassen und es war kein Ende in Sicht. Er hatte bereits aufgrund der Morddrohung gegen seine Familie eine schlaflose Nacht hinter sich, die er zweifellos ebenfalls diesen abscheulichen Russen zu verdanken hatte, und für den nächsten Morgen war eine wichtige Besprechung angesetzt.

Also entschied er, die Versammlung zu verlassen. Das war eine reine Formalität und er machte es nicht zum ersten Mal.

„Ich haue ab", flüsterte er Jason zu, stand dann auf und wandte sich an die Versammlung. „Meine Herren, ich bitte darum, mich zu entschuldigen. Ich habe morgen einen vollen Terminkalender und es ist schon sehr spät. Mit Ihrer Erlaubnis, Herr Vorsitzender, übernimmt mein Stellvertreter Major Gardner für mich."

General Ganeval nickte. „Natürlich, General Harris. Major Gardner, bitte nehmen Sie als Vertreter der amerikanischen Delegation den Platz von General Harris ein."

Dean nickte einmal und verließ den Saal. Draußen stieg er in das wartende Auto und wies seinen Fahrer an, ihn nach Hause zu bringen.

11

WLADI

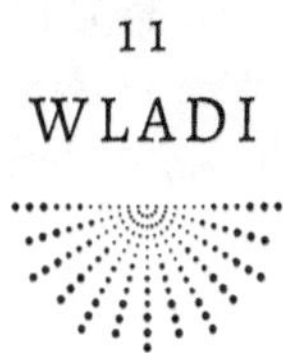

Wladi blickte gespannt zu General Sokolow. Wie würde er auf Harris' Affront reagieren? Einfach die Sitzung zu verlassen, zeigte deutlich, wie wenig die Amerikaner ihre Verbündeten respektierten.

Stalin wollte, dass die anderen Besatzungsmächte Berlin verließen, denn ihre Anwesenheit stellte eine Bedrohung für die Sicherheit der Sowjetunion dar. Die Westmächte blieben nur aus einem einzigen Grund in Berlin: weil die Lage der Stadt mitten in der Sowjetzone es ihnen ermöglichte, die Russen auszuspionieren und ihre Sezessionspläne für das übrige Deutschland voranzutreiben.

Es war allgemein bekannt, wie sehr die Briten und Amerikaner die Russen für ihren Mut und ihr Wirtschaftssystem hassten, zumal Letzteres dem Raubtierkapitalismus haushoch überlegen war. Jetzt wollten sie Deutschland auf ihre Seite ziehen und die Sowjetunion genau dann angreifen, wenn diese es am wenigsten erwartete.

In Hiroshima und Nagasaki hatten die Amerikaner ihr wahres Gesicht bereits gezeigt. Ein Menschenleben bedeutete ihnen nichts, denn sonst hätten sie nicht mit ihren zwei Atombomben ganze

Städte in Schutt und Asche gelegt sowie Hunderttausende Zivilisten – Männer, Frauen und Kinder – getötet.

Da die Sowjetunion noch immer nicht über eine eigene Atombombe verfügte, war sie dem bösartigen Landhunger der Imperialisten schutzlos ausgeliefert. Das Großkapital war bereits einmal der Ursprung der Aggressionen gewesen und hatte die Sowjets gezwungen, den Großen Vaterländischen Krieg gegen die Nazis zu führen. Niemand außer den kriegstreiberischen Amerikanern wollte einen weiteren Krieg.

Wladi stand voll und ganz hinter jeder Maßnahme, die Sokolow ergreifen konnte, um den Feind in seine Schranken zu weisen, denn andernfalls lief die Sowjetunion Gefahr, bald nicht mehr zu existieren.

Sokolow erhob sich. „General Harris' Verhalten ist ein Affront gegen unsere Delegation. Es gibt Verfahrensweisen, die eingehalten werden müssen, und ich weigere mich, das niederträchtige Benehmen dieses amerikanischen Rüpels zu tolerieren."

Im Raum wurde es mucksmäuschenstill. Wladi fand, dass Sokolow ein wenig zu theatralisch auftrat. Harris hatte sich schamlos verhalten, keine Frage, als er die anderen Mitglieder der Kommandantur einfach sitzen ließ; aber er war weder ausfallend noch gewalttätig geworden.

General Ganeval, versöhnlich wie der Franzose stets war, ergriff das Wort. „Ich kann die Sitzung vertagen, wenn Sie es wünschen, General Sokolow."

Sokolow zuckte zusammen, als hätte ihm jemand einen Schlag in die Magengrube verpasst, und lief dunkelrot an. „Eine solche Beleidigung der Ehre der großartigen Sowjetunion werde ich nicht auch noch belohnen. General Harris muss für sein Verhalten zur Rechenschaft gezogen werden!"

Er machte eine kurze Pause und fuhr dann dröhnend fort: „Da der Rest von Ihnen offenbar nicht für Anstand und Ehrlichkeit eintreten will, machen Sie sich mitschuldig. Wenn dieser garstige Harris nicht auf der Stelle zurückkommt und sich entschuldigt, bleibe ich keine Sekunde länger hier." Herausfordernd starrte Sokolow einige Sekunden lang in den Saal. Dann machte er sich auf den Weg zur Tür.

Wladi atmete aus. Es war vollbracht. Er schnappte sich seine Unterlagen, stopfte sie eilig in die Aktentasche und folgte Sokolow. Es dauerte einige Zeit, bis der Dolmetscher alles übersetzt hatte. Als General Ganeval das Wort ergriff, hatte die russische Delegation bereits den Ausgang erreicht.

„General Harris wurde ordnungsgemäß von der Sitzung entschuldigt und sein Stellvertreter übernimmt für ihn. Sie aber, General Sokolow, sind drauf und dran, die Sitzung ohne Erlaubnis zu verlassen, und das aus dem einfachen Grund, weil Sie verärgert sind."

Wladi wusste, dass Ganeval recht hatte, aber das war eine reine Formalie. Was zählte, war Harris' Absicht, die sowjetische Delegation zu demütigen.

Am nächsten Tag würden die Berliner die Wahrheit aus den Zeitungen und dem Radio erfahren, nämlich dass die Westmächte sich als die betrügenden und lügenden Ganoven zu erkennen gegeben hatten, die sie in Wirklichkeit waren, und dass sie mit ihrem Verhalten die Sowjets gezwungen hatten, die Kommandantur zu verlassen, so wie eine Mutter, die ihr Kind zu seinem eigenen Wohl nachts auch mal schreien lässt.

Wladi konnte sich allerdings nicht vorstellen, welche Schritte Sokolow als Nächstes geplant hatte. Nachdem Marschall Kapralow einige Monate zuvor den Alliierten Kontrollrat verlassen hatte, war die Kommandantur die einzig verbliebene Viermächteversammlung. Wäre das Regieren Berlins ohne sie nicht sehr mühsam? Oder hoffte er, die Westmächte würden mit einer Entschuldigung angekrochen kommen? Unwahrscheinlich. Wie kleine Kinder konnten sie bisweilen unglaublich stur sein.

Am nächsten Morgen wurde Dean in General Clays Büro zitiert.

„Sie haben etwas Unverzeihliches getan", begrüßte Clay ihn.

Dean und Clay hatten sich nicht immer gut verstanden; vor allem nicht kurz nach Kriegsende, als Dean bereits vor der verhängnisvollen Beschwichtigungspolitik den Russen gegenüber gewarnt hatte.

Doch der General musste eine gewisse Wertschätzung für ihn haben, sonst hätte er ihn nicht zum Kommandanten von Berlin ernannt und zum Brigadegeneral befördert. Dennoch schwieg Dean, um abzuwarten, was sein Vorgesetzter zu sagen hatte.

„Und wissen Sie, was das Schlimmste an der ganzen Sache ist? Es tut Ihnen nicht einmal leid!"

Dean vergaß, dass er eigentlich schweigen wollte und blaffte: „Da haben Sie verdammt noch mal recht. Aus einer Laune heraus haben die Russen der Viermächteherrschaft über Berlin ein jähes Ende bereitet. Was können sie jetzt noch tun? Wie sollen sie uns weiterhin beschimpfen? Ich persönlich bin erleichtert. Es war höchste Zeit, mit dieser Farce aufzuhören, zu der die Kommandantur verkommen ist. Was mich betrifft, so hat Sokolow mir einen Gefallen getan und einen Albtraum beendet. Und wissen Sie was? Das war doch ein abgekartetes Spiel. Die brauchten nur einen Grund, um uns loszuwerden. Weil sie die Viermächteherrschaft unbedingt auflösen wollten, haben sie den fadenscheinigsten Vorwand ergriffen, der sich ihnen geboten hat. Nämlich dass der amerikanische Kommandant den Konferenzraum verlassen hat, nachdem er vom französischen Vorsitzenden ordnungsgemäß entschuldigt worden war."

Dean musste seine Tirade unterbrechen, um Luft zu holen, was Clay dazu nutzte, um ihm ins Wort zu fallen: „Auch wenn ich Ihnen persönlich zustimme, entschuldigt das nicht Ihr Verhalten. Die Sowjets werden mit Sicherheit Vergeltung üben. Ich habe bereits eine schriftliche Beschwerde von Marschall Kapralow erhalten, in der er sagt, dass Berlin nach Ihrer bösartigen Zerstörung der deutschen Einheit seine Bedeutung als Standort für die Viermächteverwaltung der Alliierten verloren hat. In seinem

Brief deutet er an, dass die westlichen Alliierten unverzüglich ihre Sachen packen sollen."

Dean grunzte. Eine solche Reaktion war zu erwarten. Er fragte sich nur, ob die Politiker zu Hause den Sowjets ihren Wunsch erfüllten. Doch zum Glück beruhigte General Clay ihn in dieser Hinsicht und versicherte, dass niemand die Absicht hatte, Berlin zu verlassen.

Sie hatten für diesen Trümmerhaufen zu teuer bezahlt, um ihn beim ersten Rückschlag aufzugeben.

BRUNI

20. Juni 1948

Bruni saß am Ufer des Wannsees und beobachtete Marlene und Lotte, die wie kleine Kinder im Wasser planschten. Sie zuckte mit den Schultern und drehte den Kopf so, dass der breitkrempige Strohhut ihr Gesicht beschattete. Trotz der Hitze achtete sie peinlichst genau darauf, dass der Seidenschal um ihre Schultern keinen Zentimeter Haut unbedeckt ließ. Nur Landarbeiter oder törichte Frauen wie ihre Freundinnen setzten sich der Sonne aus und bekamen eine ordinäre Bräune.

Sie streckte ihre langen, nylonbestrumpften Beine aus, wobei sie zu ihrem Verdruss eine Laufmasche bemerkte. Das bedeutete stundenlanges Flicken.

Aus dem batteriebetriebenen Volksempfänger neben ihr ertönte amerikanische Musik auf ihrem Lieblingssender RIAS Berlin, bis das Programm mit einer Nachricht unterbrochen wurde. General Clay wollte zur vollen Stunde eine wichtige Mitteilung an alle Deutschen in den drei Westzonen machen.

Das war höchst ungewöhnlich, deshalb winkte sie hektisch ihren Freundinnen, damit sie an den Strand zurückkehrten.

„Was gibts denn, Bruni?", fragte Marlene, als sie das angebotene Handtuch nahm.

„Es gibt gleich eine Ankündigung von General Clay."

„Oh. Was könnte so wichtig sein, dass er so etwas Ungewöhnliches tut?", fragte Lotte.

„Keine Ahnung." Bruni zuckte mit den Schultern. „Ich schätze, wir werden es gleich herausfinden. Apropos, habt ihr was von Zara gehört? Ich dachte, sie würde uns schreiben, sobald sie sich in Wiesbaden eingerichtet hat."

Marlene schüttelte den Kopf. „Nein, aber du weißt ja, wie unzuverlässig die Post ist. Manchmal dauert es halt ein bisschen länger."

„Drei Monate?"

„Um Himmels willen, ist das wirklich schon so lange her? Ich war so mit der Arbeit und dem Studium beschäftigt." Marlene zog eine Grimasse. Das schlechte Gewissen, weil sie nicht eher an Zara gedacht hatte, war ihr deutlich anzusehen.

Bruni hingegen plagte schon seit Wochen das ungute Gefühl, dass etwas nicht stimmte. Doch sie hatte es immer wieder verdrängt und sich eingeredet, dass Zara sicherlich genauso viel zu tun hatte wie alle anderen und einfach noch nicht dazu gekommen war, ihren Freundinnen zu antworten. Das sah Zara zwar nicht ähnlich, aber Bruni hatte sich lieber an diesen Gedanken geklammert, als sich um Zaras Wohlergehen zu ängstigen. Schließlich konnte sie sowieso nichts daran ändern.

„Sie ist erwachsen und kann auf sich selbst aufpassen", meinte Lotte. „Und überhaupt, was soll ihr denn in Wiesbaden passieren? Dort können die Russen nicht einfach herumlaufen und Leute entführen wie hier."

„Ja, sie wird uns bestimmt wissen lassen, dass es ihr gut geht, sobald sie die Zeit dazu findet", sagte Marlene, doch die Sorge stand ihr ins Gesicht geschrieben.

Die Unterhaltung wurde durch den Radiosprecher unterbrochen. Die drei lauschten gebannt dem Bericht über die Einführung einer neuen Währung in der sogenannten *Trizone*, die sich aus der amerikanischen, französischen und britischen Besatzungszone Deutschlands zusammensetzte. Nur das viergeteilte Berlin sollte von der Währungsreform ausgenommen bleiben.

„Aber wieso nicht wir?", jammerte Bruni.

„Natürlich wegen der Russen, was denn sonst?", antwortete Lotte. „Die waren bestimmt dagegen."

„Ich fress 'nen Besen, wenn sie überhaupt etwas von der neuen Währung wussten." Marlene lehnte sich zurück.

Bruni war für einen Moment verblüfft. Seit Monaten schon gab es Gerüchte, aber niemand hatte etwas Genaues gewusst. Trotzdem mussten die vier Siegermächte ihr Vorgehen miteinander abgestimmt haben.

Lotte, die wie immer besser im Bild war als alle anderen, sagte: „Was denkt ihr denn, wieso das Besatzungsgeld nicht das Papier wert war, auf dem es gedruckt wurde?"

„Na, wegen der Inflation." Auch wenn sie sich nicht für Politik und Wirtschaft interessierte, war Bruni nicht auf den Kopf gefallen.

„Ja, aber weißt du, wie es zu dieser Inflation gekommen ist? Es liegt nicht daran, dass es nicht genug Dinge zu kaufen gibt, sondern vor allem daran, dass zu viel Geld im Umlauf ist."

Bruni grinste. „Lotte, jetzt machst du Witze. Zu viel Geld kann es niemals geben – zumindest nicht für mich."

Ihre beiden Freundinnen lachten so sehr über diese Bemerkung, dass Marlene einen Hustenanfall bekam. Als sie sich wieder beruhigt hatte, sagte sie: „Für dich persönlich ist es vielleicht nicht schlimm, aber für die Wirtschaft insgesamt ist es schlecht, wenn es zu viel Geld und nur wenige Güter gibt. Das setzt einen Teufelskreis der Inflation in Gang und schon bald kaufen und verkaufen die Leute keine Waren mehr für das abgewertete Geld, sondern tauschen lieber oder benutzen eine Ersatzwährung wie Zigaretten."

Lotte fügte hinzu: „Jedenfalls besitzen alle vier Siegermächte einen Satz der Originaldruckplatten, um Besatzungsgeld zu drucken. Und während die drei Westmächte sich beim Gelddrucken zurückgehalten haben, haben die Sowjets die Druckerpressen auf Hochtouren laufen lassen, damit sie sich alles kaufen können, was ihr Herz begehrt. Das hat zu dieser starken Abwertung der Währung geführt."

„Oh." Bruni hatte darüber noch nie nachgedacht. „Also, was du damit sagen willst: Die Westmächte haben die Russen absichtlich von der Währungsreform ausgeschlossen, weil sie solch unvernünftige Idioten sind?"

„Genau. Ich habe sogar gehört, dass die Russen darauf bestanden haben, die neue Deutsche Mark ausschließlich unter ihrer Aufsicht in ihrer Druckerei in Leipzig drucken zu lassen, aber die anderen fanden das wohl nicht lustig." Marlene kicherte. „Sie haben das Ganze dann lieber ohne die Russen durchgeführt, besonders nachdem Marschall Kapralow im März den Alliierten Kontrollrat aufgelöst hat."

„Aber was wird jetzt aus uns?", fragte Bruni.

Lotte antwortete mit ernster Miene: „Das weiß niemand. Berlin wurde von der Währungsreform ausgeschlossen, um die Russen nicht herauszufordern. Doch wir alle wissen, wie gut diese Beschwichtigungspolitik in den letzten drei Jahren funktioniert hat."

„Es wird bestimmt Vergeltungsmaßnahmen geben", fügte Marlene hinzu.

„Das ist so sicher wie das Amen in der Kirche. Aber jetzt, Mädels, müssen wir uns sputen. Wir müssen sofort nach Hause und das Bargeld, das wir haben, gegen Zigaretten und andere Dinge eintauschen." Bruni verstand zwar nicht viel von Wirtschaftstheorie, aber sie wusste genau, wie man seine Vorteile nutzte.

„Wie kannst du nur so abgefeimt sein?", fragte Marlene entsetzt und Lotte fügte hinzu: „Denkst du eigentlich immer zuerst an dich selbst?"

„Und ob, denn ich habe nicht vor, unter die Räder zu kommen. Ihr etwa?" Bruni wollte sich mit ihren Freundinnen nicht darüber streiten, welche Fähigkeiten es für den Überlebenskampf brauchte, wenn man auf sich allein gestellt war. Nicht einmal ihre beste Freundin Marlene ahnte etwas von ihrer entsetzlichen Kindheit.

Nach jahrelangem Missbrauch durch ihren Vater war sie im zarten Alter von zwölf Jahren von zu Hause weggelaufen. Das darauffolgende Jahr als Straßenkind hatte sie nur mit Müh und Not überlebt. Damals hatte sie sich geschworen, nie wieder arm und verwundbar zu sein.

Sie richtete sich die Frisur und dachte daran, wie weit sie es gebracht hatte, seit sie sich aus der Gosse befreit und ihr Schicksal in die eigene Hand genommen hatte. Niemals würde sie diese Selbstbestimmtheit wieder hergeben. Nicht für einen Mann und schon gar nicht für diese zänkischen Alliierten und ihre kindischen Machtspielchen.

13

WLADI

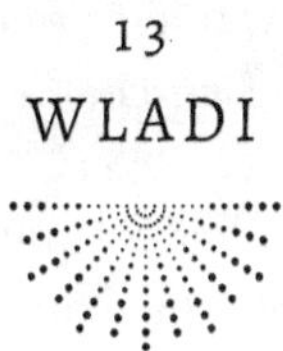

22. Juni 1948

General Sokolow war fuchsteufelswild und hatte seinen gesamten Stab zu einer Krisensitzung einberufen. Sein Gesicht war in einem noch tieferen Rot als sonst angelaufen und er trank Unmengen warmer Milch mit Honig, um den Schmerz zu lindern, den sein Magengeschwür verursachte.

Ein einziger Blick auf seine wutverzerrte Miene ließ Wladis Blut in seinen Adern gefrieren. Er befürchtete, dass der Nachrichtendienst der Roten Armee als Sündenbock für die Katastrophe herhalten musste, die sich ihnen nun offenbarte.

Sie waren von der Währungsreform ebenso überrascht worden wie die deutschen Bürger, denn selbst ihre besten Spione hatten nichts davon geahnt. Er fragte sich, ob man ihn nur degradieren oder gleich in einen Gulag schicken würde. Daran, dass es Konsequenzen geben würde, zweifelte er nicht.

Mit schweißnassen Händen nahm er in dem riesigen Besprechungssaal gegenüber von Sokolows Büro Platz. Der Raum verströmte Geschichte. Nur drei Jahre zuvor hatten sie hier die deutsche Kapitulation gefeiert und mit den Westmächten auf ewig währende Freundschaft angestoßen. Doch seither taten diese zwielichtigen imperialistischen Scharlatane alles, um die Freundschaft zu untergraben, dem sowjetischen Volk Schaden zuzufügen und die Macht über Deutschland an sich zu reißen. Den nichts ahnenden Bürgern ihrer Zonen eine neue – illegale – Währung aufzuzwingen, war ein weiterer Höhepunkt in einer Abfolge von dunklen Machenschaften, mit denen sie auf eine Spaltung Deutschlands hinarbeiteten.

Sokolow eröffnete die Versammlung. „Vom ersten Tag an haben die Amerikaner gegen die deutsche Einheit gearbeitet, weil sie ein schwaches Deutschland brauchen, um ihren Plan von der Weltherrschaft durchzusetzen. Sie haben nicht davor zurückgeschreckt, dem Volk zu schaden, seine Produktionsmittel zu stehlen, diese über den Atlantik zu verschiffen und im eigenen Land wiederaufzubauen! Dies stellt einen Affront gegen Freiheit und Demokratie in der ganzen Welt dar sowie einen Verstoß gegen den brüderlichen Geist, den sie gelobt haben, in den Vereinten Nationen zu pflegen."

Wladi sah sich im Publikum um. Alle nickten eifrig. War er der Einzige, der wusste, dass keine Produktionsmittel aus Deutschland in die Vereinigten Staaten verschifft wurden? Ganz im Gegenteil: Die Amerikaner steckten viel Geld in die vom Krieg verwüsteten europäischen Nationen.

Als er den Blick eines politischen Beraters Stalins auf sich spürte, nickte auch er. Egal, ob es der Wahrheit entsprach oder nicht, er wollte nicht im Gulag landen, nur weil er den offiziellen sowjetischen Direktiven nicht beipflichtete.

„Die *Bizone* war der Beginn ihres heimtückischen Plans, Deutschland auseinanderzureißen. Nachdem sie die Franzosen dazu erpresst hatten, sich ihnen anzuschließen und die *Trizone* zu bilden, haben sie nun ihr finsteres Werk vollendet: Die westlichen Alliierten haben die Einigkeit Deutschlands zerstört. Sobald ihre illegale Währung unsere Zone überschwemmt, wird es kein Zurück geben. Wir müssen unsere Grenzen schließen, denn nur so können wir das Ausbluten von Waren und Industrien verhindern. Nur so können wir das wirtschaftliche Wohlergehen nicht nur der

Deutschen, sondern all unserer kommunistischen Bruderländer in Europa sicherstellen."

Wladi schluckte schwer, als er den Sofortmaßnahmen lauschte, die nun zu ergreifen waren. Zunächst würde die sowjetische Militäradministration ein Gesetz erlassen, das den Besitz der Deutschen Mark für illegal erklärte. Jeder, der mit der verbotenen Währung angetroffen wurde, musste mit Verhaftung und schwerer Bestrafung rechnen.

Das war eigentlich ein gutes Zeichen, denn wenn Sokolow einen derartigen Befehl erteilte, brauchte er die Hilfe des Geheim- und Nachrichtendienstes. Nur so konnten die geplanten drakonischen Strafen durchgesetzt werden.

Doch Sokolows Plan schien noch weiter zu gehen, denn er erkundigte sich bei Oberst Uljanin, dem Befehlshaber der sowjetischen Luftstreitkräfte in Berlin, ob die Amerikaner in der Lage waren, die Stadt auf dem Luftweg mit Lebensmitteln und Medikamenten zu versorgen.

„Genosse General", sagte Uljanin, „wie wir bei unserem Testlauf vor einigen Wochen festgestellt haben, sind die Amerikaner und Briten tatsächlich in der Lage, ihre Garnisonen mit allem Notwendigen auf dem Luftweg zu versorgen. Wir glauben, dass sie den Nachschub auf unbestimmte Zeit sicherstellen können."

Sokolow winkte mürrisch ab. „Es geht mir nicht um die Garnisonen, Genosse Oberst. Ich möchte wissen, ob sie in der Lage sind, die zivile Bevölkerung in ihren Sektoren mit Nahrungsmitteln und Kohle zu versorgen."

Die Anwesenden verstummten. Wladi hielt gespannt den Atem an. Alle anderen schienen es ihm gleichzutun. Nur das Zwitschern der Vögel in den üppigen Gärten um das SMAD-Hauptquartier war noch zu hören. Die Sekunden verstrichen. Er beneidete Oberst Uljanin nicht darum, eine Antwort von solch großer Tragweite geben zu müssen.

„Genosse General, das halte ich für unmöglich", sagte Uljanin schließlich mit zittriger Stimme.

Sokolow strahlte. „Dann soll es geschehen. Beginnen Sie mit den Vorbereitungen für umfangreiche Verkehrssperrungen."

~

Am nächsten Tag verkündete Marschall Kapralow über den Rundfunk die Einführung einer neuen Ostmark in Berlin. Diese Ankündigung schloss er mit den folgenden Worten: „Mit sofortiger Wirkung ist Berlin nicht mehr viergeteilt, sondern ein wirtschaftlicher Teil der Sowjetzone."

„Um Gottes willen", murmelte Bruni. Auf keinen Fall wollte sie unter der sowjetischen Fuchtel leben. Drei Jahre nach Kriegsende war glasklar, dass die Westzonen florierten, während die sowjetische Zone darbte.

Von ihren russischen Verehrern wusste sie, dass das sowjetische Volk in bitterer Armut lebte und sich nach der Vollendung der Revolution in nicht allzu ferner Zukunft sehnte. Dann nämlich hätten sie endlich genug Nahrung, Kleidung und angemessene Unterkünfte für ein sorgenfreies Leben.

Sie zweifelte nicht daran, dass jeder kleine Fortschritt in der deutschen Wirtschaft zunächst der Sowjetunion zugutekäme. Erst wenn Dutzende Millionen Menschen dort aus der Armut befreit wären, würde es in Deutschland wieder bergauf gehen. Doch bis dahin wäre sie alt und hässlich.

Darauf wollte sie nicht warten.

Bruni ging zum Kiosk an der Ecke, um eine Ausgabe der kommunistischen Zeitung *Neues Deutschland* zu kaufen, in der Kapralows Ankündigung auf der Titelseite prangte. Als sie wieder in ihrer Wohnung war, las sie den gesamten Artikel, und mit jedem Wort wuchs ihre Sorge.

Den amerikanischen, britischen und französischen Siegermächten wurde vorgeworfen, dass ihre aus egoistischen Gründen durchgeführte unrechtmäßige Währungsreform Deutschland destabilisiere und deshalb eine Gefahr für die deutsche Bevölkerung und die Einheit des Landes darstelle.

Bruni stöhnte. Seit wann interessierten sich die Sowjets für das Wohlergehen anderer?

Für den kommenden Tag, den 24. Juni 1948, war die Einführung einer neuen Währung in der sowjetisch besetzten Zone angekündigt. Dazu sollten alte Reichsmarkscheine mit aufgeklebten *Spezialkupons* in Umlauf gebracht werden. Die Bevölkerung war dazu verpflichtet, ihr Geld bis zum 28. Juni umzutauschen, denn keine andere Währung würde in der Ostzone einschließlich Groß-Berlin mehr gelten.

Bruni nippte an ihrem Kaffee und ließ die Zeitung auf den Schoß sinken. Alle Artikel der Ausgabe drehten sich um die Währungsreform und sie waren allesamt gespickt mit den üblichen Anschuldigungen gegen die Westmächte, die Wall Street, Kapitalisten, Naziverbrecher sowie Spekulanten im Allgemeinen und grundsätzlich gegen alle, die keine Kommunisten waren.

Marschall Kapralow verkündete ein striktes Verbot der neuen Deutschen Mark in Berlin und sprach eine versteckte Warnung für den Fall eines Verstoßes an die anderen Siegermächte sowie an die Bevölkerung aus. Genauer gesagt drohte er damit, dass die SMAD mit wirtschaftlichen und administrativen Sanktionen dafür sorgen würde, dass jeder Bürger ausschließlich die neue Ostmark verwendete.

Bruni erschauderte. Sie ging davon aus, dass Kommandant Harris und seine Garnison über Kapralows Drohung nur lachten. Aber normale Bürger – wie sie selbst – lebten in der ständigen Angst, der sowjetische Geheimdienst könnte ihnen einen nächtlichen Besuch abstatten. Bisher hatte sie sich in Sicherheit gewiegt, weil die Geheimdienstler ihrem Charme ebenso erlegen waren wie jeder andere Mann; aber vielleicht war dies reines Wunschdenken.

Oh, nein. Sie würde keinesfalls unter sowjetischer Besatzung leben; dazu hatte sich die Erinnerung an ihre Zeit in der Gosse zu tief in ihr Gedächtnis eingebrannt. Sollten die Westmächte aus Berlin abziehen, würde sie es ihnen gleichtun. So sehr sie Berlin auch liebte, ihr Leben war mehr wert.

Sie holte Papier und Stift, um einen weiteren Brief an Zara zu schreiben, in dem sie sich nach deren Wohlergehen erkundigte, fragte, wie es sich in Wiesbaden lebte und ob die Möglichkeit bestand, dass Bruni ebenfalls dorthin zog.

Am Nachmittag ging sie zum Café de Paris. Überall auf der Straße kannten die Menschen nur ein Thema: die Währungsreform und ihre Gegenreform. Jeder in Berlin war davon in irgendeiner Weise betroffen und niemand wusste so recht, wie es weitergehen sollte.

Normalerweise waren es die Menschen im sowjetischen Sektor, die den kürzesten Strohhalm zogen, aber in diesem Fall hatten sie ausnahmsweise einmal Glück. Dieses Mal konnten sie nichts falsch machen, denn es gab keine Entscheidung zu treffen. Sie würden die Befehle ihrer Machthaber befolgen, ihr Geld umtauschen und hoffen, einen weiteren Tag zu überleben.

Für Bruni jedoch war die Entscheidung nicht so simpel. Sollte sie ihre wenigen verbliebenen Reichsmark in Ostmark umtauschen, wie es die Russen befohlen hatten, oder sollte sie abwarten und darauf hoffen, dass die Westmächte ihre Deutsche Mark doch noch in Berlin einführten?

Da die Frist für den Umtausch erst in vier Tagen ablief, beschloss sie, zunächst abzuwarten. Doch dann hatte sie eine bessere Idee und ging auf dem Weg zur Arbeit am Schwarzmarkt vorbei, um Zigaretten zu kaufen. Das erwies sich allerdings als viel schwieriger als erwartet: Keiner der Schwarzhändler war bereit, Reichsmark anzunehmen.

Offenbar wollten auch sie abwarten, was die höheren Mächte entschieden, und verkauften ihre Zigaretten deshalb ausschließlich gegen US-Dollar, britische Pfund, französische Francs oder die begehrteste aller Währungen: Edelmetall.

Die ganze Situation wurde allmählich unangenehm, aber Bruni konnte nichts dagegen tun. Deshalb ging sie erst einmal zur Arbeit, wo die anderen Mädchen aufgeregt über Marschall Kapralows Ankündigung diskutierten, die er wie eine Bombe über Berlin hatte platzen lassen.

„Hast du schon gehört?", fragte Gabi.

„Was denn?"

„Jeder im Besitz von Deutscher Mark gilt als Feind der deutschen Wirtschaft und als Verräter an der deutschen Einheit."

„Das ist pure russische Propaganda." Bruni bahnte sich ihren Weg durch die plappernden Mädels, um sich an ihren Schminktisch zu setzen. „Die Deutsche Mark wird nur in den Westzonen Deutschlands verteilt, nicht in Berlin. Zumindest habe ich bis jetzt keinen einzigen Schein gesehen."

Sally, die drei kleine Kinder zu Hause hatte und deren Mann noch immer vermisst wurde, schaute sich verstohlen um, bevor sie sagte: „Mein Bruder ist gerade aus Hamburg zurückgekommen und hat ein paar Scheine mitgebracht. Er hat gesagt, sie würden uns mehr bringen als die Reichsmark."

Bruni schloss ein Auge, um sich falsche Wimpern aufzukleben. „Die Deutsche Mark wird sowieso bald hier sein und jeder wird sie als Zahlungsmittel akzeptieren, genauso wie man jetzt den Dollar akzeptiert. Natürlich nicht offiziell, aber unter der Hand wird man alle Geschäfte in der neuen Währung abwickeln. Ich jedenfalls warte noch mit dem Umtausch meiner Reichsmark."

Gabi hatte bereits ihr gesamtes Geld bei der Bank umgetauscht und zeigte ihnen nun stolz einen alten, abgegriffenen Reichsmarkschein mit einer aufgeklebten violetten Marke mit weißem Zackenrand, auf der die Zahl 10 für den Nennwert und 1948 für das Jahr prangten.

Jede Stückelung hatte eine andersfarbige Marke: Blau für eine Mark, Hellgrün für zwei Mark und so weiter. Die meisten der Mädchen hatten noch keine der neuen Geldscheine gesehen und reichten sie neugierig reihum weiter.

„Oh, nein!", schrie Gabi plötzlich auf.

„Was ist denn?", fragte Bruni.

„Schau doch! Die Marken lösen sich ab." Gabi war untröstlich und Bruni fragte sich, warum sie so einen Aufstand machte. „Auf der Bank hat man mir gesagt, dass die Banknoten ungültig werden, wenn die Marke irgendwie manipuliert wird, beschädigt ist oder abgeht." Gabi brach in Tränen aus. „Oh, Gott! Gebt mir auf der Stelle mein Geld zurück! Ich muss das in Ordnung bringen!"

Trotz ihres Mitgefühls für Gabi verspürte Bruni eine gewisse Genugtuung, dass sie selbst so schlau gewesen war, zunächst abzuwarten. Wenn die Sowjets erst einmal sahen, wie lausig ihre *Kuponmark* war, würden sie sich bestimmt etwas Besseres für die Kennzeichnung der Scheine einfallen lassen. Doch bis dahin würde sich Bruni hüten, ihre Reichsmark gegen eine neue Währung einzutauschen, die sich schon beim Berühren in Luft auflöste.

„Ich warte noch mit dem Umtausch meiner Reichsmark", sagte Sally und sprach damit aus, was alle im Raum dachten.

„Was ist denn hier los? Warum seid ihr noch nicht fertig?" Herr Schuster steckte den Kopf in die Garderobe. „Wir öffnen in einer halben Stunde und weder die Küche noch die Bar sind besetzt. Worüber tratscht ihr Mädels schon wieder? Auf, auf, an die Arbeit."

Er war so schnell wieder verschwunden, wie er aufgetaucht war. Das Küchenpersonal und die Kellnerinnen folgten ihm schnell, um das Kabarett vorzubereiten, bevor die ersten Gäste eintrafen.

Bruni ging zum Kleiderständer und wählte für ihren ersten Auftritt ein silbern schimmerndes Kleid mit einer dunkelrosa Federboa aus. Herrn Schuster würde die Währungsreform kein Kopfzerbrechen bereiten, denn seine Kunden zahlten normalerweise in harten Devisen. Zudem hatte er vor etwa einem Jahr aufgehört, Rubel anzunehmen, weil, wie er behauptete, dies illegal war. Im Prinzip hatte er damit auch recht, aber der wahre Grund war, dass der Rubel noch wertloser war als die Reichsmark.

14

DEAN

23. Juni 1948

Dean telefonierte mit Victor Richards, der ihm vom erfolgreichen Abschluss des *Plan B* berichtete. Zweihundertfünfzig Millionen Deutsche Mark, gestempelt mit einem B in dokumentenechter blauer Tinte waren sicher in den Berliner Depots angelangt.

„Sir, die Scheine können jederzeit verteilt werden, sobald Sie die Order geben", sagte Richards.

„Ich weiß Ihre harte Arbeit zu schätzen. Das war keine leichte Aufgabe."

„Danke, Sir."

„Sollten Sie jemals einen Job in Berlin suchen, lassen Sie es mich wissen. Gute Luftfahrtingenieure können wir hier immer gebrauchen."

„Ich fühle mich geehrt, Sir, aber ich bin gerne in Frankfurt und freue mich schon auf meine Rückkehr in die Staaten. Ich will seit Langem zurück aufs College und endlich meinen Abschluss machen."

Dean beendete das Gespräch. Richards war einer der besten Männer im Pionierbataillon der Air Force. Er kannte sonst niemanden, der auch nur annähernd so viel von Flughafenlogistik verstand, und es war ihm ein Rätsel, wieso der Mann noch immer ein Sergeant war.

Er beschloss, die Personalakte von Richards genauer unter die Lupe zu nehmen, denn wenn es einen Grund dafür gab, wollte er ihn kennen.

Deans Stellvertreter klopfte an die offene Tür.

„Komm rein, Jason. Was gibts?"

„Nicht viel." Jason grinste. „Sokolow ist stinksauer wegen der Währungsreform und stopft jetzt allen seine wertlose Tapetenmark in den Rachen."

„Tapetenmark? Wo hast du denn das aufgeschnappt?"

„Auf der Straße. Du weißt doch, wie die Berliner sind: Alles und jedes bekommt einen abfälligen Spitznamen verpasst. Die aufgeklebten Marken fallen innerhalb kürzester Zeit von den Ostmarkscheinen ab, sodass die Leute sie nicht gern benutzen.

Dean lachte. „Umso besser für uns."

„Wie ich höre, macht Sokolow sein Magengeschwür schwer zu schaffen, weshalb er sein Militärpersonal massenweise nach Sibirien verbannt."

„Geschieht ihnen recht." Dean war das höfliche Getue leid. Sollten sich die Russen doch gegenseitig zerfleischen; er würde keine Träne um sie vergießen. „Wir wussten, dass das passieren würde. Wer das Geld druckt, der kontrolliert die Wirtschaft. Das können sie uns schlecht durchgehen lassen."

„Eigentlich bin ich nicht zum Plaudern hier", sagte Jason.

„Ach, nein? Und ich dachte, wir könnten uns den Tag mit einem Kaffeeklatsch versüßen." Dean nahm seine Kaffeetasse mit abgespreiztem kleinen Finger, als sei er eine feine Dame.

„Dein französischer und britischer Amtskollege kommen um zehn Uhr für eine Krisensitzung her. Soll ich dableiben?"

„Nein, keine Sorge. Ich rufe dich, wenn ich dich brauche."

„Okay, dann mache ich mich wieder an die Arbeit."

Jason verließ das Büro und Dean überlegte kurz, wie er die beiden anderen Männer auf seine Seite ziehen könnte. Sein britischer Kollege Generalleutnant Otway Herbert war kein Problem, aber der Franzose General Jean Ganeval war sehr darauf bedacht, die Sowjets nicht zu verärgern. Doch selbst die Franzosen mussten einsehen, dass dieser Zug längst abgefahren war.

Die Viermächteverwaltung war Geschichte und nun war es wichtig, dass sich zumindest die drei verbleibenden Alliierten untereinander abstimmten. Andernfalls hätten sie das Nachsehen und die Russen würden sie im Handumdrehen aus Berlin hinausschmeißen.

„Guten Morgen, meine Herren", begrüßte er eine Stunde später seine Amtskollegen und kam gleich zur Sache. „Wir müssen die Entscheidung überdenken, unsere Berliner Sektoren von der Währungsreform auszunehmen."

„Sie sind sich bewusst, dass dies höchstwahrscheinlich zu Vergeltungsmaßnahmen seitens der Sowjets führen wird?", fragte Herbert.

„Das käme einer Kriegserklärung gleich." Diese Antwort mochte ein wenig theatralisch sein, aber das war von Ganeval zu erwarten.

„Ein weiterer Krieg ist das Letzte, was wir anstreben, aber wollen Sie die wirtschaftliche Vormachtstellung wirklich den Sowjets überlassen? In dem Fall können wir nämlich gleich unsere Sachen packen und Berlin noch heute verlassen." Dean starrte die anderen Männer an, während sie seine Worte verdauten. „Wir können nicht tatenlos zusehen, wie sie den Bürgern ihre wertlose Ostmark aufzwingen und sogar denjenigen eine Haftstrafe androhen, die unsere Deutsche Mark annehmen oder besitzen."

„Die Sowjets kämpfen mal wieder mit harten Bandagen", sagte der Brite.

„Ich bin mehr als bereit, es ihnen gleichzutun." Dean hatte die Nase gestrichen voll von den Mätzchen der Russen. „Wenn Sie nicht einverstanden sind, dann führe ich die Deutsche Mark auch im Alleingang und ausschließlich im amerikanischen Sektor ein."

Das war eine leere Drohung, denn die anderen beiden wussten, dass dieser Vorschlag nicht umsetzbar war. Eine solche Aktion konnte nur gelingen, wenn alle an einem Strang zogen. Sie mussten nicht nur gegenüber den Sowjets, sondern auch gegenüber den Deutschen geschlossen auftreten.

Sollte bei den Berlinern der geringste Zweifel an der Solidarität der Westmächte untereinander aufkommen, war Dean sich sicher, würden sie die Hoffnung verlieren. Dann würden sie mit fliegenden Fahnen zu den Russen überlaufen, um die eigene Haut zu retten.

Nach kurzer Diskussion stimmten seine beiden Kollegen zu. Als sie auf die praktischen Aspekte zu sprechen kamen, deckte Dean seinen Trumpf auf: „Ich habe zufällig zweihundertfünfzig Millionen frisch gedruckte, mit einem B gekennzeichnete, Deutsche Mark in meinen Depots. Wir können schon morgen mit der Verteilung beginnen."

Mehr gab es dazu nicht zu sagen.

15

BRUNI

24. Juni 1948

Nach einer langen Nacht im Kabarett kam Bruni im Morgengrauen müde und mit schmerzenden Füßen nach Hause. Stundenlang in hochhackigen Schuhen zu singen und zu tanzen, machte ihre nichts aus, aber die mit Schlaglöchern übersäten Straßen Berlins in denselben Schuhen zu meistern, stand auf einem ganz anderen Blatt.

Sie schloss die Tür auf und betätigte den Lichtschalter, aber nichts geschah. Mit einem unterdrückten Fluch tastete sie nach der Taschenlampe, die sie für solche Fälle neben der Tür aufbewahrte.

Sie schlüpfte aus den Schuhen und bewegte die schmerzenden Füße, während sie den Gasherd anmachte, um sich einen Kaffee aufzubrühen – echten Kaffee. Draußen dämmerte es bereits und sie knipste die Taschenlampe aus, um die Batterien zu schonen.

Während sie darauf wartete, dass das Wasser anfing zu kochen, schaltete sie ihr batteriebetriebenes Radio ein und vernahm General Sokolows knarzende Stimme. Als sie hörte, was er zu sagen hatte, plumpste sie vor Schreck rücklings auf den Stuhl.

Er verkündete, dass sich die sowjetische Verwaltung aufgrund der illegalen Währungsreform in den Westzonen und dem daraus resultierenden Ausbluten von Waren in die Hände der kriegstreibenden Kapitalisten zu einem drastischen Schritt gezwungen sah. Sämtliche Straßen, Bahnlinien und Wasserwege, die Berlin mit den Westzonen verbanden, mussten geschlossen werden.

„Du verdammter Dreckskerl!", schrie sie, nahm ihren Schuh und warf ihn nach dem Radio. Zum Glück verfehlte sie das Gerät.

Doch die Ankündigung ging noch weiter. Der Nachrichtensprecher erklärte, dass die Stromlieferung vom Kraftwerk Zschornewitz im sowjetischen Sektor in die anderen Sektoren aufgrund technischer Probleme auf unbestimmte Zeit unterbrochen werden musste.

Mit emotionsloser Stimme fuhr der Sprecher fort: „Während der Verkehrsunterbrechung ist es nicht möglich, die Westsektoren Berlins aus dem Umland zu beliefern, das zur sowjetischen Besatzungszone gehört. Nach dem Potsdamer Abkommen liegt es in der Verantwortung jeder einzelnen Besatzungsmacht, ihren eigenen Sektor mit Lebensmitteln und Kohle zu versorgen."

„Oh, ihr blutrünstigen Schweine! Wollt ihr uns elendig verhungern lassen?" Bruni war drauf und dran, auch ihren zweiten Schuh nach dem unschuldigen Radio zu werfen, als der Wasserkessel pfiff. Wenigstens hatten sie das Gas nicht abgestellt – noch nicht. Mit einem Blick auf die Uhr beschloss sie, den Kaffee zu trinken und auf ihren Schönheitsschlaf zu verzichten. Stattdessen wollte sie Marlene aufsuchen, bevor diese zu ihren Vorlesungen ging.

Die elektrische Türklingel funktionierte natürlich nicht, aber weil die Haustür von Marlenes Mietshaus nach dem Krieg nur unzureichend repariert worden war, genügte ein gezielter Schlag gegen das Schloss, damit sie aufsprang. Bruni stieg in den dritten Stock hinauf und klopfte an Marlenes Tür.

Nach einer Weile hörte sie ein Schlurfen und eine verschlafene Stimme fragte: „Wer ist da?"

„Ich bin's, Bruni."

Die Tür ging auf und eine zerknitterte, aber auch beunruhigt dreinschauende Marlene winkte sie herein. „Was ist denn mit dir los? Wieso bist du schon so früh wach? Ist was passiert?" Es war nur natürlich, dass Marlene besorgt war, immerhin machte Bruni grundsätzlich keine Besuche vor der Mittagszeit. Jeder wusste, wie heilig Bruni ihr Schönheitsschlaf war.

„Ich habe noch gar nicht geschlafen. Und deshalb", sagte sie und betätigte den Lichtschalter in dem engen Flur, „bin ich hier."

„Der Strom ist wieder ausgefallen, ja und?" Marlene gähnte und warf einen kurzen Blick auf die Uhr im Wohnzimmer. „Aber das ist nun wirklich kein Grund, mich um halb sechs in der Früh aus dem Bett zu werfen."

Bruni verdrehte die Augen. „Du hast ja keine Ahnung! Hast du denn kein Radio gehört?"

„Falls es dir noch nicht aufgefallen ist: Ich habe tief und fest geschlafen, bis eine wild gewordene Person vor einer Minute an meine Tür gehämmert hat", antwortete Marlene mit leicht mürrischer Miene.

Bruni konnte sich ein Kichern nicht verkneifen. Es tat ihr nicht sonderlich leid, ihre Freundin geweckt zu haben. Es war die gerechte Strafe für all die Male, die Marlene sie zu unchristlicher Zeit aus dem Schlaf gerissen hatte.

„Ich wäre nicht hergekommen, wenn es nicht wichtig wäre. Das ist nämlich kein normaler Stromausfall. Die Sowjets haben die Stromversorgung in den westlichen Sektoren eingestellt und alle Transportwege zwischen Berlin und den Westzonen gesperrt."

Marlene schien zu schläfrig zu sein, um die Tragweite von Brunis Worten zu begreifen, denn sie zuckte mit den Schultern. „Das ist doch nicht das erste Mal, also warum die Aufregung?" Dann nahm ihr Gesicht einen misstrauischen Ausdruck an: „Warte, was verschweigst du mir? Hattest du vor, in die amerikanische Zone zu fahren? Wegen dieses Amis, wie hieß er doch gleich? Victor?"

Victor war das Letzte, woran Bruni an diesem Morgen dachte, trotzdem konnte sie ein leichtes Erröten nicht verhindern. Sie verspürte sogar ein warmes Kribbeln, als sein Gesicht vor ihrem inneren Auge auftauchte. Aber das würde sie nicht einmal Marlene anvertrauen.

„Mit ihm hat das nichts zu tun – außerdem interessiert er mich rein gar nicht. Er war nichts weiter als eine nette Ablenkung und kann mir nicht den Lebensstil bieten, den ich gewohnt bin. Im Übrigen ist er in Frankfurt stationiert, und ich wohne in Berlin. Also was auch immer du dir da für eine Romanze in deinem Köpfchen zusammengesponnen hast, zwischen uns ist nichts, und zwar wirklich überhaupt nichts."

„Ganz schön viele Worte für ein einfaches Nein." Marlene grinste schelmisch.

Aus irgendeinem Grund kam es Bruni vor, als sei sie auf frischer Tat ertappt worden, obwohl tatsächlich nichts zwischen ihr und Victor war und er sich nicht als Gönner eignete.

„Zurück zu dem Grund für mein Kommen", sagte Bruni so sachlich wie möglich und verdrängte alle Sehnsüchte nach Victor. „Diesmal ist es ernst. Das ist ihre Vergeltung für die Währungsreform. Sokolow hat in seiner Rede gesagt, dass sie gezwungen waren, die Grenzen aufgrund von Wucher und Schwarzhandel zu schließen."

„Dabei sind sie es, die den meisten Schmuggel betreiben."

„Ich weiß, aber wart's ab, das ist *die* Gelegenheit für sie, die verabscheuten Westmächte loszuwerden und ganz Berlin in ihr verdammtes kommunistisches Weltreich einzugliedern."

„Das ist wirklich eine beängstigende Aussicht", sagte Marlene mit einem Schaudern.

„Das ist unser Ende", seufzte Bruni. „Sie haben ausdrücklich gesagt, dass die westlichen Sektoren nicht mit Lebensmitteln aus dem Umland versorgt werden können, solange die Unterbrechung andauert. Sie wollen uns verhungern lassen. In den Westsektoren leben immerhin mehr als zwei Millionen Menschen."

„Na, also, jetzt übertreibst du aber. So etwas würden sogar die Russen nicht tun. Wir sind schließlich nicht mehr im Krieg", meinte Marlene, aber ihre Miene war von Angst gezeichnet.

„Sieht aus, als sei Zara ihrer Zeit voraus gewesen. Sie hat schon immer gewusst, dass man den Russen nicht über den Weg trauen kann. Wir sollten auch darüber nachdenken, Berlin zu verlassen!" Bruni war von der Entschlossenheit ihrer eigenen Worte überrascht. Sie liebte ihre Stadt abgöttisch und hatte nicht im Traum daran gedacht, sie zu verlassen – nicht einmal während der schlimmen Tage direkt nach Kriegsende und sicher nicht, als es langsam wieder aufwärts ging.

Marlene schüttelte den Kopf. „Ich bin hier aufgewachsen. Ich fände es schwer, von hier wegzugehen. Lass uns hoffen, dass sich die Lage wieder beruhigt. Noch ist nichts entschieden."

„Dein Wort in Gottes Ohr."

Am Nachmittag hörte Bruni auf RIAS Berlin, dass die Bewohner der drei westlichen Sektoren ihre Reichsmark ab sofort in neue Deutsche Mark umtauschen konnten und dass sowohl die mit einem B gestempelte Deutsche Mark als auch die Ostmark in Groß-Berlin als gesetzliche Zahlungsmittel akzeptiert wurden.

Nun fiel Bruni die Entscheidung leicht. Sie schnappte sich ihr gesamtes Bargeld und eilte zur nächsten Bank, um es in Deutsche Mark umzutauschen. Anschließend machte sie sich für die Arbeit fertig. Als sie ihre Wohnung verließ, wurde sie von Marlene im Hausflur überrascht.

„Ach. Glaubst du mir etwa jetzt?", fragte Bruni.

Marlene errötete. „Tut mir leid, du hattest recht. Aber es ist viel schlimmer, als wir heute Morgen dachten. Die Briten revanchieren sich, indem sie den gesamten Güterverkehr von ihrer in die sowjetische Zone eingestellt haben."

Das war eine große Sache, denn das Ruhrgebiet lag in der britischen Zone, und die Sowjets waren für ihre Industrie auf die hochwertige Steinkohle angewiesen.

„Ich muss zur Arbeit, kommst du mit?"

Marlene nickte und hakte sich unter. „Bist du sicher, dass das Café de Paris überhaupt offen hat? Ich meine, die Berliner

Verkehrsbetriebe und die meisten Fabriken, Geschäfte und Büros haben heute geschlossen, weil es keinen Strom gibt."

„Das Café hat seinen eigenen Generator. Ich bin mir sicher, dass Herr Schuster genug Dieselvorräte hat, um ihn zu betreiben ... immerhin sind seine Gäste Soldaten der Siegermächte."

„Apropos Siegermächte. General Clay hat im Radio gesagt, dass die Amerikaner vorhaben, in Berlin zu bleiben."

„Darüber bin ich ungemein erleichtert", sagte Bruni. „Und wenn man das Positive an der Situation betrachtet, wette ich, dass Dean es bereut, seine Familie hergeholt und mich für sie verlassen zu haben."

Marlene starrte sie mit weit aufgerissenen Augen an. „Du glaubst doch nicht ernsthaft, dass die Russen das nur tun, um dich zu rächen, oder?"

Bruni kicherte und schüttelte den Kopf. „Natürlich nicht. So egozentrisch bin ich auch wieder nicht, selbst wenn du das von mir zu denken scheinst."

„Ich habe nicht gesagt, dass ..."

„Ich weiß. Aber du musst zugeben, es ist eine schöne Vorstellung."

„Es wäre jedenfalls nicht der erste Krieg, der wegen einer schönen Frau begonnen wurde."

„Soll ich mich von nun an Helena nennen?", grinste Bruni beim Gedanken an die Sage über die schöne Helena von Troja.

16

DEAN

Seit zwei Tagen hatte Dean sein Büro kaum noch verlassen. Er führte ein Telefonat oder eine persönliche Besprechung nach der anderen, mal mit seinen Vorgesetzten oder dem Luftwaffenstützpunkt in Wiesbaden, mal mit seinen Amtskollegen Ganeval und Herbert.

Jeder hatte mit Unbehagen auf den entscheidenden Schlag gewartet. Sämtliche Gespräche mit den Sowjets waren prompt eingestellt worden, als diese mit ihrer dreisten Aktion eine ganze Stadt in den Belagerungszustand versetzt hatten.

Die Schergen Moskaus schreckten nicht davor zurück, mehr als zwei Millionen Menschen mit ihrer Verkehrsblockade als Geiseln zu nehmen. Zudem hatten sie die Lebensmittellieferungen aus der sowjetischen Besatzungszone in die drei Westsektoren Berlins eingestellt, was nicht nur Dean Kopfzerbrechen bereitete.

„Diese verdammten Schweine!", fluchte er in einem der wenigen Momente, in denen er nicht am Telefon hing. Jason, der inzwischen dauerhaft in Deans Büro arbeitete, hob bei diesem Kraftausdruck nicht einmal den Kopf. Er war über eine riesige Deutschlandkarte gebeugt und zeichnete mit einem Filzstift die drei vereinbarten Luftkorridore auf das Papier.

„Diese Idee ist völlig hirnrissig", murmelte er. „Wir wissen beide, dass es unmöglich ist, eine Stadt dieser Größe auf dem Luftweg zu versorgen. Es gibt einfach nicht genug Flugzeuge auf der Welt, geschweige denn in Deutschland. Außerdem haben wir nur zwei Flughäfen, die beide auf dem letzten Loch pfeifen."

Dean stand von seinem Schreibtisch auf und ging hinüber, um Jason über die Schulter zu schauen, der wie immer recht hatte. Das Vorhaben war der reinste Aberwitz und hatte nicht die geringste Aussicht auf Erfolg.

Die Sowjets waren höchst zufrieden mit den Resultaten der „kleinen" Probe-Luftbrücke einige Wochen zuvor gewesen, denn die Aktion hatte deutlich die Beschränkungen bei der Versorgung Berlins aus der Luft aufgezeigt.

Selbst wenn es gelang, genügend Vorräte einzufliegen, um die Bevölkerung über den Sommer zu ernähren, würde der Herbst dem ein abruptes Ende setzen. Denn dann benötigten die Menschen Kohle zum Heizen. Ganz zu schweigen von den Schwierigkeiten, Flugzeuge bei schlechten Witterungsbedingungen starten und landen zu lassen.

Die bittere Wahrheit war, dass eine Luftbrücke zum Scheitern verurteilt war. Jeder wusste das, auch die Sowjets.

„Jetzt ergibt das alles einen Sinn." Mit einem Mal erkannte Dean das Muster im Vorgehen der Sowjets.

„Lässt du mich an deiner Offenbarung teilhaben?", fragte Jason.

„Ich weiß jetzt, wieso die Russen all diese neuen Luftfahrtregulierungen gefordert haben", sagte Dean und tippte auf die Karte. „Sie haben diese Blockade von langer Hand geplant. Warum sonst wollen sie, dass jeder Flug in den Berliner Luftraum vierundzwanzig Stunden vor Abflug angekündigt wird? Warum sonst sollten sie plötzlich darauf bestehen, dass wir für jeden zivilen Flug ihre Genehmigung einholen? Und warum sonst sollten sie auf einmal so besorgt um den Lärmpegel in Berlin sein und vorschlagen, den nächtlichen Flugverkehr komplett abzuschaffen?"

Dean blickte Jason erwartungsvoll an, und dieser antwortete pflichtbewusst: „Sag du es mir."

„Darauf gibt es nur eine Antwort. Weil sie unsere Flugzeuge in der Luft nicht aufhalten können, wollen sie ihnen die Landung praktisch unmöglich machen. Es ist ihr finaler Streich, um uns aus Berlin zu vertreiben. Und wenn sie erst einmal die Hauptstadt haben, werden sie ihre gierigen Finger nach Gesamtdeutschland und dem Rest Europas ausstrecken. Dann ist es nur noch eine Frage der Zeit, bis die Sowjetische Union die Vereinigten Staaten auf unserem eigenen Territorium angreift. Das können wir nicht zulassen!" Dean schlug mit der Faust auf den Tisch. „Nur über meine Leiche bekommt Sokolow mich raus aus Berlin."

„Er hätte bestimmt nichts dagegen."

„Ganz sicher nicht. Weißt du noch, wie sie im April diese britische Transportmaschine drangsaliert haben?"

„Und ob. Das war vielleicht ein Husarenstück der Sowjets! Allerdings mussten beide Crews dran glauben."

„Das war ein Test, um zu sehen, wie weit sie gehen können. Auch wenn es letztlich als Unfall deklariert wurde, weiß jeder vernunftbegabte Mensch, dass es keiner war. Das war ein kalkuliertes Manöver, um zu sehen, wie wir reagieren. Sie haben sich dafür eine britische Maschine ausgesucht, weil sie wussten, dass der gute General Herbert nachsichtiger reagieren würde als ich."

„Ich hätte ehrlich gesagt nie gedacht, dass die Sowjets so tief sinken würden. Ich meine, was hoffen sie zu erreichen, wenn sie eine ganze Stadt verhungern lassen? Sie müssen doch wissen, dass sie auf diese Weise niemals das Vertrauen und die Freundschaft der Berliner gewinnen können?"

„Pah", spuckte Dean aus. „Mörder, Vergewaltiger und Diebe, alle miteinander! Die scheren sich einen Dreck um die Menschen in ihrer Obhut. Stalin hat mit seiner verdammten Landreform in den Zwanzigerjahren zig Millionen seiner eigenen Landsleute verhungern lassen."

„Was schlägst du vor?"

„Wir versorgen die Stadt aus der Luft – solange es irgend geht. Jeder einzelne Tag verschafft uns Zeit für diplomatische Verhandlungen und bringt uns der Lösung ein Stück näher. Ich hoffe immer noch, dass in Stalins dunkler Seele ein Fünkchen Ehre steckt und wir eine Lösung finden, für die es nicht zwei Millionen tote Zivilisten braucht."

Berlin verfügte über genügend Vorräte, um die Bevölkerung für etwa drei Wochen zu ernähren. Diese Vorsichtsmaßnahme hatte Dean bereits bei den ersten Anzeichen anhaltender Verkehrsbehinderungen treffen lassen.

Nun baute Dean darauf, dass das Einfliegen von Nachschub den Russen bewies, wie ernst es den Westmächten mit ihrer Entscheidung war, in Berlin zu bleiben. Er hoffte eine diplomatische Lösung zu finden, lange bevor die Lebensmittel ausgingen.

„General Clay hat vorgeschlagen, bewaffnete Bodentruppen einzusetzen, die sich von Helmstedt nach Berlin durchkämpfen", sagte Jason.

„Ich persönlich bin von dieser Lösung sehr angetan, aber leider hat Präsident Truman ein solches Unterfangen rundweg abgelehnt. Im Moment lautet die Devise, einen weiteren Krieg um jeden Preis zu verhindern, und die Entsendung von Bodentruppen würde mit Sicherheit Krieg bedeuten. Nein, die Luftbrücke ist die einzige Möglichkeit, die Entscheidung aufzuschieben, ob wir Berlin mit eingezogenem Schwanz verlassen oder einen neuen Krieg beginnen. Wir stehen also mal wieder am Anfang." Er machte eine kurze Pause, bevor er sich über die Karte beugte. „Dann zeig mal, was du hast."

Jason hatte wie immer seine Hausaufgaben gemacht und bereits mit General LeMay, dem Kommandeur der US Air Force Europe in Wiesbaden, gesprochen. „LeMay hat uns sofort ein Dutzend C-47-Flugzeuge zugesagt und bis zu hundert in ein paar Wochen, sofern der Kongress zustimmt."

„Was ist mit unseren Verbündeten?", fragte Dean.

„Ich habe zuerst mit Ganevals Stellvertreter geredet. Wie zu erwarten, stehen den Franzosen weder Männer noch Flugzeuge zur Verfügung, weil sie noch alle im Indochinakrieg eingebunden sind. Aber sie haben sich bereit erklärt, uns mit der Logistik und dem Nachschub zu helfen."

„Na, das ist doch wenigstens etwas."

„Dafür sind die Briten sehr viel hilfreicher. Herbert hat schon mit seinem Premierminister gesprochen und grünes Licht bekommen, täglich vierundzwanzig Flugzeugladungen nach Berlin zu bringen."

„Na, also. Wir werden die russische Blockade im Keim ersticken. Bevor die Woche um ist, werden sie aufgeben." Dean war sehr viel zuversichtlicher als noch vor einer Stunde. Als Nächstes wollte er ein Gefühl für die Stimmung vor Ort bekommen. „Was meinst du? Sollen wir zum Flughafen Tempelhof fahren?"

„Flugzeuge beobachten?", schmunzelte Jason. „Warum nicht? Das hat mir schon als Kind Spaß gemacht."

Sie schnappten sich ihre Jacken und Schirmmützen und fuhren los, um die Landung der Frachtflugzeuge in Tempelhof zu beobachten. Trotz der ständigen Morddrohungen fuhr Dean weiterhin in seinem offenen Jeep. Auf der Fahrt durch die Stadt erkannten viele Deutsche den Wagen und schrien ihm besorgte Fragen zu.

Er ließ den Fahrer mehrmals anhalten, um den Menschen zu versichern, dass sie sich keine Sorgen machen mussten. Die Amerikaner würden bleiben und die Berliner nicht dem russischen Bären zum Fraß vorwerfen. Auch wenn seine Zusicherungen erleichtert aufgenommen wurden, zerstreuten sie jedoch nicht sämtliche Zweifel.

Als Jason den von den Sowjets kontrollierten Radiosender anschaltete, erfuhren sie den Grund dafür: Der Propagandakrieg war bereits in vollem Gange. Aus dem Radio schmetterten die schlimmsten Schreckensmeldungen über heftige Unruhen in den Straßen Berlins, über Plünderungen, Mord und Brandstiftung. All das wurde angeblich von westlichen Truppen angezettelt, die dann postwendend aus nächster Nähe auf den deutschen Mob schossen.

Laut dem sowjetischen Sender konnte Dean nicht einmal nach Tempelhof fahren, weil die Straßen mit Hunderten von Leichen bedeckt waren.

„Für mich sieht das nicht nach einem Aufstand aus", sagte er, als er seinen Fahrer erneut aufforderte, an einer Kreuzung anzuhalten, um einigen versammelten Deutschen ein paar beruhigende Worte mit auf den Weg zu geben.

Als sie weiterfuhren, setzte der Radiosprecher zu der bösartigsten aller Lügen an: Angeblich waren die amerikanischen, britischen und französischen Militärs mit dem Chaos in ihren Sektoren völlig überfordert und flohen Hals über Kopf aus der Stadt, wobei sie die Russen anflehten, ihnen beim Rückzug behilflich zu sein.

„Ist das zu glauben?", meinte Jason.

„Dafür wird Sokolow büßen! Diese Mistkerle schrecken vor nichts zurück. Die denken, wenn sie nur genug Lügen verbreiten, werden die Leute ihre Propaganda irgendwann glauben." Dean tobte und die Ader an seiner Schläfe pulsierte gefährlich.

„Ach komm, die Berliner sind die Propaganda-erprobtesten Leute, die mir je begegnet sind. Sie sind im Wahlkampf `46 nicht auf die sowjetischen Lügen hereingefallen und werden das auch jetzt nicht tun."

„Das will ich hoffen." Deans Miene verfinsterte sich. Mit jeder weiteren Lüge aus dem Radio wurde ihm zunehmend klar, dass es diesmal kein Probelauf war, sondern das echte Ding. Stalin hatte beschlossen, die Westmächte aus Berlin zu vertreiben, koste es, was es wolle. Selbst den Tod von zwei Millionen Menschen nahm er dafür billigend in Kauf.

Als sie in Tempelhof aus dem Jeep sprangen, wartete bereits ein besorgter Adjutant auf sie. „General Harris, Sie werden sofort im Büro des Flughafenkommandanten verlangt."

„Ich komme", sagte Dean und zog die Brauen zusammen. Vom

Flughafenkommandanten einbestellt zu werden, war höchst ungewöhnlich, aber was war heutzutage schon normal?

„Sir, es tut mir sehr leid, aber der Flughafenkommandant sagte, es sei von äußerster Wichtigkeit. Jemand vom Amt der Militärregierung in Frankfurt hat angerufen und nach Ihnen gefragt."

Das war sogar noch viel ungewöhnlicher. Clay lebte in Berlin und LeMay hatte am Vormittag bereits mit Jason gesprochen. Wer sonst könnte einen so dringenden Redebedarf haben, dass er in ganz Berlin nach ihm suchen ließ?

„Wahrscheinlich ist jemand vom Rhein-Main-Flughafen sauer, weil wir den Nachschub aus Wiesbaden einfliegen", sagte Jason. „Geh nur und nimm den Anruf entgegen, ich warte auf dem Flugfeld auf dich."

„Alles klar." Dean folgte dem Adjutanten in den fünften Stock des Flughafengebäudes, wo der Kommandant sein Büro hatte.

„General Harris, Major Briggs möchte mit Ihnen sprechen", sagte der Kommandant und reichte Dean den Telefonhörer. Major Briggs war der Befehlshaber der Truppen in Groß-Hessen und ein alter Freund von Dean.

„He, Robert, was ist denn so dringend?"

„Wir haben es gerade im Radio gehört und machen uns natürlich große Sorgen. Brauchst du Truppen, um die Situation unter Kontrolle zu bringen? Ich kann sofort welche entsenden; sag mir einfach, wie viele."

So viel dazu, dass niemand der russischen Propaganda Glauben schenkte. Die Berliner mochten immun sein, aber seine eigenen Armeekollegen waren es offensichtlich nicht. Niemand, der nicht längere Zeit in Berlin gelebt hatte, konnte den Berichten über die Faxen, die Sokolow und seine Kumpane ständig machten, auch nur im Entferntesten Glauben schenken.

Immer, wenn Dean einen Stützpunkt in der amerikanischen Zone besuchte, bedachten die Leute ihn mit diesem nachsichtigen Blick und taten ihn als jemanden ab, der maßlos übertrieb.

17

VICTOR

Victor stand im Hangar und beobachtete das Gewusel. Seit die Sowjets zwei Wochen zuvor mit der Blockade Berlins begonnen hatten, wimmelte es auf den Flughäfen Rhein-Main und Wiesbaden wie in einem Bienenstock. Alle verfügbaren Piloten und Transportmaschinen aus ganz Europa waren angefordert worden und jeden Tag trafen weitere Flugzeuge und Besatzungen in den bereits überfüllten Quartieren ein.

Wenn man dem Buschfunk Glauben schenken durfte, würde demnächst ein ganzes Marinefliegergeschwader aus dem Pazifik eintreffen, und zwar mit den C-54-Flugzeugen, die viel größer waren als das in Europa genutzte Arbeitspferd C-47.

Victor war noch nie so froh gewesen, Ingenieur und kein Pilot zu sein. Auf keinen Fall wollte er an dieser Verrücktheit von Luftbrücke beteiligt sein, die *Operation Vittles* genannt wurde. Die meisten Männer waren Kampfpiloten ohne Erfahrung im Lufttransport und verständlicherweise alles andere als begeistert, ihre schnittigen Jagdflugzeuge gegen die plumpe C-47 einzutauschen. Für sie war der Transport von Lebensmitteln ziemlich langweilig im Vergleich zu den heldenhaften Luftkämpfen, die sie im Krieg ausgefochten hatten.

Glenn, ein Neuankömmling, dem der Ruf vorauseilte,

besonders waghalsig zu sein, kam auf Victor zu. „He, Mann, hast du irgendwo einen Vogel gesehen, den ich mir schnappen kann?"

Victor schüttelte den Kopf. Im Durcheinander der letzten Wochen trafen neue Flugzeuge und Besatzungen schneller ein, als sie untergebracht werden konnten. Die Piloten konkurrierten miteinander um die wenigen aufgetankten und einsatzbereiten Maschinen.

Mit den Schlafplätzen sah es nicht besser aus: Oft teilten sich zwei oder drei Männer ein Bett und schliefen abwechselnd in Schichten, während die anderen flogen. Die gesamte Operation war ein einziges Chaos.

„Ganz schön aufregend. Ich liebe es, in der Luft zu sein, und es ist mir schnurzpiepegal, warum und wieso. Ich pfeif drauf, dass es nur nach Berlin geht und nur eine Transportmaschine ist. Hauptsache, ich bin über den Wolken", sagte Glenn freudestrahlend. „Und du? Bereit für Berlin?"

„Ich? Keine zehn Pferde bringen mich noch einmal in dieses Drecksloch. Ich war einmal dort und das hat mir gereicht. Nichts als Schutt und Trümmer." Abgesehen von einer gewissen platinblonden Frau, die sich in sein Herz und seine Seele geschlichen hatte. Trotz seiner guten Vorsätze, sie zu vergessen, tauchte sie ständig in seinen Gedanken auf.

„Komm schon, schlimmer als Rhein-Matsch kann es nicht sein. Was hältst du davon, wenn ich dich als meinen Bordingenieur mitnehme? Ich hab gehört, die Fräuleins in Berlin sind atemberaubend."

Victor seufzte innerlich. Wieso glaubten diese Piloten immer, dass sich jeder Ingenieur mit Motoren auskannte? Victor war auf Flughafendesign und -verwaltung sowie Transportlogistik spezialisiert. Er hatte keine Ahnung, wie ein Flugzeug funktionierte, und konnte demnach auch keine Probleme an Bord beheben. „Danke, nein. Ich bleibe lieber am Boden, statt einen Fuß in eine dieser Blechbüchsen zu setzen."

„Mann, du hast keine Ahnung, was du verpasst. Ich bin mit

Abstand der beste Pilot hier", sagte Glenn mit stolzgeschwellter Brust.

„Deine Starts und Landungen habe ich gesehen. Danke, aber ich passe", sagte Victor. Seiner Meinung nach war die ganze Bagage selbstmordgefährdet, weil sie freiwillig diese Höllenmaschinen bestieg. Und Glenn war mit Abstand der Waghalsigste von allen. In einem früheren Leben musste er der Star in einem Flugzirkus gewesen sein. Victor erschauderte. Wenn er schon fliegen musste, dann sicher nicht mit dem akrobatikbegeisterten Glenn, sondern mit einem älteren, erfahrenen Piloten, der sich tatsächlich um das Wohlergehen seiner Passagiere sorgte.

Glenn salutierte schwungvoll und schlenderte davon, um ein Flugzeug zu finden.

Wenn er behauptete, der beste Pilot weit und breit zu sein, so war Victor mit Sicherheit der beste Flughafenbauexperte. Dies war auch der Grund, wieso sein ehemaliger befehlshabender Offizier ihn nach dem Krieg dazu überredet hatte, in Frankfurt am Main zu bleiben. Ihm waren eine Beförderung und freie Hand beim Wiederaufbau des Flughafens versprochen worden, doch keines davon war eingetreten.

Victors Vorgesetzter war im vergangenen Jahr an einem Herzinfarkt gestorben und der neue war das größte Arschloch auf Gottes Erde. Der Mann hatte nicht die geringste Ahnung von Technik, hatte es aber trotzdem irgendwie zum Colonel im Pionierbataillon der Air Force gebracht, während Victor immer noch Sergeant war. Er schnaubte spöttisch. Es war seine eigene Schuld; er hätte schon lange um Versetzung in eine andere Einheit bitten sollen.

Halbherzig hatte er schließlich seine Entlassung beantragt, die nur wenige Tage, bevor die niederträchtigen Sowjets ihre Blockade gestartet hatten, genehmigt worden war. Natürlich hatte man sie widerrufen, denn auf dem Rhein-Main-Flughafen wurde daraufhin jeder Mann gebraucht.

Ein weiterer Pilot trabte auf ihn zu. „He, Mann, hast du 'ne Palette mit Trockenmilch gesehen, die ich einladen soll?"

Victor zeigte mit dem Daumen in die hinterste Ecke. „Die Babyprodukte sind dort drüben." Wieder verfluchte er seinen Vorgesetzten dafür, dass er nicht einsah, wie wichtig es war, das Be- und Entladen der Flugzeuge vernünftig zu organisieren. Mit optimierten Abläufen könnte alles so viel schneller gehen, aber nein, dieser Hohlkopf bestand darauf, dass die Piloten sich allein zurechtfanden.

Es gab nicht einmal anständige Richtlinien für Wartung und Reparatur. Wann immer eine Maschine Anzeichen von Verschleiß zeigte, suchten die Flugzeugmechaniker verzweifelt nach einem brauchbaren Ersatzteil, das sie einbauen konnten. Erschwerend kam hinzu, dass es sich bei den meisten Maschinen um ausgediente Kriegsvögel handelte, die schon bessere Tage gesehen hatten und aus ihrem wohlverdienten Ruhestand zurückgeholt worden waren.

Victor seufzte. Alle hatten auf einen diplomatischen Durchbruch und die Aufhebung der Blockade innerhalb von ein bis zwei Wochen gehofft, aber dazu war es nicht gekommen. Erst vor wenigen Tagen hatte General Sokolow verkündet, dass es leider nicht möglich sei, den Verkehr zwischen der Hauptstadt und den westlichen Zonen wieder aufzunehmen.

Von wegen! Es war eine kalkulierte Aktion, um die Vorherrschaft über Berlin zu erlangen. Was Victor nicht verstand, war, wieso General Clay den Sowjets die verflixte Stadt nicht einfach auf dem Silbertablett servierte. Dort gab es sowieso nur Schutt, Ruinen, Verzweiflung und Hunger.

Und Brunis bezaubernde blaue Augen. Er schob das Bild beiseite. Er wollte nicht an sie denken.

18

BRUNI

Bruni kniff die Augen zusammen und versuchte, die falschen Wimpern wieder anzukleben, die sich bei ihrem letzten Auftritt gelöst hatten, was bei Kerzenlicht gar nicht so einfach war. Auch wenn die kleineren Kraftwerke in den Westsektoren auf Hochtouren liefen, konnten sie nicht ausgleichen, was seit Beginn der Blockade an Elektrizität aus Zschornewitz fehlte. Deshalb gab es nur zweimal am Tag für zwei Stunden Strom, wobei die Bezirke abwechselnd beliefert wurden.

Das Kabarett hatte zwar einen eigenen Generator, aber da der Treibstoff knapp wurde, hatte Herr Schuster alle Lichter außer in der Küche ausgeschaltet. Selbst auf der Bühne sang Bruni im Halbdunkel, immer darum bemüht, mit ihren hohen Absätzen nicht danebenzutreten.

Diese Blockade erwies sich in mehrfacher Hinsicht als Ärgernis und ein Ende war nicht in Sicht. Viele Menschen wollten Berlin inzwischen verlassen, aber das war nur denjenigen gestattet, die Verwandte in der sowjetischen Besatzungszone hatten. Alle anderen saßen in der belagerten Stadt fest. Es sei denn, sie hatten ein Flugzeug.

Bruni besaß weder das eine noch das andere.

Während ihres Auftritts musterte sie die Männer im Publikum. Es gab zwar kein ausdrückliches Verbot, aber die sowjetischen Soldaten waren angehalten, die Westsektoren zu meiden. Deshalb überraschte es sie, Hauptmann Wladimir Rubljow vom Nachrichtendienst der Roten Armee im Publikum zu entdecken.

Sie musste zweimal hinsehen, weil er sonst immer Uniform getragen hatte, aber es war unverkennbar er. Möglicherweise ließen sich die Männer von der Spionageabwehr täuschen, doch Bruni fiel nicht darauf herein, denn sie hatte ein untrügliches Auge für Gesichter.

Unter anderen Umständen hätte sie ihn vermutlich für einen guten Fang gehalten. Immerhin sah er auf seine raue, markante Art ziemlich gut aus, und es wurde gemunkelt, dass er von den Frauen angebetet wurde und noch nie eine von ihnen schlecht behandelt hatte. Allerdings hatte er nicht die besten Manieren und ein Liebchen in jeder Stadt.

Er musste in irgendeiner geheimen Sache hier sein, aber Bruni scherte sich nicht weiter darum. Dies war ihre Chance, an vertrauliche Informationen zu kommen. Nach ihrem Lied ging sie deshalb zu seinem Tisch und setzte sich neben ihn, wobei sie so tat, als erkenne sie ihn nicht. „Hallo, mein Lieber, möchten Sie mir einen Drink ausgeben?"

Er schaute sich verstohlen um, bevor er nickte und in akzentfreiem Deutsch antwortete: „Ja, warum nicht?"

Bruni winkte die Bedienung herüber und bestellte für beide Champagner, während sie überlegte, wie sie das heikle Thema am besten ansprechen konnte. Als der Champagner kam und sie anstießen, bemerkte sie beiläufig: „Durch die Blockade ist es nahezu unmöglich geworden, an Champagner zu kommen." Die Bemerkung war harmlos, würde ihn aber hoffentlich dazu bewegen, einige Informationen preiszugeben.

„Schätzchen, Sie sollten der westlichen Propaganda nicht alles glauben. Es gibt keine Blockade", sagte Wladimir.

Fast hätte sie sich am Champagner verschluckt und konnte nur mit Mühe einen Hustenanfall unterdrücken, bevor sie sich wieder unter Kontrolle hatte. „Ich bin nur eine einfache Sängerin. Also hat sich jemand die Straßensperrungen nur ausgedacht?"

Er schenkte ihr ein Lächeln, bevor er sagte: „Ganz und gar nicht. Die sowjetischen Behörden haben lediglich angeordnet, dass der gesamte Verkehr zwischen Berlin und den Westzonen kontrolliert wird. Das ist eine notwendige Maßnahme, um Schwarzhändler und Schieber daran zu hindern, wertvolle Anlagen der Berliner Industrie zu rauben und den Kapitalisten auszuhändigen."

„Ich habe schon viel über Schmuggel gehört, aber ich wusste nicht, dass die Amerikaner Wertgegenstände nach Berlin schmuggeln."

„Äh, nein. Sie schmuggeln sie aus Berlin hinaus." Wladimir wurde langsam ungeduldig.

„Ach, tut mir leid, dann habe ich das durcheinandergebracht. Aber wieso halten die Russen dann den Verkehr in die Stadt hinein auf und nicht den aus ihr heraus?"

„Wir ... Das machen sie doch gar nicht. Aber da die Westmächte sich über sämtliche Regeln und Vorschriften hinwegsetzen, müssen die Sowjets sich verteidigen. Eine vorübergehende Einschränkung bestimmter Landwege kann keineswegs als Blockade bezeichnet werden und die Sowjets sind in diesem Spiel sicherlich nicht die Bösen, die angeblich versuchen, zwei Millionen Westberliner auszuhungern. In Wirklichkeit waren es die Nazis, die Leningrad fast drei Jahre lang belagert haben und Hunderttausende von Menschen verhungern ließen."

Bruni hatte diesen Ablenkungsversuch schon oft von den Verteidigern der Blockade in der SED gehört. Nur weil die Nazis etwas Schlimmes getan hatten, entschuldigte das nicht dieselbe schreckliche Tat durch die Sowjets. „Aber war das nicht während des Krieges und jetzt haben wir Frieden?" Sie schenkte Wladimir ihr strahlendstes Lächeln, auch wenn sie inzwischen bezweifelte, dass sie aus ihm irgendwelche nützlichen Informationen herausbekommen würde. Dieser Mann war zu versiert darin, die Direktiven der Partei nachzuplappern.

„Die Sowjetunion ist das friedliebendste Land der Welt, aber durch die ständige Aggression der Amerikaner sitzt sie zwischen den Stühlen. Oder glauben Sie, dass sowjetische Militärlastwagen die westlichen Zonen einfach so durchqueren dürfen, ohne einer strengen Kontrolle unterzogen zu werden?"

„Natürlich nicht. Anders gesagt, heißt das also, dass ich in die westlichen Zonen reisen darf, wenn ich zustimme, dass meine Papiere und mein Koffer von den sowjetischen Behörden kontrolliert werden?" Sie konnte förmlich sehen, wie die Rädchen in seinem Kopf ratterten.

„Theoretisch ginge das, aber leider haben die kriegslüsternen Westmächte der deutschen Bevölkerung strenge Beschränkungen auferlegt und erlauben ihr nicht, durch die sowjetische Besatzungszone zu reisen."

Das war völliger Blödsinn, denn die Kontrollpunkte an den Ausfallstraßen waren einzig und allein von den Sowjets besetzt, und diese ließen nur Personen passieren, die in Ostberlin oder in ihrer Zone wohnten. Bruni beschloss, nicht weiter auf seine abstrusen Argumente einzugehen, und lenkte das Gespräch stattdessen auf die Luftbrücke. „Und was sollen dann die Flugzeuge und das alles?"

„Das ist eine reine Machtdemonstration. Die amerikanischen Politiker tanzen nach der Pfeife der Industriemagnaten. Diese wiederum wollen mit der sinnlosen Luftbrücke ihre neuen Flugzeuge anpreisen, in der Hoffnung auf Aufträge im Lufttransport. Eisenbahn, Lastwagen und Schiffe sollen damit überflüssig gemacht werden."

Holla. Bruni konnte ein überraschtes Quieken nicht unterdrücken. Wenn dieser Mann den Unsinn, den er von sich gab, ernsthaft glaubte, musste er irgendwelche Drogen genommen haben. Es war ihr unbegreiflich, wie ein vernunftbegabter Mensch so dreist die Realität leugnen konnte. „Äh, danke für die Erklärung. So hatte ich das noch nicht betrachtet."

Ihre Antwort schien ihn zu befriedigen und er fügte hinzu: „Sehen Sie, um von einer Blockade oder Belagerung zu sprechen, muss ein Gebiet hermetisch abgeriegelt sein. Das war bei Leningrad der Fall. Berlin jedoch ist eine offene Stadt. Außerdem ist allgemein bekannt, dass die Sowjetunion angeboten hat, Groß-Berlin mit Kohle, Lebensmitteln, Medikamenten und allem, was die Bevölkerung sonst noch benötigt, zu versorgen, solange die Verkehrsprobleme andauern.

Am Bahnhof Friedrichstraße zum Beispiel stellt die Militäradministration täglich Brot zur Verfügung und alle Berliner aus den Westsektoren können – und sollen – kommen und sich so viel davon nehmen, wie sie brauchen. Darüber hinaus ist der Zugang zu allen vier Sektoren der Stadt für sämtliche Berliner nach wie vor uneingeschränkt möglich."

„Ich verstehe. Vielen Dank für Ihren guten Rat." Bruni war schon einige Male im Bahnhof Friedrichstraße gewesen, hatte aber nie auch nur einen einzigen Brotkrümel herumliegen sehen. Das musste ein weiteres Hirngespinst sein, von dem die russischen Unterdrücker hofften, es würde als allgemeingültige Wahrheit anerkannt werden, wenn sie es nur oft genug wiederholten.

„Denken Sie daran, es gibt keine Blockade. Wenn Sie der Lebensmittelknappheit in den Westsektoren entkommen möchten, welche die amerikanischen, britischen und französischen Verwaltungen mit ihrer Machtgier und Skrupellosigkeit verursacht haben, können Sie sich in jedem Einwohnermeldeamt in Ostberlin registrieren lassen. Dann stellen die Sowjets Ihnen Lebensmittelkarten aus. Im Gegensatz zum Westen sorgt die UdSSR für ihre Bürger."

Bruni zwang sich ein weiteres Lächeln ab und entschuldigte sich, um hinter die Bühne zu eilen, damit sie sich nicht direkt in seinen Schoß übergab.

Hinter der Bühne wartete Heinz auf sie.

„Hallo, Heinz." Sie mochte den jungen Mann mit seinem nach hinten gekämmten, von der Pomade glänzenden Haar und seinem ebenso schmierigen Lächeln nicht besonders. Doch da er der Neffe des Besitzers war, sah sie ihn freundlich an.

„Hallo, Bruni. Laura und ich machen morgen einen Ausflug ans Havelufer und sie lässt fragen, ob du nicht mitkommen willst."

Brunis Lächeln fiel ihr fast aus dem Gesicht. Sie war sich hundertprozentig sicher, dass sie nicht aus purer Freundlichkeit eingeladen wurde. Mit Heinz hatte sie sonst nichts zu tun und seine Freundin teilte sich zwar mit Marlene die Wohnung, aber trotzdem waren Laura und Bruni nicht mehr als flüchtige Bekannte. „Ich fürchte, ich muss morgen Nachmittag arbeiten."

„Ich habe schon mit meinem Onkel gesprochen und er hat deinen Auftritt verschoben. Es reicht also, wenn du erst am Abend hier bist."

Er hatte gewusst, dass sie ablehnen würde, und hatte bereits Vorkehrungen getroffen. „Da ihr mich so gerne dabeihaben möchtet, magst du mir auch den Grund verraten?"

„Es gibt keinen besonderen Grund, außer dass mein Onkel meint, du arbeitest zu viel und musst dringend mal wieder an die frische Luft." Das Tiefrot seiner Ohren war selbst im schwachen Kerzenschein deutlich sichtbar. Bruni wusste, dass er log.

„Na, dann vielen Dank. Um wie viel Uhr?"

„Wie wäre es, wenn wir dich gegen Mittag abholen?"

„Gut, ich werde auf euch warten", sagte Bruni mit ihrem bezauberndsten Lächeln und verschwand schnell in der Garderobe, um sich umzuziehen und abzuschminken. Heinz' Aufmerksamkeit war ihr so willkommen wie der Fuchs unter den Hühnern. Es war jedoch nicht klug, sich seinen Wünschen zu widersetzen, weil offenbar Herr Schuster hinter dem Ganzen steckte. Da sie immer noch keinen neuen Gönner gefunden hatte, war sie auf das Engagement im Klub angewiesen.

Eine halbe Stunde später befand sie sich auf dem Heimweg.

Obwohl der Bezirk mit der Stromversorgung an der Reihe war, beleuchtete nur ein fahler Schein aus den Fenstern die finsteren Straßen, denn die Straßenlaternen waren ausgeschaltet worden. Für Notfälle trug sie immer eine Taschenlampe bei sich, doch weil Batterien unwahrscheinlich teuer waren, benutzte sie sie so wenig wie möglich.

Zu Hause angekommen, zündete sie eine Kerze an, ging wenige Minuten später zu Bett und träumte von einem gut aussehenden Mann mit hinreißenden Grübchen. Es war zu schade, dass sie Victor nie wieder sehen würde.

Am nächsten Tag stand sie schon vor zehn Uhr auf und hatte ihre morgendliche Routine kaum beendet, als es an der Tür klopfte.

Es war Laura. „Guten Morgen, Bruni, bist du fertig? Heinz wartet unten mit dem Lastwagen." Bruni fragte sich, wieso er bei der herrschenden Treibstoffknappheit ausgerechnet den Lastwagen für einen privaten Ausflug nahm. Sollte er den Sprit nicht besser für die Lieferung dringend benötigter Waren für das Kabarett aufsparen?

„Alles klar, ich komme."

Sie quetschte sich mit Heinz und Laura auf den Vordersitz. Trotz ihrer anfänglichen Abneigung gegen den Ausflug, genoss sie die Fahrt in vollen Zügen. Über kaputte Straßen holperten sie Richtung Süden, wo sich die Havel zu einem See verbreiterte.

Als Bruni erkannte, dass sie sich dem britischen Flughafen Gatow näherten, riss sie die Augen auf. Wie eine Perlenkette reihten sich am Himmel die Flugzeuge aneinander, um im Abstand von drei Minuten sicher zu landen.

Der Flughafen war Militärgelände und damit Sperrgebiet. Bruni hoffte, dass Heinz nicht geradewegs dort hineinfahren würde. Doch er bog kurz vorher in Richtung Fluss ab und nahm einen Feldweg entlang des Ufers, bis er zu einer Stelle kam, die teilweise von Bäumen verdeckt war. Dort lag ein kleines Ruderboot.

„Du erwartest aber nicht von mir, dass ich da reinklettere, oder?", fragte Bruni.

Heinz schmunzelte. „Das würde ich nie wagen. Nein, nein. Wir picknicken hier."

Laura packte eine verschlissene Decke, eine Wasserflasche und für jeden ein Butterbrot aus. Während sie sich kauend unterhielten, näherten sich zwei magere Jungen dem Boot und sprangen hinein. Sie konnten kaum älter als zehn Jahre sein. Heinz ging hinüber und wechselte ein paar Worte mit ihnen.

Bruni hingegen beschloss, den unverhofften freien Tag auszukosten, und legte sich in den Schatten eines Baumes. Eine warme Brise streichelte ihre Haut und sie wandte sich an Laura: „Das war eine gute Idee. Danke für die Einladung."

„Hier draußen kann man für eine Weile vergessen, wie schlimm alles ist", stimmte Laura zu. Dann tippte sie Bruni aufs Bein und sie sahen zu, wie Heinz über die Wiese zu ihnen zurückschlenderte.

„Heinz scheint heute sehr gut gelaunt zu sein", kommentierte Bruni.

„Ja. Die Blockade hat ihm ziemlich aufs Gemüt geschlagen. Das Ganze ist schlecht fürs Geschäft."

Bruni antwortete nicht. Alle litten unter dem jüngsten Coup der Sowjets, doch Heinz konnte sich vermutlich noch am wenigsten beklagen. Das Kabarett operierte nach wie vor dank der guten Beziehungen, die sein Onkel zu allen westlichen Verwaltungen pflegte, die froh über ein wenig Zerstreuung für ihre Soldaten waren.

„Wollt ihr mal was ganz Besonderes sehen?", fragte Heinz. „Da landet gleich ein Flugzeug auf dem Wasser."

Bruni drehte den Kopf und beobachtete mit offenem Mund, wie ein strahlend weißer Flieger mit Kufen unter den Flügeln herabglitt und sanft auf der Wasseroberfläche aufsetzte.

„Das sah so elegant aus."

„Eine britische Sunderland. Dieser Flugzeugtyp wurde extra zum Wassern konstruiert", erklärte Heinz.

„Fliegen die direkt aus England bis zu uns?", fragte Bruni, die immer noch beobachtete, wie die Maschine mühelos über das Wasser glitt.

„Nein, das ist viel zu weit. Sie starten im Hamburger Hafen."

„Das ist eine prima Idee, wo doch die beiden Flughäfen voll ausgelastet sind", warf Laura ein.

In diesem Moment legten mehrere Ruderboote am Flugzeug an, und Arbeiter begannen, die Fracht in einem irrsinnigen Tempo abzuladen. Unter ihnen erkannte Bruni die beiden Knaben von vorher.

„Ja, aber das ist nicht der Grund, wieso sie eingesetzt werden. Schon mal dran gedacht, dass Salz Metall rosten lässt? Deshalb kann es nur schwer mit dem Flugzeug transportiert werden. Diese Vögel jedoch wurden dafür gebaut, auf Salzwasser zu landen", erklärte Heinz.

„Das ist genial." Laura tätschelte den Platz neben sich. Heinz ließ sich auf den Boden fallen und küsste sie auf den Mund.

Bruni staunte immer noch über den Einfallsreichtum der Flugzeugingenieure sowie die beeindruckende Schönheit dieser grandiosen Maschine. Sie würde Victor davon erzählen müssen ... Sie schüttelte den Kopf. Er war weit weg und sie würde ihn nie wieder sehen. Warum also verschwendete sie ihre Zeit damit, an ihn zu denken?

Es dauerte keine zwanzig Minuten, bis das Flugboot vollständig entladen war, die Boote ans Ufer ruderten und das weiße Prachtexemplar gen Himmel entschwand. Heinz und Laura waren in heftiges Knutschen vertieft, sodass Bruni nichts anderes übrig blieb, als weiterhin in die andere Richtung zu schauen. Dabei beobachtete sie, wie sich das kleine Boot mit den beiden Knaben von der Gruppe der anderen Boote löste und auf ihren Picknickplatz zusteuerte.

Plötzlich keimte in ihr der Verdacht auf, worum es bei diesem Ausflug in Wirklichkeit ging – und wie sich herausstellte, lag sie richtig. Kaum hatte das kleine Ruderboot das Ufer erreicht, sprang Heinz auf und lief mit langen Schritten darauf zu. Ein Geldbündel wechselte den Besitzer und Heinz kam mit einem Paket unter dem Arm zurück.

Bruni fragte nicht nach. Sie wusste auch so, dass es sich um wertvolles Salz handelte, das die beiden beim hektischen Ausladen stibitzt hatten.

19

VICTOR

Der zweite Monat der Luftbrücke war gerade angebrochen, als Victor zu seinem befehlshabenden Offizier gerufen wurde. Er rollte die Blaupausen zusammen, an denen er arbeitete, und steckte sie zurück in ihre Pappröhre.

In seiner Brust glomm die schwache Hoffnung, dieses Mal statt eines weiteren belanglosen und völlig überflüssigen Auftrags endlich seine Entlassungspapiere zu erhalten. Er hatte die Nase voll vom Rhein-Matsch-Flughafen, von dem Arschloch von Vorgesetzten und von dem Elend, das ihn allenthalben umgab. Er sehnte sich danach, in die Staaten zurückzukehren.

„Sir." Victor trat ein und bemerkte zu seiner Überraschung, dass neben Oberst Dassel auch ein ihm unbekannter General an dem kleinen Konferenztisch saß. Er salutierte und stand stramm.

„Sergeant Richards?", fragte der General.

„Jawohl, Sir."

„Setzen Sie sich. Ich bin General Tunner."

William Tunner? Der Mann, der für die Unternehmung *The Hump* verantwortlich gewesen war, die größte Luftbrückenoperation der Menschheit? Drei Jahre lang hatte *The Hump* Chiang Kai-sheks Truppen sowie die US Air Force in China in ihrem Kampf gegen die Japaner erfolgreich mit Nachschub versorgt. Was konnte dieser Mann ausgerechnet von ihm wollen? In der Air Force war er eine lebende Legende, aber Victor war ihm noch nie persönlich begegnet.

„Jawohl, Sir."

Tunner war Anfang vierzig, drahtig, hatte dunkle, zurückgekämmte Haare und nachdenkliche Augen, die Victor intensiv musterten. Er war nicht attraktiv, aber charismatisch, und Victor verspürte das Bedürfnis, sich als würdig zu erweisen – worum auch immer es ging.

„Ich nehme an, Sie wissen, wieso ich hier bin?", fragte Tunner.

„Wegen dieser Sache in Berlin, Sir?"

„Nennt man das hier so?" Tunner schien nicht erfreut zu sein und Victor nahm sich vor, seine Worte in Zukunft vorsichtiger zu wählen.

„Ab heute bin ich für *Operation Vittles* zuständig", sagte Tunner. „Wie ich höre, sind Sie ein hervorragender Flughafenbauexperte."

Victor bemerkte, wie sein Vorgesetzter ein mürrisches Gesicht machte, aber er konnte Tunner natürlich nicht widersprechen.

„Sir, Flughafenplanung und -logistik sind meine Spezialität", sagte Victor nicht ohne Stolz, auch wenn ihm Eigenlob normalerweise zuwider war.

„Würden Sie gerne einen komplett neuen Flughafen bauen?"

„Das wäre grandios", antwortete Victor, noch bevor ihm die Tragweite dieser Frage vollends bewusst wurde.

„Prima." Oberst Dassel blickte zu Victor. „Sie unterstehen mit sofortiger Wirkung dem Kommando von General Tunner. Ihre neue Aufgabe wird der Bau eines neuen Flughafens in Berlin sein. Wegtreten."

Victor blickte zu seinem neuen Vorgesetzten. Eine Million Fragen brannten ihm auf der Zunge. Tunner nickte ihm verständnisvoll zu und sagte: „Wir sehen uns in dreißig Minuten in der Kommandozentrale zur Besprechung."

„Jawohl, Sir. Und danke!" Victor verließ das Büro mit einem schwirrenden Kopf. Er war sich nicht sicher, was genau gerade passiert war, und wusste noch viel weniger, ob es ihm gefiel oder nicht. Einen Flughafen von Grund auf neu zu bauen war sein Jugendtraum – aber musste es ausgerechnet in diesem Trümmerhaufen von Berlin sein?

Noch dazu, wenn die Sowjets die Stadt abgeriegelt hatten? Wie sollte das überhaupt funktionieren? Je mehr er darüber nachdachte, desto unmöglicher erschien ihm das Vorhaben. Für einen Flughafenbau brauchte es alle möglichen Materialien, schweres Gerät wie Planierraupen, wovon es vermutlich wenig bis gar nichts in Berlin gab.

Ein kalter Schauer lief ihm den Rücken hinab. Wie sollte er überhaupt in die belagerte Stadt hineinkommen? Es war unwahrscheinlich, dass die Sowjets die Blockade ausgerechnet für den Mann aufheben würden, der einen weiteren Flughafen bauen sollte, um ihre bösartigen Machenschaften zu unterlaufen. Victor schloss die Augen und stützte sich an der Wand ab. Allein der Gedanke an das Offensichtliche ließ seine Knie weich werden.

Auf keinen Fall würde er ein Flugzeug besteigen. Er würde General Tunner sagen, dass er das Angebot für den neuen Posten leider nicht annehmen konnte. Allerdings war seine Versetzung bereits vollzogen.

Was, wenn er an einer Magen-Darm-Grippe erkrankte? Oder ... Er stieß einen lauten Seufzer aus. Wenn er sich nicht gerade ein Bein abhacken wollte, gab es keine Möglichkeit, seinem Schicksal zu entfliehen.

Vielleicht konnte er einen Freund bitten, ihn kurz vor dem Flug bewusstlos zu schlagen und dann an Bord zu tragen. Ja, das war wahrscheinlich die beste Lösung.

BRUNI

D er Wecker riss Bruni um vier Uhr morgens unbarmherzig aus dem Schlaf. Sie bekam kaum die Augen auf, denn wieder einmal war sie keine zwei Stunden zuvor vom Kabarett nach Hause gekommen.

Ihr übermüdeter Körper protestierte und ihr erschöpfter Geist flehte sie an, sich wieder schlafen zu legen. Dann aber würde sie die zwei Stunden Elektrizität verpassen, die ihrem Bezirk zugestanden wurden.

Die Blockade hielt nun schon seit über einem Monat an und das Leben mit dieser weiteren Einschränkung war zum Alltag geworden. Die Amerikaner und Briten flogen Tag und Nacht Lebensmittel nach Berlin und hielten mit den wenigen verfügbaren Mitteln ein Mindestmaß an Stromversorgung aufrecht.

Bruni hatte sich noch nie viele Gedanken über die Hausarbeit gemacht, aber jetzt tat sie es Tausenden von Hausfrauen in der Stadt gleich: Sie passte sich dem vorgegebenen Zeitplan an und nutzte die kurzen Intervalle, in denen der Strom angeschaltet wurde, selbst wenn das hieß, mitten in der Nacht aufzustehen.

Mit bleischweren Gliedern kämpfte sie sich aus dem Bett und schlurfte mit halb geschlossenen Augen in die Küche. Dort erhitzte sie Wasser, um Kartoffeln zu garen und Wäsche zu waschen. Seit die Gaslieferung nur wenige Tage nach der Elektrizität versiegt war, gehörte die kleine elektrische Kochplatte zu ihren kostbarsten Besitztümern.

Um auch Wasser für ein Bad zu erwärmen, war sie einfach zu müde. Eine kalte Katzenwäsche später am Morgen musste reichen. Nachdem sie ihre Hausarbeit erledigt hatte, goss sie das Wasser ab und ließ die garen Kartoffeln im Topf in der Küche stehen, bevor sie wieder ins Bett fiel. Trotz ihrer Erschöpfung schlief sie nicht sofort ein; zu viel ging ihr im Kopf herum.

Das Leben im belagerten Berlin setzte ihr schrecklich zu und sie überlegte ernsthaft, ihre geliebte Stadt zu verlassen. Besserung war nicht in Sicht und ihrer Meinung nach konnte es nur noch schlimmer werden. Die starrköpfigen Russen würden keinen Millimeter nachgeben. Jeder wusste, dass sie sich ins Fäustchen lachten, während sie auf die Hilfe des Winters warteten.

Sich im sowjetischen Sektor zu registrieren, war der einzige Ausweg aus der Nahrungsmittelmisere, doch das kam für Bruni nicht infrage. Wieder dachte sie voller Neid an Zara, die Berlin gerade noch rechtzeitig verlassen hatte, bevor alles vor die Hunde gegangen war. Von Zara wanderten ihre Gedanken die kurze Strecke von Wiesbaden nach Frankfurt und landeten bei Victor.

Es war seltsam, aber sie vermisste ihn wirklich. Wieso, konnte sie sich selbst nicht erklären. Er war ein fescher Mann und gut im Bett – darüber hinaus aber völlig ungeeignet für ihre Bedürfnisse.

Mit Schaudern erinnerte sie sich daran, wie sie als Kind von ihrem Vater missbraucht worden war. Immer hatte er dabei behauptet, sie sei sein kleiner Liebling, den er über alles liebte. Sie hatte ihn auch geliebt – bis sie eines Tages damit aufhörte. Damals hatte Bruni sich geschworen, sich nie wieder an einen Mann zu binden, und schon gar nicht auf die alberne, emotionale Art, mit der sie sich nach Victor sehnte.

Vier Stunden später, die sich wie vier Minuten anfühlten, klopfte es an der Tür. Bruni drehte sich um und zog sich das

Kissen über den Kopf, fest entschlossen, das Klopfen zu ignorieren. Doch es wurde immer eindringlicher.

„Bruni, steh auf, wir wissen, dass du da bist", rief eine bekannte Männerstimme.

„Oh, bitte nicht", stöhnte sie verzweifelt und rief dann zurück: „Ich komme!"

Sie zog sich einen Morgenmantel an und schleppte sich durch die kleine Wohnung zur Tür. Draußen standen Laura und Heinz. Sie sahen aufgeregt, frisch und ausgeschlafen aus.

„Was ist denn mit dir passiert?", fragte Laura.

Bruni warf einen kurzen Seitenblick auf den halb blinden Spiegel neben der Tür. „Wäschewaschen um vier Uhr morgens."

„Meine Mutter hat um Mitternacht gekocht", sagt Heinz und hielt einen Henkelmann hoch.

Bruni knurrte ihm etwas Unverständliches zu. Schön für ihn, dass er seine Mutter die Arbeit machen ließ, sodass er selbst nachts nicht um seinen kostbaren Schlaf gebracht wurde. Um höflich zu sein, sagte sie: „Kommt rein und setzt euch. Ich bin in fünf Minuten fertig."

So gerne sie noch weitergeschlafen hätte, mit Heinz und Laura zum Schwarzmarkt am Potsdamer Platz zu gehen war wichtiger. Sie besaß noch einige Zigaretten und hoffte, sie gegen Dinge einzutauschen, die man nicht mit Lebensmittelkarten erstehen konnte. Heinz dabeizuhaben, würde sich beim Feilschen als vorteilhaft erweisen, denn er war ein Meister darin und jeder auf dem Markt kannte ihn.

Sie nahmen die nach einem eingeschränkten Fahrplan operierende U-Bahn. Der Potsdamer Platz war der perfekte Ort für den Schwarzmarkt, denn dort stießen der sowjetische, amerikanische und britische Sektor zusammen. Der Markt selbst befand sich auf britischem Boden, da die Briten den Schiebern gegenüber am nachsichtigsten waren.

Dennoch musste hin und wieder der Anschein gewahrt werden. Dann wurde eine Razzia durchgeführt, wobei die wichtigen Händler immer schon im Voraus gewarnt wurden und ihre wertvollsten Waren an diesen Tagen zu Hause ließen. Die Briten verhafteten ein paar Leute, ließen sie am nächsten Tag wieder auf freien Fuß und alle waren zufrieden.

Bruni hatte den Markt schon öfter besucht, allein oder mit Marlene, aber dieses Mal war es ein ganz neues Erlebnis. Für Heinz holten die Händler ihre Bückware unter dem Ladentisch hervor. Ein paar Stunden später waren alle drei mit wertvollen Gemälden, Schmuck und Silberwaren beladen, die Heinz erstanden hatte. Im Gegenzug für ihre Hilfe schenkte er Bruni nagelneue Nylonstrümpfe, ein Pfund Kaffee und ein Kilo Zucker. Wenn es nach ihr ging, war das Grund genug, ein Auge zuzudrücken und nicht zu fragen, was er mit den gekauften Sachen vorhatte.

Auf dem Heimweg hielten sie bei Laura an, wo ihre Mitbewohnerinnen Lotte und Marlene mit einem anderen Mädchen namens Patty gerade für die Prüfungen büffelten.

„Bruni, was für eine Überraschung! Wie gehts dir?", fragte Marlene, als sie ihre Freundin umarmte.

„Mir würde es besser gehen, wenn ich nachts schlafen dürfte, statt zu irgendwelchen gottlosen Zeiten aufzustehen, nur um Wäsche zu waschen."

„Du Ärmste", lachte Marlene. „Möchtest du einen Tee?"

„Sehr gern. Meine Kehle ist staubtrocken, nachdem wir stundenlang über den Potsdamer Platz gewandert sind."

„Was? Ihr wart auf dem Schwarzmarkt?" Patty hob missbilligend eine Augenbraue.

Bruni hielt das Mädchen für übermäßig zimperlich, nur weil ihr Freund Polizist war. Sie kicherte fast bei dem Gedanken daran, was Patty und Karl wohl über Heinz' Einkäufe sagen würden, hielt aber wohlweislich den Mund.

„Habt ihr russische Truppen gesehen?", fragte Patty.

„Nicht mehr als sonst." Bruni ließ sich aufs Sofa fallen und rieb sich die Füße. Den ganzen Tag auf Stöckelschuhen herumzulaufen, mochte weder praktisch noch besonders klug sein, aber nie im Leben würde man sie in hässlichem, praktischem Schuhwerk antreffen. Genauso wenig wie sie eine dieser grauenvollen Schürzen oder gar eine Latzhose tragen würde, wie es so viele andere Frauen dieser Tage taten.

„Ich frage nur, weil Karl meint, dass die Sowjets Kampftruppen um Berlin herum zusammenziehen. Mongolische Truppen."

Angst machte Bruni das Atmen schwer. Dank ihrer damaligen strategischen Liaison mit Hauptmann Fjodor Orlowski war sie wahrscheinlich die einzige Frau in Berlin, die nicht von der Roten Armee vergewaltigt worden war, als diese vor drei Jahren die Stadt „befreit" hatte. Doch Fjodor war auf Nimmerwiedersehen verschwunden und wenn die Sowjets vorhatten, die mongolischen Soldaten wieder auf die deutsche Weiblichkeit loszulassen, standen lediglich die Amerikaner zwischen ihnen und einer weiteren Massenvergewaltigung.

Kein Wunder, dass alle hofften, die Amis blieben in Berlin — doch niemand konnte sich dessen sicher sein.

Vielleicht hätte sie doch besser mit Wladimir Rubljow anbandeln sollen, statt zu versuchen, Informationen aus ihm herauszubekommen. Er hatte den Ruf, seine Liebschaften gut zu behandeln, und besaß sicherlich die Autorität, einfache Soldaten von ihr fernzuhalten.

„Bist du sicher?", fragte Marlene. Die Angst stand ihr deutlich ins Gesicht geschrieben.

Bruni blickte von einem zum anderen; selbst Heinz schien besorgt zu sein. Niemand wollte die erste Zeit nach dem Krieg noch einmal durchmachen müssen. Der Schrecken, den die Rote Armee damals in Berlin verbreitet hatte, ließ selbst die ständigen Bombenangriffe im Vergleich dazu verblassen.

„Nun, bisher haben sie die Stadtgrenzen nicht überschritten, aber wenn man Karls Vorgesetztem glauben darf, ist selbst Kommandant Harris beunruhigt."

„Hoffen wir, dass es dabei bleibt", sagte Bruni mit einer Zuversicht, die sie nicht verspürte. Wenn sogar Dean besorgt war, dann musste die Situation wirklich schlimm sein.

„Wir können sowieso nichts tun", sagte Marlene,

schicksalsergeben wie immer. „Im Übrigen hat Harris erst gestern Abend im RIAS verkündet, dass die Amerikaner Berlin nicht verlassen werden. Seine genauen Worte waren: ‚Wir werden bleiben. Ich weiß keine Lösung für die gegenwärtige Lage – noch nicht – aber so viel weiß ich: Das amerikanische Volk wird es nicht zulassen, dass das deutsche Volk verhungert.' Dann hat er an die Russen gewandt gesagt, sie sollen besser gut vorbereitet sein, wenn sie vorhaben, in den amerikanischen Sektor einzufallen."

Harris' Worte sollten die Bevölkerung beruhigen, aber Bruni war immer noch nervös. Sie wünschte sich, dass ein weißer Ritter in glänzender Rüstung angaloppiert kam und sie auf sein Pferd – vorzugsweise einen Jeep – hievte und sie weit, weit weg von Berlin, der Blockade und den bedrohlichen mongolischen Truppen brachte.

VICTOR

Freitag, 13. August 1948

Der Regen prasselte pausenlos auf Frankfurt nieder. Victor sah aus dem Fenster des Flughafenbüros und bemerkte mit Schrecken den See, der sich dort gebildet hatte, wo eigentlich eine Landebahn sein sollte. Er hob den Blick gen Himmel und hoffte, dass sich die tief hängenden, grauen Wolken verziehen würden.

Gruppen von griesgrämig schauenden, bis auf die Knochen durchnässten deutschen Arbeitern machten die C-54-Flugzeuge startklar. Die Skymaster genannten Flieger standen aufgereiht wie eine Kette weißleuchtender Perlen in Position. Ebenso durchnässte Piloten bestiegen mit ihren Crews die Maschinen und warteten darauf, dass die nächste Formation planmäßig im Abstand von neunzig Sekunden abheben durfte.

Victor hatte zu allem Unglück die Order, seinen neuen Vorgesetzten in einer dieser Höllenmaschinen zu begleiten. Die Tür öffnete sich und General Tunner kam mit einem Piloten herein, vermutlich demjenigen, der sie nach Berlin fliegen würde. Als Victor den waghalsigen Jungspund Glenn Davidson erkannte, zog er scharf die Luft ein.

Es nahmen so viele Piloten an der Versorgungsoperation teil, wieso musste es ausgerechnet dieser sein? Mit einem Mal war sich Victor sicher, dass er den Tag nicht überleben würde.

„Richards, das ist Captain Davidson. Er wird uns nach Berlin bringen."

„Jawohl, Sir. Ist es bei diesem Wetter überhaupt möglich zu fliegen?" Victor konnte sich die Frage nicht verkneifen.

Glenn grinste breit: „Klar doch. Wir sind die Nummer zwölf der Formation. Wir machen uns besser fertig."

Tunner nickte und drehte sich um, um mit Glenn an seiner Seite das Flughafenbüro zu verlassen. Victor blieb nichts anderes übrig, als ihnen mit protestierendem Magen zu folgen. Denn eines wusste er: Dieser Flug ging geradewegs in die Hölle und würde kein gutes Ende finden.

Doch sowohl Tunner als auch Glenn schienen sich aus den widrigen Wetterbedingungen nichts zu machen und unterhielten sich stattdessen über die Vor- und Nachteile des Fliegens in Formation.

Als es Zeit wurde, ihre Maschine zu besteigen, bat Tunner: „Sagen Sie der Flugsicherung in Tempelhof, dass ich einen bodengesteuerten Anflug ausprobieren möchte."

Victor zitterte wie Espenlaub. Diese neue Technologie befand sich noch im Versuchsstadium und war alles andere als ausgereift. Er starrte in den heftigen Schauer und wünschte sich, er wäre nie zur Air Force gegangen.

„Das ist der perfekte Tag für einen solchen Test, Sir", sagte Glenn, dem sein eigenes Leben offenbar nichts bedeutete.

Wenigstens mussten sie nicht zu Fuß zum Flugzeug gehen und sich wie alle anderen vom Regen durchweichen lassen. Victor stieg in das wartende Auto und hoffte wider besseres Wissen immer noch, dass die ganze Aktion abgeblasen werden würde und er einen weiteren Tag vor dem Flug verschont bliebe.

Im Flugzeug setzte er sich auf den Notsitz und klammerte sich an die Hoffnung, irgendwie doch am Ziel in einem Stück auszusteigen. Er schwor sich, so lange in Berlin zu bleiben, bis die

Blockade beendet war und er mit dem Zug zu seiner Basis zurückkehren konnte.

Das Flugzeug rollte auf die überflutete Startbahn und reihte sich zwischen den anderen ein, die dort bereits warteten. Glenns Warnung an seine Passagiere, sich anzuschnallen, weil es ein holpriger Flug werden würde, trug in keinster Weise dazu bei, Victor zu beruhigen. Durch das Bullauge sah er nichts als die Wassermassen, die sich vom Himmel ergossen, und er hörte Glenn fluchen, als der Tower ihm mitteilte, die Abstände zwischen den Starts würden verlängert und er müsse warten.

Dann ging es los. Der Co-Pilot schob die Gashebel nach vorne und die leistungsstarken Triebwerke erwachten zum Leben. Victor wurde in den Sitz gepresst. Er krallte sich an der Sitzfläche fest und kniff die Augen zusammen. Das Dröhnen der Triebwerke war ohrenbetäubend und das große Flugzeug zitterte wie ein bibberndes Kind. Plötzlich aber beruhigte sich das Rattern und fast unmerklich erhob sich die Skymaster in die Lüfte.

Der Geruch von Kerosin wehte durch die Kabine. Nach einem heftigen Anfall von Übelkeit gewöhnte sich sein Magen an den Geruch und Victor dachte, dass das Fliegen gar nicht so schlimm und ein glückliches Ende dieser Torheit im Rahmen des Möglichen war.

Seine Gedanken schweiften zu der bezaubernden Sängerin ab und wieder schlug sein Magen Purzelbäume. Er erwartete nicht, dass sie sich an ihn erinnerte oder sich gar nach ihm sehnte. Er hingegen hatte ununterbrochen an sie gedacht. Davon zu fantasieren, ihr liebreizendes Gesicht zu küssen, war um einiges besser, als sich einen Absturz oder Fallschirmabsprung vorzustellen.

Etwa zehn Minuten nach dem Start ruckelte das Flugzeug plötzlich heftig in einer Turbulenz. Kalter Schweiß rann Victors Rücken hinab und die Knöchel seiner ineinander verschränkten Hände traten schneeweiß hervor. Als die schwere Maschine wie ein Blatt in der Herbstbrise herumgewirbelt wurde, drückte Victor erneut die Augen zu und hoffte insgeheim auf einen schnellen und schmerzlosen Tod.

Lieber hätte er sich von einer ganzen Wehrmachtseinheit ins Kreuzfeuer nehmen lassen, als auch nur eine Sekunde länger in dieser Todesmaschine zu sitzen. Beim verzweifelten Versuch, an etwas anderes als den unumgänglichen Absturz zu denken, erinnerte er sich an die Nacht mit Bruni und wie er sie geliebt hatte. Die Zartheit ihrer Haut, ihre begierige Reaktion auf seine Liebkosungen ...

„Wir haben den Korridor durch die sowjetische Zone erreicht", verkündete Glenn durch die Sprechanlage. „Der Flug könnte unruhig werden, weil ich Schlechtwetterzonen nicht umfliegen kann."

Könnte unruhig werden? Und was ist er bisher gewesen? Panik machte sich in Victor breit und er kämpfte gegen den Drang an, seine Waffe zu ziehen und Glenn zu einer Notlandung zu zwingen.

Während Glenn seine Hände fest um den Steuerknüppel der schlingernden, holpernden und ruckelnden Skymaster schloss, um sie innerhalb des dreißig Kilometer breiten Korridors zu halten, tat Victor dasselbe mit der Sitzfläche des Notsitzes. Er wollte sich nicht ausmalen, was passieren würde, wenn es sie aus dem Korridor hinauswehte. Würden die Sowjets es wagen, sie abzuschießen?

Erst da fiel ihm ein, dass er keinen Fallschirm hatte, und selbst wenn, hätte er nicht gewusst, wie dieser funktioniert. In einem letzten, verzweifelten Versuch, Ruhe zu bewahren, starrte er auf General Tunners Hinterkopf. Wenn der General auf Glenns fliegerische Fähigkeiten vertraute, würde er es notgedrungen auch tun. Darauf und auf die hoch entwickelte Technologie.

Victor schickte ein Stoßgebet zum Himmel, dass seine Ingenieurskollegen bei den nagelneuen Radarsichtgeräten in Berlin sorgfältig gearbeitet hatten. Diese Wunderwerke der modernen Technik konnten sehen, wo es dem menschlichen Auge verwehrt war: Sie waren in der Lage, Flugzeuge selbst durch

Wolken und Regen hindurch zu erkennen und sicher zu ihrem Landepunkt zu führen.

Doch seine Gebete wurden nicht erhört. Aufgeregte Stimmen drangen aus der Sprechanlage. Offenbar waren zwei Flugzeuge, die von Gatow aus gestartet waren, um im mittleren Korridor nach Hause zu fliegen, von der Route abgekommen und in den Südkorridor abgedriftet, wo sich die Flugzeuge von Victors Formation im Anflug auf Berlin befanden.

„Sicht null", sagte Glenn in sein Kopfhörermikrofon und zog auf Anweisung des Kontrollturms nach oben. Erst nach einigen Minuten entspannten sich Glenn am Schaltknüppel und General Tunner, der ihm über die Schulter schaute, sichtlich.

Victor fragte: „Was ist passiert?"

„Die ersten drei Flugzeuge unserer Formation sind dank des bodengesteuerten Anflugs sicher gelandet. Jetzt müssen wir nur noch warten, bis wir an der Reihe sind", antwortete Glenn.

Doch kurz darauf nahm die Anspannung im Cockpit wieder zu. Im nächsten Augenblick fühlte es sich an, als würde die betagte Skymaster senkrecht nach oben schießen. Victor warf einen Blick auf den Höhenmesser, dessen Zeiger immer weiter in die Höhe kroch und bereits die Dreitausendmetermarke hinter sich gelassen hatte. Panik presste die Luft aus seinen Lungen, denn das konnte nichts Gutes bedeuten.

Der Bordmechaniker drehte sich zu ihm um und erklärte: „Der Vierte in der Reihe hat seinen Anflug vermasselt und muss eine Extrarunde drehen. Deshalb muss der Rest der Formation Warteschleifen fliegen."

Victors Schwindelgefühl wurde stärker. Angestrengt atmete er gegen das Gefühl an, sich übergeben zu müssen. Er heftete seinen Blick auf das vordere Fenster, auch wenn es dort außer einer dicken grauen Suppe nichts zu sehen gab. Voller Angst erwartete er, dass jeden Moment ein anderes Flugzeug aus dem Nichts auftauchen und unweigerlich mit ihnen zusammenstoßen würde.

Offenbar hatte sich durch den missglückten Anflug ein regelrechter Stau gebildet. Trotz seiner eigenen Panik erkannte

Victor, dass General Tunner kurz davorstand, vor Wut zu explodieren. Sie kreisten immer höher über Berlin, und das Cockpit war vom ständigen Geplapper aus dem Funkgerät erfüllt.

„Big Easy Vier ist im zweiten Anflug", sagte Glenn. Jeder im Flieger hielt den Atem an und wartete gespannt auf die Nachricht der erfolgreichen Landung.

Doch diese kam nicht.

„Verdammte Scheiße!" Selbst über den Lärm des Triebwerks hinweg hörte Victor Glenns Aufschrei. Wieder drehte der Bordmechaniker sich um. Diesmal reichte er Victor eine Sauerstoffmaske, während Glenn über die Sprechanlage verkündete: „Wir müssen noch weiter aufsteigen. Big Easy Vier ist abgestürzt, und das Flugfeld ist mit Wrackteilen übersät. Vorerst sind keine weiteren Landungen möglich."

Übelkeit attackierte ihn. Victor drückte sich die Sauerstoffmaske aufs Gesicht und prüfte wieder die Höhenanzeige. 4500 Meter.

War heute der Tag, an dem die Luftbrücke scheiterte? Die Sowjets schienen einen Pakt mit dem Wetter geschlossen zu haben und lachten sich vermutlich ins Fäustchen über den aussichtslosen Kampf der amerikanischen Flugzeuge gegen Sturmböen und dunkle Regenwolken.

Inzwischen hatte Victor die Angst um sein eigenes Leben völlig vergessen; er betete nur noch, dass alle Besatzungen diesem Unwetter wohlbehalten entkamen. Selbst jemand, der so unerfahren in der Fliegerei war wie er, wusste, dass sie sich in unmittelbarer Gefahr befanden.

„Sir, wir müssen alle sofort runterbringen, sonst ...", sagte Glenn.

„Sonst was?", antwortete General Tunner.

„Sonst endet das in einer Katastrophe. Wenn die nächste Formation mit dreißig Flugzeugen aus Wiesbaden erst hier ist, wird ein Zusammenstoß in der Luft unumgänglich."

Tunner antwortete nicht, ergriff aber nach etwa zehn Sekunden das Mikrofon und sprach mit ruhiger, lauter Stimme hinein:

„General Tunner an den Kontrollturm. Schicken Sie alle Big-Easy-Flugzeuge, die sich momentan im Anflug oder in der Warteschleife befinden, mit Ausnahme von Big Easy Zwölf zurück zur Basis. Ich wiederhole: Alle anfliegenden Flugzeuge über Berlin oder im Korridor sollen nach Hause zurückkehren. Kein Flugzeug darf starten, bis ich neue Befehle gebe."

Victor konnte die Antwort des Towers nicht hören, aber nur wenige Augenblicke später sprach Tunner erneut: „Schicken Sie alle Flugzeuge unterwegs nach Berlin zu ihrer Basis zurück. Informieren Sie mich, wenn wir sicher landen können."

Zehn Minuten später verließ Victor mit wackeligen Knien das Flugzeug und war unendlich dankbar, dass der General die Ruhe bewahrt und eine möglicherweise tödliche Situation erfolgreich entschärft hatte.

WLADI

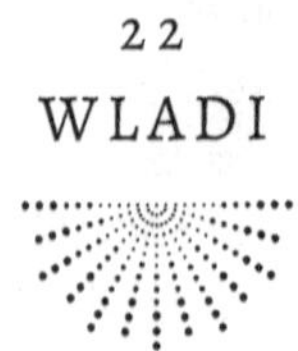

Wladi hatte den größten Teil des Tages im Berliner Flugsicherheitszentrum verbracht, einer von nur zwei noch existierenden Institutionen unter Viermächteverwaltung. Zwei Abstürze hatte er miterlebt. Danach hatten die arroganten Amerikaner die Sinnlosigkeit ihres Treibens eingesehen und die verbliebenen Flugzeuge mit eingezogenem Schwanz wieder nach Hause geschickt.

Es war ein unerwartet erfolgreicher Tag gewesen.

Mit einem Lächeln auf den Lippen verließ er das Flugsicherheitszentrum und sprang in das wartende Auto, um General Sokolow über die Geschehnisse zu informieren.

Der Alte war in den letzten Wochen immer jähzorniger geworden, denn bisher war das Glück den Imperialisten gewogen gewesen. Heute aber hatten sie ihre erste große Niederlage erlitten und Wladi wollte der stolze Überbringer dieser fantastischen Nachricht sein.

„Genosse General, ich habe hervorragende Neuigkeiten." Wladi betrat Sokolows Büro in Karlshorst, wo er einen sehr mürrischen Mann vorfand, der ganz offensichtlich von seinen Magengeschwüren gepiesackt wurde.

„Genosse Hauptmann. Setzen Sie sich und berichten Sie."

Wladi nahm auf dem Stuhl vor dem riesigen Eichenholzschreibtisch Platz. „Ich komme gerade vom Flugsicherheitszentrum—"

„Ich will kein Wort mehr über diesen verdammten Flugzirkus hören!"

„Genosse General, der Flugzirkus wurde heute nach Hause geschickt." Mit einem Mal war ihm Sokolows Aufmerksamkeit gewiss. „Aufgrund dieser wahnwitzigen Formationsflüge in den widrigen Wetterverhältnissen gab es auf den Flughäfen der Westmächte heute zwei schwere Unfälle und eine Notlandung. Der viel gepriesene bodengesteuerte Anflug hat nicht wie geplant funktioniert und am Ende wurden alle in der Luft befindlichen Flugzeuge bis auf eines zu ihren Heimatbasen zurückgeschickt."

Wladi zog es vor, nicht zu erwähnen, dass ausgerechnet das Flugzeug von General Tunner in Tempelhof gelandet war. Er hatte seine Hausaufgaben gemacht und alles Wissenswerte über den General in Erfahrung gebracht. Sein Ruhm eilte ihm voraus. *The Hump* galt als ein Husarenstück der Luftlogistik: Die größte und erfolgreichste Luftbrückenaktion in der Geschichte der Menschheit.

„Das wurde aber auch Zeit. Sind Sie sicher, dass diese Kriegstreiber nicht wiederkommen?"

Das war eine heikle Frage. Wladi wollte nicht zu optimistisch erscheinen, weil er sonst womöglich auf seine Behauptung festgenagelt und dafür verantwortlich gemacht wurde. Aber andererseits musste er deutlich machen, was für ein herber Rückschlag es für die Westmächte gewesen war.

„Genosse General, ich glaube, wir haben die Amerikaner und Briten nicht zum letzten Mal gesehen. Wenn sich das Unwetter verzogen hat, werden sie mit ihrer lächerlichen Schau weitermachen." Er konnte sehen, wie sich Sokolows Gesichtsausdruck verfinsterte, und fügte eilig hinzu: „Aber sobald das Wetter wieder schlecht wird, und das wird es, werden sie vor denselben Problemen stehen. Aufgrund der klimatischen

Bedingungen hier in Deutschland können sie wahrscheinlich nicht viel länger als bis Mitte Oktober fliegen."

„Es wird auch höchste Eisenbahn, dass die Amerikaner ihre lächerliche Scharade beenden und nicht länger so tun, als würden sie die Bevölkerung mit Nahrungsmitteln versorgen, während ihr eigentliches Ziel darin besteht, die Stadt zu plündern und auszurauben. Diese sogenannte humanitäre Operation ist nichts anderes als ein schlecht getarnter Raubüberfall", echauffierte sich Sokolow. Mit schmerzverzerrtem Gesicht atmete er tief durch und fuhr in etwas ruhigerem Ton fort: „Blaupunkt zum Beispiel produziert fünftausend Radios im Monat und wissen Sie, was damit passiert?"

Wladi kannte die Antwort, wollte dem General jedoch den Spaß lassen und fragte: „Nein, Genosse General, ich weiß es nicht. Was passiert damit?"

„Sie werden nicht etwa an die Berliner Bevölkerung verkauft, oh nein. Stattdessen werden sie in die Westzonen verschleppt. Und wissen Sie, wie die Amerikaner das bewerkstelligen?" Sokolows Gesicht lief puterrot an, während er nach Atem rang. „Mit der Luftbrücke natürlich. Dasselbe passiert mit den Erzeugnissen von Osram. Die gesamte monatliche Produktion von zwei Millionen Glühbirnen verschwindet nach Westdeutschland. Ich frage Sie: Wem nützt diese sogenannte Luftbrücke, wenn sie dazu dient, die gesamte Produktion der Berliner Unternehmen zu entwenden? Waren und Güter, die der Berliner Bevölkerung zustehen?" Er sah Wladi erwartungsvoll an.

Dieser antwortete pflichtbewusst: „Sie nützt ausschließlich den gierigen Großindustriellen."

„In der Tat." Sokolow schien höchst erfreut über seinen gelehrigen Schüler zu sein und schwadronierte weiter: „Unser Ziel muss es sein, das Ausbluten des Produktionskapitals in die Hände der reichen und intriganten Imperialisten zu stoppen. Das ist die wahre humanitäre Mission."

Die Tür öffnete sich und Sokolows Sekretärin trat ein. Er würdigte sie jedoch keines Blickes und geruhte auch nicht, seinen

Monolog zu unterbrechen. „Auf dem Flughafen Gatow haben die britischen Verbrecher eigens einen Mittelsmann installiert, der wertvolle Werkzeuge und Instrumente kauft, mit illegal gedruckter Deutscher B-Mark bezahlt, sie in die Frachtflugzeuge verladen lässt und dann in Westdeutschland mit großem Gewinn abverkauft. Das sind Waren, die den Berliner Bürgern gehören, die sie unter großen Opfern mit den natürlichen Ressourcen ihrer Stadt hergestellt haben. Klingt das für Sie nach einem humanitären Einsatz?"

„Nein, Genosse General, keineswegs." Wladi fragte sich, woher Sokolow von dem Mittelsmann in Gatow wusste, denn immerhin war es nicht einmal dem Nachrichtendienst der Roten Armee gelungen, dort einen Spion einzuschleusen.

Aufgrund der abgelegenen Lage des Flughafens außerhalb des Stadtzentrums war Gatow noch besser vor sowjetischer Spionage geschützt als der amerikanische Flughafen Tempelhof.

„Der einzige Grund für diesen lächerlichen Luftzirkus besteht darin, dass die amerikanische und britische Verbrecherbande alles stehlen, rauben und beschlagnahmen will, was auch nur einen Pfennig wert ist! Das muss ein Ende haben – und zwar sofort!" Der General sprang von seinem Sessel auf und ging aufgeregt im Raum auf und ab. „Wir müssen sofortige Notmaßnahmen ergreifen."

In diesem Augenblick schien sich Sokolow seiner Sekretärin bewusst zu werden und schrie sie an: „Los! Bringen Sie mir Oberst Uljanin. Aber dalli!"

Sie huschte wie eine verängstigte Maus davon. Wladi empfand Mitleid mit ihr. Für jemanden wie Sokolow zu arbeiten war nicht einfach.

„Sie können gehen, Genosse Hauptmann."

Zu gern hätte Wladi gewusst, welche Maßnahmen der General im Sinn hatte, aber es war nicht an ihm zu fragen oder gar auf die Ankunft des Befehlshabers der Luftstreitkräfte zu warten. Die westlichen Flugzeuge abzuschießen, würde er nicht wagen. Oder etwa doch?

23

VICTOR

Trotz des strömenden Regens verließ Victor sein Quartier in der amerikanischen Garnison und ging zum wartenden Jeep. Er hatte einen Fahrer gebeten, ihn in den französischen Sektor zu bringen, wo er mit dem technischen Leiter Hauptmann Pierre Lejeune verabredet war.

Als Standort für den neuen Flughafen war Tegel auserkoren worden, ein ehemaliger Truppenübungsplatz, der während des Kriegs zerstört worden war.

„Tut mir leid, ich bin doch hoffentlich nicht zu spät?", fragte er den Fahrer.

„Nein. Ich war nur ein paar Minuten zu früh dran."

„Prima." Victor lehnte sich zurück und betrachtete die vorbeiziehenden Straßen der Stadt, während sie Richtung Norden fuhren. Als er die Straße wiedererkannte, die zum Café de Paris führte, erschien ein Lächeln auf seinen Lippen und er schwelgte in Erinnerungen an die Nacht mit Bruni. Vielleicht hatte er am Abend Zeit, das Kabarett zu besuchen. Es wäre ein schöner Ausklang eines ansonsten entsetzlichen Tages.

Der Fahrer hielt auf einem offenen Feld an, das eine einzige riesige Schlammpfütze war.

„Stimmt etwas nicht?", fragte Victor.

„Wir sind angekommen."

„Wo angekommen?"

„Sagten Sie nicht, Sie möchten nach Tegel? Das ist Tegel."

Victor traute seinen Augen kaum, aber der Mann machte tatsächlich keine Scherze. Mit dem Daumen deutete er zu einem Bauwagen auf halber Strecke über das matschige Feld. „Das ist die Bauleitzentrale. Es tut mir leid, aber wegen des Schlamms fahre ich lieber nicht bis vor die Tür."

Victor knöpfte seinen Mantel zu und warf einen betrübten Blick auf seine frisch polierten Stiefel. Doch es half alles nichts, er musste den Elementen zu Fuß trotzen.

„Gibt es da drin ein Telefon oder ein Radio?"

Der Fahrer lachte gutmütig. „Na, klar. Aber nur auf Französisch."

Sehr witzig. Victor machte um die größten Lachen einen Bogen, kämpfte sich aber dennoch durch knöcheltiefen Schlamm, in dem seine Stiefel schmatzende Geräusche machten. Es dauerte keine Minute, bis er völlig durchnässt war. Die Regentropfen rannen ihm den Hals hinab und durchweichten sein Hemd unter dem Mantel.

Ein einzelner Kettentraktor stand am Rande des zukünftigen Flugfelds. Zum wiederholten Mal an diesem Tag stellte er seinen eigenen Verstand infrage und verfluchte sich dafür, nicht in den Staaten geblieben zu sein. Dort hätte er eine ruhige Kugel schieben und den Krieg in sicherer Entfernung auf irgendeinem Flughafen aussitzen können, der Kampfflugzeuge nach Europa und in den Pazifik entsandte.

Aber nein, er hatte sich freiwillig gemeldet, *um dorthin zu gehen, wo etwas los war.* Und nun kämpfte er sich durch eine Schlammlandschaft, um ausgerechnet mit einem Franzosen darüber zu diskutieren, wie man auf diesem verwüsteten Stück Land einen Flughafen bauen konnte – und das praktisch ohne Maschinen, ohne Material und ohne ausgebildete Arbeitskräfte.

Was für ein hirnrissiger Plan.

Als er die Tür des Bauwagens öffnete, wurde sie ihm von einer

Windböe aus der Hand gerissen und gegen die Wand geschleudert.

"*Hé! Fermez la porte, imbécile. Ça mouille!*", rief jemand.

„Verzeihung!" Victor griff nach der Tür und schloss sie, bevor er sich im Bauwagen umsah, der angenehm trocken und sauber war. Ein Mann in den Fünfzigern mit schütterem dunklem Haar und einer imposanten Nase saß an einem kleinen Schreibtisch, der mit Stapeln von Landkarten, Blaupausen, Bleistiften und anderem Zeug bedeckt war. Victor erschauderte unwillkürlich angesichts der Unordnung. „Sind Sie Hauptmann Lejeune?"

„Ja, und Sie müssen Sergeant Richards sein."

Victor seufzte erleichtert, als er feststellte, dass er nicht sein miserables Schulfranzösisch herauskramen musste. Lejeunes Englisch war erstaunlich gut, auch wenn er mit starkem Akzent sprach. „Ja, ich bin hier, um den Bau des Flughafens zu beaufsichtigen."

„Schön, dass Sie endlich da sind. Ich kann Hilfe wirklich gut gebrauchen. Zunächst einmal brauchen wir ..." Lejeune ratterte eine ellenlange Liste von Dingen herunter, die für die Baustelle benötigt wurden und von denen keines in Berlin verfügbar war.

„Moment!", unterbrach Victor ihn. „Ich würde mir gerne erst einmal einen Eindruck verschaffen."

Einige Stunden später wusste Victor, was zu tun war, und wollte gerade gehen, als Lejeune sagte: „Egal, was Sie brauchen, sagen Sie mir einfach Bescheid, dann kümmere ich mich um die Genehmigung dafür."

Victor wählte seine nächsten Worte mit Bedacht. „Ich dachte, wir Amerikaner bauen das Ding?"

„*Mais oui*. Aber Tegel liegt in unserem Sektor, also muss alles von General Ganeval genehmigt werden."

Das war neu für Victor, und er nahm sich vor, mit General Tunner darüber zu sprechen, denn er hatte nicht die Absicht, für jede Kleinigkeit auf die Zustimmung der Franzosen zu warten. Lejeunes nächsten Worte klangen jedoch sehr vielversprechend:

„Sie haben es vermutlich wegen des schlechten Wetters nicht

bemerkt, aber wir haben bereits einige Arbeiter eingestellt und können jederzeit weitere anwerben. Sie müssen uns nur sagen, wie viele Sie haben wollen."

Sich nicht um Arbeitskräfte kümmern zu müssen, war eine große Erleichterung, denn schon jetzt hatte Victor mit der Beschaffung von Rohmaterial und schweren Maschinen eine schier unlösbare Aufgabe vor sich. Dennoch war er nicht ganz überzeugt. „Was sind das für Arbeiter?"

„Zum Großteil ungelernte. Da wir keine Maschinen haben, machen sie alles von Hand: nach Minen suchen, Schutt wegräumen, den Boden einebnen, alles eben."

Victor konnte sich nicht vorstellen, dass bei einem so großen Projekt ein paar Leute ausreichten, um die Maschinen zu ersetzen, die normalerweise zum Einsatz kamen, und schon gar nicht in dem knappen Zeitrahmen. General Clay hatte klar gemacht, dass der Flughafen noch vor dem Winter betriebsbereit sein musste. Damit blieben Victor drei, höchstens vier Monate. „Wie viele Leute haben Sie genau eingestellt?"

„Ungefähr eintausend." Lejeune wirkte völlig unbeeindruckt von dieser schwindelerregenden Zahl.

„Eintausend?"

„Ja, aber das ist erst der Anfang. Wir planen, die Belegschaft innerhalb einer Woche auf zehntausend Mann aufzustocken."

Wo um alles in der Welt wollte der Franzose so viele Menschen in so kurzer Zeit herbekommen? Lejeune schien seine Gedanken gelesen zu haben, denn er erläuterte: „Sie können sich nicht vorstellen, was die Leute hier für zusätzliche Rationen bereit sind zu tun. Wir bezahlen gut, aber worauf sie am meisten aus sind, ist die warme Mahlzeit, die wir ihnen obendrein geben."

Victor konnte nur den Kopf schütteln. Lejeunes ungeheuerliche Behauptung war schwer zu glauben. Die Berliner arbeiteten gegen Kost?

Der Franzose erhob erneut die Stimme. „Aber machen Sie sich darüber keine Gedanken. Sie sagen mir einfach, wo die Arbeiter eingesetzt werden sollen, und ich kümmere mich um den Rest.

Wir haben rotierende Schichten geplant, vierundzwanzig Stunden rund um die Uhr, sieben Tage die Woche."

„Klingt gut." Vielleicht war dieser Flughafen doch machbar. Victor hatte zwar keine der Baumaschinen, die er normalerweise benötigte, aber es schien, als würde er über ein Heer von willigen Arbeitern verfügen, um die Knappheiten an anderer Stelle aufzuwiegen.

Lejeune schaute auf die Uhr. „Ah, es tut mir leid, aber ich muss zu einer Besprechung. Morgen werde ich Sie den Ingenieuren und Vorarbeitern vorstellen und sobald der Sturm nachlässt, können wir die Arbeit wieder aufnehmen."

„Dann sehen wir uns morgen früh."

„Soll ich Sie noch zur amerikanischen Garnison bringen?"

„Das wäre sehr freundlich, danke."

Zufrieden mit den Ergebnissen des Treffens zog sich Victor in sein Quartier zurück. Nach einer heißen Dusche und einem Abendessen war er zu erschöpft, um irgendetwas anderes zu tun, als ins Bett zu sinken.

Der Besuch bei Bruni musste noch einen Tag warten. Schließlich würde er mindestens drei Monate hier sein und es war ja nicht so, als könnte sie einfach die Stadt verlassen und verschwinden.

24

BRUNI

Hunderte von Menschen strömten aus der U-Bahn, unter ihnen Bruni und Marlene. Sie waren auf dem Weg zum Platz der Republik, um der Rede Ernst Reuters vor dem ausgebrannten Reichstagsgebäude zu lauschen. Obwohl Reuter zum Oberbürgermeister gewählt worden war, hatten die Sowjets ihr Veto eingelegt und so seinen Amtsantritt verhindert.

„Weißt du, wer noch hier ist?", fragte Marlene, als sie sich ihren Weg durch die vielen Menschen bahnten, in der Hoffnung, ihre Freunde am vereinbarten Treffpunkt zu finden.

„Wie es aussieht, ganz Berlin." Bruni presste die Lippen zusammen und murmelte einen Fluch, als jemand sie anrempelte.

„Nein, du Dummchen, nicht hier. In der Stadt, meine ich."

„Soll ich etwa raten?", fragte Bruni ungehalten. Es war nicht ihre Idee gewesen, hierher zu kommen, statt bequem in ihrer Wohnung zu sitzen, Wein vom Schwarzmarkt zu trinken und sich die Rede im Radio anzuhören.

Aber nein, Lotte und Marlene hatten darauf bestanden, dass sie diesen *historischen Moment* persönlich miterlebten. Wo steckte Lotte überhaupt? Sie war ziemlich groß, sodass man ihr feuerrotes Haar normalerweise schon von Weitem sah.

„Ich fände das lustig, aber du errätst es sowieso nie."

„Was soll ich erraten?"

Marlene starrte Bruni an. „Sag mal, hörst du mir überhaupt zu?"

„Nicht wirklich. Ich habe nach Lotte und den anderen Ausschau gehalten." Bruni hasste Leute, die sich verspäteten.

„Vielleicht wurden sie irgendwo aufgehalten." Marlenes Augen funkelten schelmisch. „Victor ist in Berlin."

Bruni stockte der Atem und ein seltsames Gefühl durchströmte sie, aber sie hob nur kaum merklich die linke Augenbraue und sagte kühl: „Ach, meinst du diesen amerikanischen Soldaten aus Frankfurt? Was macht der denn hier?"

„Oh, Bruni, mir kannst du nichts vormachen. Du bist nicht mehr die Alte, seit ihr nach Zaras Abschiedsfeier so schnell verschwunden seid. Du schwärmst nicht einmal mehr für irgendwelche anderen Männer."

„Das stimmt doch gar nicht", sagte Bruni, obwohl es der Wahrheit entsprach. Aus irgendeinem Grund war es ihr nicht gelungen, Victor zu vergessen. Jetzt, wo er in Berlin war ... Ihr Herz flatterte ... Doch dann verging ihre Freude jäh. Wieso hatte er sie nicht aufgesucht? Das konnte doch nur bedeuten, dass er kein Interesse an ihr hatte. So einem Mann würde sie sich ganz sicher nicht an den Hals werfen. *Einem für meine Bedürfnisse ungeeigneten noch dazu.* „Woher weißt du das überhaupt?"

„Er war an der Uni."

„Wie bitte?" Bruni wollte gerade zu einem ausführlichen Verhör ansetzen, als ihnen jemand zuwinkte und rief: „Bruni! Marlene! Wir sind hier drüben!"

Natürlich waren Lotte und Patty in genau diesem Moment eingetroffen. Noch während sie zurückwinkte, warf Bruni Marlene einen wütenden Blick zu und zischte: „Später wirst du mir alles haarklein erzählen."

„Und ich dachte, du hast kein Interesse an ihm", kicherte Marlene. Sekunden später umarmten sie ihre Freundinnen.

„Seid ihr schon lange da?", fragte Patty.

„Nein. Und wo ist eigentlich Karl?", wollte Marlene wissen.

„Der ist da oben, gleich neben der Bühne, er muss arbeiten." Patty zuckte mit den Schultern. Einen Polizisten zum festen Freund zu haben, bedeutete, dass er normalerweise dann Dienst hatte, wenn alle anderen sich amüsierten. Während manch einer sie deswegen bemitleiden mochte, sah Bruni die positiven Seiten: Karl hatte einen sicheren Arbeitsplatz und wurde gut bezahlt. Er hatte hervorragende Verbindungen zu den Alliierten und konnte oft Dinge arrangieren, die anderen Leuten verwehrt waren. Das war fast genauso gut wie ein alliierter Soldat.

„Ich hätte nie gedacht, dass so viele Leute kommen", sagte Bruni.

Lotte lachte. „Das liegt daran, dass du die Nächte im Kabarett verbringst und tagsüber schläfst. Hast du überhaupt gemerkt, dass es eine Blockade gibt?"

„Sehr witzig." Bruni machte einen Schmollmund. „So weltfremd bin ich nun auch wieder nicht. Ehrlich gesagt, so sehr ich Berlin auch liebe, ich bleibe keine Sekunde länger hier, sollten die Kommunisten die Macht an sich reißen."

„Apropos, hast du von Zara gehört?", erkundigte Patty sich.

„Immer noch nicht. Wir machen uns große Sorgen um sie."

Ein Räuspern vom Podium erregte ihre Aufmerksamkeit und die der schätzungsweise dreihunderttausend anderen Anwesenden. Plötzlich wurde es ganz still, denn alle wollten Ernst Reuters Rede hören.

Er war sechzig Jahre alt, völlig ergraut, mit weit zurückliegendem Haaransatz und durchdringendem Blick. Der drahtige Mann wurde leicht unterschätzt, aber wenn er sprach, hörten die Leute mit Ehrfurcht zu. Nach seiner Entlassung aus einem Konzentrationslager 1935 hatte er die Kriegsjahre im türkischen Exil verbracht. Seit seiner Rückkehr war er zu einem Hoffnungsträger der Berliner geworden.

Sein Ansehen in der Bevölkerung und seine Überzeugung, für die Freiheit zu kämpfen, waren so stark, dass die Sowjets in den letzten zwölf Monaten zweimal Einspruch gegen seine Wahl zum Oberbürgermeister eingelegt hatten.

Reuter erhob die Stimme. „Wir kommen wieder! Wir kommen wieder in den Ostsektor Berlins, wir kommen auch wieder in die Ostzone Deutschlands!

Heute ist der Tag, an dem nicht Diplomaten und Generale reden und verhandeln. Heute ist der Tag, wo das Volk von Berlin seine Stimme erhebt. Dieses Volk von Berlin ruft heute die ganze Welt.

Wir möchten der SED nur einen Rat geben: Wenn sie ein neues Symbol braucht, bitte, nicht den Druck der Hände, sondern die Handschellen, die sie den Berlinern anlegten.

Die Handschellen, die sind in Wirklichkeit das Symbol dieser erbärmlichen Kümmerlinge, die für dreißig Silberlinge sich selbst und ihr Volk an eine fremde Macht verkaufen wollen.

Wenn heute dieses Volk von Berlin zu Hunderttausenden hier aufsteht, dann wissen wir, die ganze Welt sieht dieses Berlin. Wer diese Stadt, wer dieses Volk von Berlin preisgeben würde, der würde eine Welt preisgeben, noch mehr, er würde sich selber preisgeben."

Die Menge jubelte bei seinen Worten. Reuter hob die Hände, nachdem er dem Publikum eine Minute lang erlaubt hatte, ihre Gefühle auszudrücken. Als er sie senkte, wurde es wieder still auf dem Platz.

„Ihr Völker der Welt, ihr Völker in Amerika, in England, in Frankreich, in Italien! Schaut auf diese Stadt und erkennt, dass ihr diese Stadt und dieses Volk nicht preisgeben dürft und nicht preisgeben könnt! Es gibt nur eine Möglichkeit für uns alle: gemeinsam so lange zusammenzustehen, bis dieser Kampf gewonnen, bis dieser Kampf endlich durch den Sieg über die Feinde, durch den Sieg über die Macht der Finsternis besiegelt ist.

Das Volk von Berlin hat gesprochen. Wir haben unsere Pflicht getan, und wir werden unsere Pflicht weiter tun. Völker der Welt! Tut auch ihr eure Pflicht und helft uns in der Zeit, die vor uns steht, nicht nur mit dem Dröhnen eurer Flugzeuge, nicht nur mit den Transportmöglichkeiten, die ihr hierherschafft, sondern mit dem standhaften und unzerstörbaren Einstehen für die gemeinsamen Ideale, die allein unsere Zukunft und die auch allein eure Zukunft sichern können.

Völker der Welt, schaut auf Berlin! Und Volk von Berlin, sei dessen gewiss, diesen Kampf, den wollen, diesen Kampf, den werden wir gewinnen!"

Die Menge war außer Rand und Band. Die Menschen schrien, jubelten und sangen. Bruni blickte sich um und erkannte in den Gesichtern Hoffnung verquickt mit Entschlossenheit. In diesem Moment gab es keinen Zweifel, dass sie am Ende obsiegen würden. Der russische Bär hatte versucht, die Berliner unter seiner Pfote zu zerquetschen. Doch sie hatten sich erhoben, und zusammen mit den Westmächten, die von Besatzern zu Freunden geworden waren, würden die Berliner den Bären davonjagen und wieder in Frieden und Freiheit leben.

Selbst Bruni, die sich nie für einen politisch interessierten Menschen gehalten hatte, empfand ein Gefühl von Stolz und stimmte in die Sprechchöre ein. Das war die Zukunft. Vielleicht würde sie ihr geliebtes Berlin doch nicht verlassen müssen, denn so sehr sie auch jammerte und sich beklagte, es war ihre Heimat – und ihr den Rücken zuzukehren würde ihr das Herz brechen.

Von ihren Gefühlen überwältigt, achtete sie nicht darauf, was um sie herum geschah.

„Sieh dir das an!" Marlene stupste sie am Arm an und zeigte auf das Brandenburger Tor zu ihrer Rechten. Einst war es ein stolzes Symbol gewesen, doch nun strotzte es vor Einschusslöchern und von der eleganten Quadriga war nur ein kläglicher Rest erhalten. Das Denkmal selbst hatte auf unerklärliche Weise den Krieg überlebt und markierte nun die Grenze zwischen dem britischen und dem sowjetischen Sektor.

Während der Hitlerzeit hatten die Nazis dort große Hakenkreuzflaggen aufgehängt. Nun taten es die Russen ihnen gleich und hissten eine überdimensionierte rote Flagge. Einige Jugendliche wollten ihren Unmut kundtun und waren dabei, das Brandenburger Tor zu erklettern.

Bruni machte Patty darauf aufmerksam, und schon bald

beobachteten sie die drei Jungen bei ihrem Aufstieg. Bruni hatte zunächst keine Ahnung, was sie eigentlich wollten.

Sie und ihre Freundinnen waren jedoch nicht die Einzigen, die die jungen Leute entdeckt hatten. Eine Gruppe russischer Soldaten lief schreiend und winkend auf das Tor zu. Als sie mit ihren Gewehren fuchtelten, ging ein Raunen durch die versammelte Menge und jeder wartete mit angehaltenem Atem darauf, was als Nächstes geschehen würde.

Bruni hielt die Russen nicht für dumm genug, kaltblütig drei Menschen vor dreihunderttausend Augenzeugen und laufenden Fernsehkameras zu erschießen.

Die Jungen hatten inzwischen das Podest der Quadriga erklommen und rissen das verhasste Symbol der Unterdrücker herunter. Sie knüllten die Flagge zusammen und hielten sie dann zur Freude der Schaulustigen triumphierend in die Höhe.

Freudestrahlend machten sie sich an den Abstieg. Als sie zurück auf dem Boden waren und schnurstracks in die Sicherheit des nur etwa zwanzig Meter entfernten britischen Sektors flüchten wollten, hatten die Russen sie bereits erreicht.

Die Menge stöhnte auf. Bruni hielt erschrocken den Atem an. Gerade, als die Russen die drei Jugendlichen ergreifen wollten, kam die Rettung in Form eines britischen Kommandeurs der Militärpolizei. Rechtswidrig überquerte er die Grenze zum russischen Sektor und trieb die Soldaten mit seinem Stock von den Deutschen weg. Die drei verloren keine Zeit und rannten, so schnell ihre Beine sie trugen, hinter die Grenzlinie.

„Um Gottes willen, das war knapp!", japste Bruni.

„Diese Simpel! Das hätte ins Auge gehen können!" Lotte rollte mit den Augen. „Mit den Russen ist nicht zu spaßen. Die sind bekannt dafür, dass sie Leute auch aus nichtigeren Gründen erschießen." Ihr Liebster, Johann, war immer noch in sowjetischer Kriegsgefangenschaft irgendwo in Sibirien. Lotte hatte viele seiner entlassenen Kameraden getroffen und machte nie einen Hehl aus ihrer Verachtung für die Russen.

Vermutlich hatte sie recht. Auch wenn Bruni selbst immer ein gutes Verhältnis zu den russischen Offizieren im Kabarett gehabt hatte, so wusste sie doch, dass der Einzelne anders war als das System. Selbst der arme Fjodor war nach der Wahlniederlage von 1946 zum Opfer seiner eigenen Regierung geworden.

Aber die Übeltäter waren noch nicht außer Gefahr, denn ein Jeep voller russischer Soldaten erschien nun auf der Szene. Die Soldaten sprangen vom Fahrzeug und rannten den Deutschen hinterher, wobei sie die Grenze zwischen den Sektoren ebenso missachteten wie zuvor der Brite.

Bruni beobachtete das Geschehen mit offenem Mund. Das war spannender als im Filmtheater. Ohne die Gefahr für sich selbst zu realisieren, drängte sie sich vor, um besser sehen zu können.

Die Briten reagierten blitzschnell und positionierten eine Gruppe von Militärpolizisten zwischen den beiden Parteien. Inzwischen war die Menge so aufgewühlt, dass es kein Halten mehr gab. Einige Unerschrockene stürmten unter lautem Gebrüll auf die russische Seite. Ihre Rufe wurden lauter, und bald skandierten alle: „Treibt die Russen zurück nach Moskau! Vertreibt die Kommunisten aus Berlin!"

Gebannt beobachtete Bruni das Geschehen. Nie zuvor war sie Teil einer derart geeinten Masse gewesen und sie spürte, wie eine begierige Aufregung von ihr Besitz ergriff. Gerade wollte sie selbst in Richtung Brandenburger Tor loslaufen, da wurde sie zurückgerissen.

„Das wird hier zu brenzlig!", schrie Marlene ihr ins Ohr. „Wir müssen uns schnellstens aus dem Staub machen."

Enttäuschung überkam Bruni, aber sie fügte sich und folgte Marlene durch das Gedränge. Sie waren noch nicht weit gekommen, als Schüsse fielen und Brunis Verstand aussetzte.

Augenblicklich verwandelte sich die Menge in eine Schar kopfloser Hühner, die ziellos in alle Richtungen davonstoben. Nur dank Marlenes erbarmungslosem Griff um ihren Arm gelang es Bruni, vorwärts zu stolpern und schließlich in eine U-Bahn zu steigen.

„Du meine Güte, Bruni, was war denn los mit dir? Du warst kurz davor, dich auf einen der russischen Soldaten zu stürzen."

„Ich weiß nicht." Langsam kam Bruni wieder zur Besinnung. Es war, als hätte sie unter einem magischen Bann gestanden, begierig darauf, sich den anderen anzuschließen.

Marlene seufzte. „Das ist die Verlockung von Massenversammlungen. Die Stimmung kippt und plötzlich können die Menschen nicht mehr klar denken. Das ist so, als ob ein gemeinsamer Geist in die Köpfe fährt und die Kontrolle übernimmt. Weißt du, Hitler und Goebbels waren Experten darin, dieses Phänomen für ihre Zwecke zu nutzen."

„Bist du jetzt auch Psychologin?" Bruni war ziemlich erschüttert, wollte es sich Marlene gegenüber jedoch nicht anmerken lassen.

„Nein. Unser Dozent in Strafrecht hat mit uns Verbrechen durchgenommen, die von Mobs begangen wurden. Was heute passiert ist, war ein Paradebeispiel dafür. Richtig unheimlich."

Bruni nickte. „Wo sind die anderen?"

„Keinen Schimmer. Wir haben sie verloren, als du auf das Brandenburger Tor lospreschen wolltest, aber ich denke, dass sie klug genug waren, sich aus der Sache rauszuhalten. Lotte war nämlich auch in der Vorlesung über Massenhysterie."

Als sie im amerikanischen Sektor aus der U-Bahn stiegen, gingen sie zu Marlenes Wohnung, wo sie die anderen Mädchen antrafen.

„Gottlob seid ihr da!" Lotte umarmte sie fest. „Wir haben uns solche Sorgen gemacht."

„Wir sind in der Menge stecken geblieben und mussten uns zur U-Bahn durchkämpfen, die natürlich völlig überfüllt war. Ich glaube, wir haben fast eine Stunde auf eine Bahn gewartet", erklärte Marlene. Bruni war dankbar, dass sie ihren Aussetzer nicht erwähnte.

„Habt ihr schon gehört? Die Russen haben vier Berliner erschossen." Patty war den Tränen nahe; sie machte sich vermutlich Sorgen um ihren Freund, den Polizisten.

Einige Tage später zog ein sehr langer und beeindruckender Trauerzug am Platz der Republik, dem Reichstagsgebäude und dem Brandenburger Tor vorbei. Bruni hatte nicht vorgehabt, daran teilzunehmen, weil sie von ihrer Reaktion auf die Ereignisse an diesem schicksalhaften Tag immer noch mitgenommen war. Doch Marlene überzeugte sie davon, wie wichtig es war, Solidarität mit den Verstorbenen zu bekunden als Zeichen für die Russen, dass die Berliner sich nicht unterkriegen ließen.

Der russische Bär mochte für den Einzelnen eine Bedrohung darstellen, aber gemeinsam konnten sie ihn bezwingen und hoffentlich bald verscheuchen.

Zögernd schloss sich Bruni mit Marlene der Trauerprozession an. Die Tiefe der Gefühle, welche die ganze Stadt den Toten entgegenbrachte, sowie jenen, die für ihren Verlust verantwortlich waren, war beeindruckend. Waren die Russen zuvor schon unbeliebt gewesen, so wurden sie nun mit einer Leidenschaft gehasst, die ihresgleichen suchte.

VICTOR

Victor schlug mit der Faust auf den Schreibtisch im Bauwagen. „Das funktioniert so nicht! Wir brauchen mehr Maschinen!"

„Wir haben in unseren Sektoren bereits den einzigen funktionsfähigen Kettentraktor sowie zwei Sattelzugmaschinen requiriert", sagte Lejeune mit seinem ausgeprägten französischen Akzent.

„Das reicht nicht. Man kann von mir nicht erwarten, einen Flughafen ausschließlich mit Muskelkraft zu bauen." Victor kratzte sich am Kopf. Arbeiter, oder eigentlich Arbeiterinnen, waren das Einzige, was sie im Überfluss besaßen.

Die Franzosen hatten die Operation schnell erweitert und beschäftigten nun neunzehntausend Deutsche, mehr als die Hälfte davon Frauen. Sie kamen eifrig zu ihrer Achtstundenschicht und schufteten sich die Hände wund, ausgestattet lediglich mit Schaufeln und Spaten.

Er hätte nie gedacht, dass selbst die zierlichsten und abgemagertsten Frauen diese Schwerstarbeit mit scheinbar unerschöpflicher Energie bewältigen könnten. Tagein, tagaus arbeiteten sie in drei Schichten rund um die Uhr auf dem Flugfeld, sammelten Steine auf, gruben, planierten, drehten den

Zementmischer und vieles mehr. Aber was ein Mensch bewältigen konnte, war begrenzt, egal mit wie viel Elan er bei der Sache war.

„Ich brauche Planierraupen und Kräne, verflixt noch mal!" Selbst in Victors eigenen Ohren klang er wie ein bockiges Kleinkind.

„*Mais oui*, nichts leichter als das. Wir bitten einfach die Russen darum. Oder dass sie die Blockade aufheben, wenn Ihnen damit geholfen wäre?" Lejeune hatte eine seltsame Art von Humor, sodass Victor ihm oft ungläubige Blicke zuwarf, bis er das Grinsen auf den Lippen des Franzosen bemerkte.

Am anderen Ende des Bauwagens hantierte James, einer der amerikanischen Ingenieure, mit einem Lötkolben und reparierte ein defektes Gerät. Ohne James' Kreativität wäre ihre Ausstattung noch dürftiger gewesen.

„Hauptmann Lejeune hat Recht." James drehte sich zu ihnen um, eine Zigarette lässig im Mundwinkel hängend. „Alle Geräte, die den Krieg überstanden haben, sind längst demontiert und nach Russland abtransportiert worden. Im Westen hat niemand die Blockade vorausgesehen oder dass wir einen weiteren Flughafen bauen würden, also haben wir keine neuen Gerätschaften mitgebracht."

Victor blickte mürrisch. „Auf wessen Seite stehst du eigentlich? Offenbar auf der unseres Franzosen."

James grinste und beteiligte sich an dem Geplänkel. „Nee, ich stehe ausschließlich auf der Seite der Vernunft. Dein Rumgejammer bringt gar nichts. Wenn wir die richtigen Geräte nicht hier haben und sie zu groß sind, um sie einzufliegen, na, dann müssen wir sie eben selbst bauen." Damit wandte sich James wieder seinem Lötkolben zu.

„Da hat er recht", sagte Lejeune. „Bloß wie sollen wir das anstellen?"

„Also, wir können natürlich keinen Kran bauen, aber ..." Victor ging hinüber und schaute James über die Schulter, während sein Gehirn auf Hochtouren lief. „Angeblich kannst du alles wieder zusammensetzen, was in seine Einzelteile zerlegt wurde."

„Klar kann ich das. Gib mir die Einzelteile und ich machs dir wieder heil!" James strahlte vor Stolz. Als Jugendlicher hatte er wahrscheinlich bis zum Gehtnichtmehr an seinem Motorroller herumgedoktert.

Victor rieb sich das Kinn, ging nachdenklich auf und ab und dachte laut nach: „Was wäre, wenn ... jemand in Frankfurt einen Kran in Einzelteile zerlegt, die klein genug sind, um in eine Skymaster zu passen? Könntest du ihn dann wieder zusammenbauen?"

James und Lejeune sahen ihn mit weit aufgerissenen Augen an. *„Vous êtes fou. Eh,* nicht nur verrückt, sondern *complètement* übergeschnappt."

James jedoch wiegte den Kopf. „Hm, das könnte funktionieren ... Lass mich mal darüber nachdenken."

Nach einer längeren Diskussion kamen sie zu dem Schluss, dass sie zwei begnadete Mechaniker brauchten. Einen in Frankfurt, den anderen in Berlin, und sie müssten eng zusammenarbeiten. Natürlich beanspruchte James, das Genie auf der Berliner Seite zu sein.

Das Team in Frankfurt müsste die Baumaschinen zerlegen, jedes Teil mit einer Nummer versehen, einen Bauplan mit den nummerierten Teilen erstellen und dann die ordentlich verpackten Kisten in der nächsten Skymaster nach Berlin verfrachten. Dort würde James ein Team von Mechanikern beaufsichtigen, das die Gerätschaften mittels der nummerierten Anleitung wieder zusammenschweißte.

„Das ist ein Kinderspiel. Wie ein Baukasten, nur für Große." James strahlte von einem Ohr zum anderen.

„Nun gut, dann werde ich das mal General Tunner vortragen", sagte Victor.

Nur zehn Minuten später hatte er ihn am Telefon und nach anfänglicher Ungläubigkeit versprach der General, mit den richtigen Leuten zu sprechen, um den Vorschlag zu verwirklichen.

Nach diesem Durchbruch verabschiedete sich Victor von Lejeune und James. Er wollte einen Spaziergang machen, um über die praktischen Aspekte des Plans nachzudenken, und gab ihnen Bescheid, dass er erst am nächsten Morgen wiederkäme.

Doch er hatte noch etwas anderes im Sinn. Nachdem er in den letzten Wochen sechzehn Stunden am Tag geschuftet hatte, wollte er die Gelegenheit nutzen, um endlich Bruni zu sehen.

Ein Blick auf seine Armbanduhr verriet ihm, dass er sie wohl nicht mehr in ihrer Wohnung erwischen würde. Also beschloss er, stattdessen das Café de Paris aufzusuchen.

Sie beendete gerade ihr Lied und machte sich bereit, hinter dem Vorhang zu verschwinden, als sie ihn erblickte. Er lächelte zur Begrüßung und sie lächelte zurück. Sein Herz schlug schneller, denn sie hatte ihn nicht vergessen.

Er war unsicher, was er von diesem Wiedersehen erwarten konnte, wusste nicht einmal, was er sagen sollte, trotzdem war er unglaublich glücklich. Dem strahlenden Lächeln auf ihrem Gesicht und vor allem dem Glitzern ihrer Augen nach zu urteilen, ging es ihr ebenso.

Sie glitt seitlich von der Bühne und eilte sehr undamenhaft auf ihn zu. Victor richtete sich zu seiner vollen Größe auf, wobei er sie trotz ihrer hohen Absätze um einen halben Kopf überragte.

Das Verlangen, ihr schönes Gesicht zu liebkosen, wurde übermächtig, jedoch hielt er es für unklug, dies vor versammeltem Publikum zu tun. „Hallo, meine Schöne. Ich hatte gehofft, dich hier zu finden.“

„Dafür hast du ja lang genug gebraucht!“, blaffte sie ihn an.

Verblüfft bemerkte er das zornige Funkeln in ihren Augen. „Setzt du dich trotzdem einen Moment zu mir?“

Sie nickte gnädig und hob die Hand, um die Kellnerin heranzuwinken. „Wenn du mir ein Glas Champagner ausgibst.“

„Gibt es in Berlin etwa immer noch Champagner?“ Eigentlich wollte er keine ehrliche Antwort darauf, denn jeder wusste, dass trotz des offiziellen Bestrebens der Russen, Schmuggelei zu bekämpfen, viele ihrer Soldaten sich auf diese Weise etwas dazuverdienten.

„Das solltest du doch am besten wissen, immerhin arbeitest du für General Tunner." Bruni lehnte sich zurück. Sie war immer noch nah genug, um die unterschwellige Anziehungskraft aufflammen zu lassen, aber zu weit entfernt, als dass er sie hätte berühren können.

„Du bist gut informiert."

„Man hat mir gesagt, dass du schon seit zwei Wochen in der Stadt bist." In ihrer Stimme schwang ein deutlicher Vorwurf mit.

„Es tut mir leid. Ich hätte dich gerne früher aufgesucht, aber es war nie genug Zeit. Wir haben rund um die Uhr gearbeitet." Er beugte sich vor und legte seine Hand auf ihren Arm. „Ich habe dich vermisst."

Bevor sie antworten konnte, kam die Kellnerin und er bestellte Champagner. Mit seiner Versetzung nach Berlin waren eine beträchtliche Gehaltserhöhung sowie eine Beförderung zum Sergeant Major einhergegangen.

Als der Champagner kam, stießen sie an. Ihre leuchtend blauen Augen brachten ihn fast um den Verstand. Nichts hätte er lieber getan, als auf der Stelle ihre sinnlichen roten Lippen zu küssen.

Stattdessen nahm er eine Locke, die ihr unter das Ohr fiel, zwischen die Finger und fragte: „Darf ich das heute Abend wiedergutmachen? Ich könnte dich nach Hause fahren, wenn du hier fertig bist."

„Das wäre akzeptabel." Sie rückte näher an ihn heran, bis sich nur noch eine Haaresbreite zwischen ihren Schultern befand, und er spürte, wie sie innerlich bebte. Die Vorfreude darauf, mit ihr allein zu sein, steigerte sich ins Unerträgliche.

„Ich werde auf dich warten." Victors Stimme klang heiser vor Verlangen.

Sie nickte, leerte ihr Glas und stand dann anmutig auf. „Ich habe noch einen Auftritt. Wenn ich fertig bin, warte zehn Minuten. Dann kannst du mich am Hintereingang abholen."

26

BRUNI

Bruni erwachte und wand sich unter dem Arm hervor, der quer über ihrer Brust lag. Zärtlich betrachtete sie den schlafenden Victor: Sein zerzaustes aschblondes Haar und seine stoppeligen Wangen ließen sie an die vergangene Nacht denken. Er lächelte im Schlaf und zu gerne wäre sie mit den Fingern seine Grübchen nachgefahren, wollte ihn aber nicht wecken.

Stattdessen schlüpfte sie aus dem Bett, zog sich einen Morgenmantel an und frischte ihr Make-up auf, bevor sie in die Küche ging, um ihre spärlichen Vorräte zu plündern und ihm ein herzhaftes Frühstück zuzubereiten.

Milchpulver, Trockenei und Kaffee waren jedoch alles, was sie anzubieten hatte. Achselzuckend beschloss sie, sich nicht die Mühe zu machen. Er würde vermutlich in der Garnison essen wollen. Also erhitzte sie lediglich Wasser für Kaffee auf dem kleinen tragbaren Gaskocher. Als sich plötzlich ein Arm um ihre Taille schlang, machte sie vor Schreck einen Satz rückwärts, direkt in Victors Arme hinein.

Dann drehte er sie zu sich um und drückte ihr einen dicken Kuss auf den Mund. Er war immer noch genauso splitternackt wie zu dem Moment, als sie eng umschlungen eingeschlafen waren.

Wieder übermannte sie ein berauschendes Gefühl und sie drückte ihr Gesicht an seine behaarte Brust.

„Tut mir leid, meine Süße, aber ich muss mich beeilen, sonst komme ich zu spät zu der Besprechung mit meinem französischen Kollegen. Hast du was zu essen für mich?"

„Willst du denn nicht zuerst zur Garnison?"

Der Schreck musste ihr deutlich ins Gesicht geschrieben sein, denn seine Stimme klang beunruhigt, als er antwortete: „Nein, von hier aus ist es nur ein Katzensprung nach Tegel, aber wenn ich erst zur Garnison fahre, brauche ich mindestens eine Stunde."

„Ich kann dir schnell was machen, aber", sie biss sich auf die Lippe, ängstlich, was er über ihre nicht gerade überragenden Kochkünste und die magere Auswahl an Zutaten sagen würde, „du bist sicher besseres Essen in der Garnison gewohnt."

Er lachte. „Dann muss ich wohl meinen eigenen Proviant mitbringen, wenn wir das öfter tun wollen."

Bruni spürte, wie sie errötete, was für sie völlig untypisch war. Um ihre Gefühle zu verbergen, wandte sie sich ab und mischte das Trockeneipulver mit heißem Wasser. Derweil ging Victor ins Bad, um sich zu waschen und anzuziehen.

Als er zurückkam, setzten sich beide an den Küchentisch.

Victor zuckte nicht mit der Wimper, aber Bruni merkte deutlich, dass er das Frühstück schrecklich fand. Normalerweise wäre ihr das egal, denn es war nicht ihre Schuld, dass die Russen Berlin blockierten. Trotzdem wollte sie aus irgendeinem unerfindlichen Grund, dass ihm ihr Essen schmeckte.

Sie selbst hatte sich mehr oder weniger an den staubartigen Geschmack des Pulverzeugs gewöhnt, von dem sich sämtliche Berliner ernährten.

„Das war herrlich. Danke, meine Süße", sagte Victor, als er aufstand, um seinen Teller in die Spüle zu stellen.

„Lüg mich doch nicht an. Trockenei ist grauenhaft. Alle wissen das. Aber wir haben nichts anderes, deshalb müssen wir uns damit zufriedengeben. Genauso wie mit Trockenmilch, Trockenkartoffeln und Trockenfleisch. Selbst frisches Brot wird aus trockenem Mehl gebacken."

Er schmunzelte und strich ihr mit dem Daumen über die Wange. Die intime Geste erfüllte ihr Herz mit Wärme und Furcht zugleich. „Die Blockade wird nicht ewig dauern und dann gibt es wieder frische Lebensmittel."

„Versprochen?", fragte sie ungewohnt schüchtern.

„Versprochen. Und nächstes Mal bringe ich uns was aus der Garnison mit."

Brunis Herz pochte heftig. Er schien zu glauben, sie seien offiziell ein Paar, doch das kam natürlich nicht infrage. Selbst wenn sie sich unwiderstehlich in ihn verliebt hatte und ein Blick auf sein attraktives Gesicht mit den hinreißenden Grübchen die Schmetterlinge in ihrem Bauch flattern ließ, so vergaß sie doch keine Sekunde lang, dass ihr Auserkorener mindestens den Rang eines Hauptmanns haben musste. Sie brauchte jemanden, der ihr den Lebensstil bieten konnte, der ihr vorschwebte. Jemand wie Dean Harris.

„Also, was das angeht ...", sagte sie langsam.

„Wie? Du willst mich nicht wiedersehen?" Seine Enttäuschung war unüberhörbar.

„Doch, natürlich, aber weißt du, ich bin nicht die Art von Mädchen, die davon träumt, sich zu verlieben und zu heiraten. Das zwischen uns ist nur eine lockere Beziehung ohne jegliche Verpflichtungen."

Das Licht in seinen wundervollen graugrünen Augen wurde schwächer, aber er nickte. „Ich habe nie von Ehe gesprochen, ich bin einfach nur gerne mit dir zusammen."

„Und ich bin gerne mit dir zusammen, aber du musst verstehen, dass du kein Anrecht auf mich hast, nur weil wir miteinander schlafen. Ein Mann kann meinen Körper, aber niemals mein Herz erobern. Das muss dir bewusst sein."

So hatte sie es ihr ganzes Leben gehalten, denn nachdem sie von zu Hause weggelaufen war, hatte sie sich geschworen, nie wieder einen Mann zu lieben – und damit war sie sehr gut gefahren.

Doch bei Victor bröckelte die Mauer, die sie um ihr Herz errichtet hatte, was ihr überhaupt nicht gefiel. Es würde nur zu Herzschmerz führen, für einen von ihnen oder gar für beide. Das Klügste wäre, die Sache gleich zu beenden und ihn nie wiederzusehen.

Doch dazu konnte sie sich nicht durchringen, denn im Gegensatz zu den anderen Männern, mit denen sie verkehrt hatte, sehnte sie sich wirklich danach, mit Victor zusammen zu sein. Weder mit Fjodor noch mit Dean war es ihr so ergangen. Sie waren lediglich ein angenehmes Mittel zum Zweck gewesen.

Bruni begleitete Victor zur Tür und küsste ihn. „Wir sehen uns im Klub, ja?"

„Unbedingt."

27

VICTOR

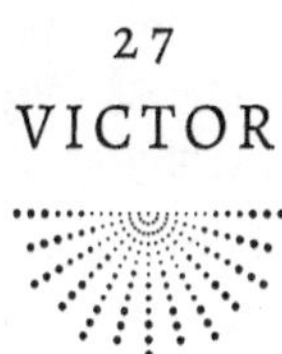

Die erste Skymaster kam mit fein säuberlich nummerierten Einzelteilen auf Holzpaletten an, gefolgt von täglich weiteren Flugzeugen zwei Wochen lang. Der Mann, der die Demontage beaufsichtigt hatte, kam ebenfalls nach Berlin und machte sich sofort mit James und einer Handvoll deutscher Mechaniker an die Arbeit.

Die hohen Tiere hatten sich anfangs dagegen gewehrt, Deutsche für eine so verantwortungsvolle Aufgabe einzusetzen, aber es gab einfach nicht genug Amerikaner, die diese Arbeit übernehmen konnten. Alle qualifizierten Männer wurden in der Flugzeugwartung gebraucht, wo Ausländer noch weniger gern gesehen wurden.

Victor inspizierte die Arbeiten mehrmals am Tag. Er war beeindruckt von den schnellen Fortschritten und zuversichtlich, dass Tegel mithilfe des neuen Baggers, der Dampfwalze, des Krans und des Radladers bis Dezember, also in zwei Monaten, fertiggestellt sein würde. Als er merkte, dass James' Team seine Aufsicht nicht benötigte, kehrte er zum Bauwagen zurück und begann mit der Feinabstimmung der Prioritäten. Unter anderem sorgte er dafür, dass jedem Ingenieur genügend Arbeitskräfte zur

Verfügung standen, um die nächste Aufgabe ohne Verzögerung zu erledigen.

Auf diese Weise gab es Engpässe in der Regel nur bei den Rohmaterialien, denn wirklich alles, von Zement, Asphalt und Stahl bis hin zu Holzpfählen, Ziegelsteinen und Farbe, musste per Flugzeug eingeflogen werden. Ständig feilschte er mit General Harris um die ihm zugewiesene Ladekapazität, denn diese schmälerte den Anteil der überlebensnotwendigen Lebensmittel.

Das Telefon läutete und Lejeune nahm ab. Er streckte den Hörer von sich und sagte: „Richards, die Sekretärin von *Général* Harris möchte seine Besprechung mit Ihnen heute Nachmittag vorverlegen."

Victor nahm den Hörer und sagte der Sekretärin, dass er in fünfundvierzig Minuten im amerikanischen Hauptquartier sein konnte. Dann fragte er Lejeune: „Kann ich mir Ihren Fahrer ausleihen? Ich schicke ihn auch sofort wieder zurück."

„*Mais oui*. Sie dürfen Ihren Vorgesetzten nicht warten lassen."

Victor sammelte seine Blaupausen und die Listen mit den benötigten Materialien ein, verstaute alles in seiner Aktentasche und machte sich auf den Weg. Er hatte großen Respekt vor Harris, der nicht nur mit Zahlen, sondern auch mit Menschen umzugehen wusste. Die Berliner liebten ihn. Den Jubel und den Beifall mitzuerleben, wenn er mit seinem offenen Jeep durch die Straßen fuhr, war ein erstaunliches Spektakel.

Noch wichtiger aber war, dass Harris die Luftbrücke zu seinem persönlichen Anliegen gemacht hatte. Während General Tunner die Operation am Laufen hielt, sich um die Logistik kümmerte und die Abläufe in der Luft optimierte, damit mehr Flugzeuge in kürzeren Abständen und mit weniger Unfällen landen konnten, kümmerte sich Harris darum, was eingeflogen werden musste.

Er beschäftigte ein Heer von Mathematikern, Ärzten und Ernährungsberatern, die bis auf die letzte Kalorie genau berechneten, wie viel und welche Nahrung ein Mensch benötigte. Harris war es zu verdanken, dass fünfzig Tonnen Orangen aus

Florida nach Berlin geflogen wurden. Die meisten Menschen betrachteten dies als einen unnötigen Luxus; nach Ansicht seines Ernährungswissenschaftlers aber waren die Südfrüchte eine notwendige Vitaminquelle für die unterernährte Bevölkerung.

Der französische Fahrer brachte Victor direkt zum amerikanischen Hauptquartier in der Kronprinzenallee in Dahlem. Es war eine ziemlich lange Fahrt und so hatte er genügend Zeit, seine Unterlagen noch einmal durchzugehen, um bestens vorbereitet zu sein.

Am Eingangstor zur Berliner Brigade der US-Armee kletterte er aus dem Auto, winkte dem Fahrer zum Abschied und zeigte der Wache seine Dienstmarke. „General Harris erwartet mich."

Er überquerte das Gelände und stieg dann die Treppe zu Harris' Büro hinauf. Die Sekretärin nickte ihm zu und bat ihn, gleich einzutreten: „Der General erwartet Sie bereits."

Victor öffnete die Tür und trat ein. An der Tür stand er stramm, bis Harris von seinen Unterlagen aufblickte. Nachdem er ihn gegrüßt hatte, trat er vor, sein Schiffchen unter dem Arm.

„Sergeant Major Richards, danke, dass Sie so schnell gekommen sind. Nehmen Sie Platz. Möchten Sie etwas trinken?"

„Nein, vielen Dank."

„Gut, gut." Harris kam gleich zur Sache. „Ich fliege heute Nachmittag nach Wiesbaden und möchte die neuesten Informationen über die Fortschritte in Tegel mitnehmen."

„Sir, es gibt gute Neuigkeiten. Die eingeflogenen Baumaschinen haben sich sehr positiv auf unsere Arbeitsgeschwindigkeit ausgewirkt. Wir sind momentan dem Zeitplan etwa eine Woche voraus und ich bin zuversichtlich, dass wir den Eröffnungstermin am 1. Dezember einhalten können."

Harris nickte. „Ich wusste, dass ich mich auf Sie verlassen kann. Das war auch der Grund, warum ich unbedingt Sie für die Projektleitung haben wollte. Allerdings hatte ich gehofft, dass das erste Flugzeug bereits Ende Oktober die neue Landebahn benutzen kann."

„Sir?" Victor dachte, er müsse sich verhört haben. Es war unmöglich, den Fertigstellungstermin um mehr als vier Wochen vorzuverlegen.

„Ich sage Ihnen dies unter dem Siegel der Verschwiegenheit. General Cannon ist zum Oberbefehlshaber der US Air Force in Europa ernannt worden. Er wird die Vereinigten Staaten Ende Oktober verlassen und Berlin besuchen, um sich selbst ein Bild über *Operation Vittles* zu machen. Es wäre doch eine nette Geste, ihn auf dem neuen Flughafen landen zu lassen, meinen Sie nicht auch?"

Victor stimmte zwar zu, war sich aber nicht sicher, ob er eine so gewagte Forderung erfüllen konnte. Doch wer war er schon, dass er Harris und Cannon einen solchen Triumph verwehrte? Er atmete tief ein und sagte: „Sir, ich kann nicht garantieren, dass Tegel bis dahin für den regulären Betrieb bereit ist, aber die Landebahn wird zur Verfügung stehen, um General Cannons Flugzeug zu empfangen."

Harris lächelte. „Genau das wollte ich hören. Sie haben mein Vertrauen nicht enttäuscht." Dann verhärtete sich seine Miene. „Leider sieht es nicht so aus, als würden die Russen ihre Blockade in nächster Zeit aufheben. Die diplomatischen Verhandlungen sind ins Stocken geraten und diese Hundesöhne haben härtere Bandagen angezogen: Sowjetische Jagdflugzeuge drangsalieren unsere Flieger in den Korridoren.

Das ist reine Zeitschinderei, denn sie hoffen, dass General Winter uns genauso besiegt wie 1941 die Deutschen vor den Toren Moskaus. Wenn der Winter erst einmal da ist, müssen wir uns nicht nur mit schlechtem Flugwetter herumschlagen, sondern auch zehnmal mehr Kohle einfliegen als im Sommer."

Victor hatte diesen Umstand nicht bedacht, aber es war nur logisch. Im Sommer heizten die Menschen ihre Häuser nicht, sodass Kohle nur zum Kochen und zur Stromerzeugung benötigt wurde.

Harris musterte ihn. „Sie arbeiten in Tegel mit einer Menge Deutscher zusammen. Wie ist die Stimmung bei denen?"

„Sir, die Menschen, mit denen ich gesprochen habe, sind dankbar für das, was wir für sie tun, und sie sind fest entschlossen durchzuhalten. Sie werden der kommunistischen Propaganda und den Ammenmärchen von kostenlosem Brot nicht erliegen." Er dachte an Bruni und ihre abgrundtiefe Verachtung für die Russen. „Ich weiß sogar aus zuverlässiger Quelle, dass die meisten Westberliner lieber verhungern würden, als unter der Fuchtel des russischen Bären zu leben."

„Diese zuverlässige Quelle. Ich nehme an, das ist ein deutsches Fräulein?"

„Ja, Sir." Victors Ohren glühten. Er war bestimmt nicht der Einzige mit einem Berliner Liebchen. Trotzdem bekam er ein schlechtes Gewissen.

Harris lehnte sich vor und stützte seine Ellenbogen auf den Schreibtisch. „Daran ist nichts Verwerfliches; wir haben das Verbot der Fraternisierung schon vor langer Zeit abgeschafft. Aber lassen Sie sich von einem älteren und erfahreneren Mann einen Rat geben: Den meisten Fräuleins geht es nur um den eigenen Vorteil, was in der aktuellen Situation auch verständlich ist. Mit einem amerikanischen Soldaten auszugehen, bietet genügend Vorteile, um ihre Moralvorstellungen über Bord zu werfen.

Aber Sie müssen sich bewusst sein, dass es sich bei einer solchen Beziehung um ein angenehmes Geschäft und nicht etwa um Liebe handelt. Dann kann es für beide Seiten vorteilhaft sein. Wenn sie allerdings darauf hoffen, dass die Dame Sie liebt, werden Sie mit Sicherheit enttäuscht. Ich habe das schon öfter gesehen, als mir lieb ist."

Victor wollte diese Einschätzung nicht hören; es klang zu sehr nach dem, was Bruni selbst zu ihm gesagt hatte.

Er hasste es, ihre Beziehung so zu betrachten und hoffte, dass sie mit der Zeit ihre Meinung ändern würde. Doch nun schlug Harris in dieselbe Kerbe und warnte Victor davor, sich Hoffnungen auf eine gemeinsame Zukunft mit Bruni zu machen.

„Einige der Fräuleins sind wahre Augenweiden und mit

Sicherheit ein netter Zeitvertreib – aber mehr auch nicht. Behalten Sie das immer im Hinterkopf."

„Das werde ich, Sir." Sein Verstand wusste, dass er Harris' Rat befolgen sollte, aber in seinem Herzen empfand er ganz anders.

Dean fuhr fort: „Glauben Sie mir, junger Mann. Suchen Sie sich ein nettes amerikanisches Mädchen und werden Sie mit ihr sesshaft, sobald Sie wieder in den Staaten sind."

Victor ging auf den Ratschlag nicht weiter ein, sondern konzentrierte sich stattdessen auf die Erwähnung seiner Rückkehr in die USA. „Sir, darf ich fragen, wann das sein wird?"

„Wollen Sie uns schon verlassen, Sergeant Major?"

„Verstehen Sie mich bitte nicht falsch, aber um es auf den Punkt zu bringen: ja."

„Nun, sobald Tegel voll einsatzfähig ist, werde ich Ihren Antrag auf Entlassung persönlich unterschreiben."

„Ich komme darauf zurück." Victors Gedanken überschlugen sich bei der Aussicht, endlich nach Hause zurückzukehren. Er würde sich nicht einmal beschweren, wenn er dafür ein Flugzeug besteigen müsste, denn er wollte einfach nur nach Hause. Vielleicht könnte er Bruni dort vergessen.

„Noch eine Sache", sagte Harris. „Können wir die Tragfähigkeit der neuen Landebahn noch einmal durchgehen? Da sowohl Tempelhof als auch Gatow in einem desolaten Zustand sind, würde ich gerne die schweren Flugzeuge nach Tegel verlegen."

„Gerne, Sir." Victor zog mehrere Blätter Papier aus seiner Aktentasche. Er hatte bereits ausgerechnet, welche Materialien benötigt wurden und wie viel Gewicht die Landebahn ohne Beschädigung verkraften würde. Dabei hatte er sogar die Möglichkeit von Flugzeugen einbezogen, die größer und schwerer waren als alle Maschinen, die aktuell existierten. Mit dieser Ausstattung war Tegel selbst für das nächste Jahrhundert gerüstet.

Als er Harris' Büro verließ, war es bereits spät. Er suchte sein Quartier auf, um zu duschen und eine frische Uniform anzuziehen. Dann beschloss er, in den französischen Sektor zurückzukehren und Bruni im Kabarett zu überraschen. Sie würde ihn vielleicht niemals wirklich lieben, aber mit der Aussicht, Deutschland zum Jahresende zu verlassen, würde er sich damit zufriedengeben, bis dahin jede Nacht ihr Bett zu teilen.

28

BRUNI

Brunis Herz hüpfte, als sie Victors vertraute Gestalt im Publikum erkannte. Ihre Blicke trafen sich und sie sang ihr nächstes Lied ausschließlich für ihn.

In der Pause vor ihrem letzten Auftritt ging sie wie beiläufig an seinem Tisch vorbei und bat ihn, sie später am Hintereingang zu treffen. Dann setzte sie sich zu einigen britischen Offizieren. Schließlich war es wichtig, allen Gästen gegenüber freundlich zu sein und keinen zu bevorzugen – zumindest, bis sie wieder einen festen Gönner gefunden hatte. Und selbst dann gaben sich die Männer gerne der Illusion hin, dass Bruni jeden von ihnen liebte.

Sie unterdrückte ein Kichern. Wenn diese Narren wüssten, dass Brunhilde von Sinnen niemals einen Mann lieben würde. Liebe machte eine Frau nur schwach und verletzlich und Bruni war weder das eine noch das andere.

Nach der Vorstellung wartete Victor am Hintereingang auf sie und begrüßte sie mit einem leidenschaftlichen Kuss auf den Mund.

„Hallo, mein Schöne", sagte er, als sie Luft holen mussten, und nahm ihren Arm.

„Ich hatte gehofft, dich heute Abend zu sehen", antwortete sie mit verheißungsvoller Stimme. So sehr sie die Vorstellung von wahrer Liebe und dem ganzen abgedroschenen Kitsch, der damit einherging, auch ablehnte, konnte sie sich doch nicht dagegen wehren, dass sie in Victors Gegenwart weiche Knie bekam. Wider besseres Wissen hatte es sie enttäuscht, als er zwei Abende hintereinander nicht aufgetaucht war.

Sie genoss Victors Gesellschaft sehr, denn er hatte einen wunderbaren Sinn für Humor und ließ keine Gelegenheit aus, ihr Komplimente zu machen. Bruni wusste, dass sie eitel war, aber es fühlte sich unglaublich gut an, wenn Victor ihr sagte, sie sei die schönste Frau der Welt.

„Wie war dein Tag?", fragte sie, während er sie zu seinem Auto führte.

„Viel zu tun, aber sonst gut. Ich war heute bei General Harris. Du weißt bestimmt, wie anspruchsvoll er ist."

Bruni japste. Victor arbeitete jetzt mit Dean zusammen? Wieso hatte sie diese Möglichkeit nicht in Betracht gezogen? Und wieso ging er davon aus, dass sie über Deans herrischen Charakter Bescheid wusste?

Sie verspürte einen Anflug von schlechtem Gewissen, weil sie ihm nie erzählt hatte, dass sie und Dean ein Paar gewesen waren. Doch dann verdrängte sie die Schuldgefühle; das ging ihn schließlich nichts an. Sie und Victor hatten lediglich eine flüchtige Affäre, nichts weiter, und das gab ihm keineswegs das Recht, in die Details ihrer Vergangenheit eingeweiht zu werden. Sie hatte Victor ja auch nicht nach ihren Vorgängerinnen gefragt, und wie bei jedem Soldaten, gab es da bestimmt einige.

Um ihren inneren Aufruhr zu überspielen, fragte sie beiläufig: „Was wollte der Kommandant von dir?"

Victor schmunzelte. „Ach, nichts Besonderes. Nur, dass Tegel bis Ende Oktober für die erste Maschine bereit ist."

„Was, so früh? Ich dachte, die Eröffnung ist für den 1. Dezember geplant?"

Victor öffnete die Beifahrertür und half Bruni mit ihren hohen Absätzen und ihrem Bleistiftrock so anmutig wie möglich einzusteigen. Er lachte: „Warum ziehst du denn nach der Arbeit nicht etwas Praktischeres an?"

Bruni funkelte ihn an. „Wie bitte sähe das aus? Ich bin eine Göttin. Hast du schon mal eine Göttin in Latzhose und Arbeitsstiefeln gesehen?"

„Das nicht. Aber ich habe sie ohne Kleider gesehen und nackt sieht sie sogar noch besser aus." Victor gab ihr einen Kuss und ging dann um das Auto herum, um auf der Fahrerseite einzusteigen. Derweil schoss Bruni die Hitze durch den Körper. Sie konnte es kaum erwarten, ihm zu zeigen, wie gut besagte Göttin erst aussah, wenn sie beide eng umschlungen auf dem Bett lagen.

„Zu dir oder zu mir?", fragte Victor. Die Frage war ein Dauerscherz zwischen ihnen, denn er konnte sie natürlich keinesfalls in die Garnison mitnehmen.

„Zu mir." Bruni lehnte sich im Sitz zurück und ließ die Anspannung des Tages von sich abfallen. Wenn Victor bei ihr war, fühlte sie sich gut. Behütet, geliebt – nein, das nicht – wertgeschätzt. Liebe existierte schließlich nicht.

„Meine Süße", seine Hand kroch auf ihren Oberschenkel, „würde es dir etwas ausmachen, mich kurz nach Tempelhof zu begleiten? Ich muss dort etwas abholen. Oder soll ich dich erst nach Hause bringen und später vorbeikommen?"

Sie war hundemüde und hungrig, trotzdem wollte sie lieber mit ihm im Auto sitzen als allein in ihrer kalten und dunklen Wohnung. „Ich komme gern mit."

„Es wird nicht lange dauern." Victor hatte recht. Fünfzehn Minuten später hielt er vor dem Flughafen, der militärisches Sperrgebiet war. Er küsste sie und sagte: „Bin gleich wieder da."

Nach einigen Minuten des Wartens verspürte Bruni das Bedürfnis nach einer Zigarette, hatte aber wie üblich keine dabei. Widerstrebend stieg sie aus und ging zum Wachposten, um ihn um eine Zigarette zu bitten, die er ihr dank ihres koketten Lächelns bereitwillig schenkte und natürlich auch anzündete.

Sie schlenderte zurück zum Auto und beobachtete das

geschäftige Treiben auf dem Flugfeld. Selbst jetzt, mitten in der Nacht, wuselten Hunderte Menschen umher und der Himmel hing voller Flugzeuge. Ihre Lichter blinkten und tanzten, als sie im Abstand von neunzig Sekunden landeten und lebenswichtige Güter nach Berlin brachten.

Das laute Dröhnen der Triebwerke erfüllte die Luft und Bruni beobachtete staunend, wie ein weiteres Flugzeug mit beeindruckender Präzision landete und eine Kette von Ereignissen in Gang setzte. Lastwagen kamen aus den Hangars gefahren und sausten zu der Maschine. Dutzende Männer und Frauen sprangen heraus und entluden die gesamte Ladung in einem Tempo, das sie an die Charlie-Chaplin-Filme erinnerte, in denen alles auf die doppelte Geschwindigkeit beschleunigt wurde.

„Beeindruckend, nicht wahr?" Victor war zurückgekommen und legte einen Arm um ihre Schultern.

„Ja, sehr." Sie hatte plötzlich Tränen in den Augen. Noch vor drei Jahren hatten sich Victors und ihr Land bekriegt und jetzt retteten die Amerikaner und Briten mithilfe der größten Luftbrücke aller Zeiten Menschen wie sie vor dem Aushungern durch die sowjetischen Verbrecher. „Weißt du, ich habe darüber nie nachgedacht, aber jahrelang haben wir jedes Mal Todesängste ausgestanden, wenn wir ein Flugzeug dröhnen hörten. Innerhalb weniger Monate hat sich das ins Gegenteil verkehrt. Jetzt ist es das beste Geräusch der Welt und die Angst kommt nur dann zurück, wenn das Dröhnen aussetzt. Es ist fast wie ein Schlaflied, weißt du? Beruhigend und voller Hoffnung. Solange die Flugzeuge landen, halten wir durch."

Einem plötzlichen Impuls folgend schlang sie ihre Arme um ihn und drückte ihre Wange an seine Brust. „Danke, danke, danke. Für all das hier."

Er schaute ziemlich verwirrt drein und sie erklärte: „Im Kabarett haben sich die Mädels Sorgen gemacht, was passiert, wenn der Winter kommt. Ich meine, wir werden Kohle zum Heizen brauchen, aber über die Luftbrücke kommen kaum genug

Lebensmittel. Was passiert, wenn die Kohlevorräte aufgebraucht sind? Erfrieren wir dann alle?"

„Genau deshalb bauen wir Tegel. Sobald er eröffnet ist, haben wir beinahe die doppelte Kapazität. Die größeren Flugzeuge können dann die neue Landebahn anfliegen, die übrigens die längste und stabilste in ganz Europa sein wird." Er nahm ihr Gesicht zwischen seine Hände und fügte hinzu: „Du brauchst dich nicht zu sorgen. General Harris hat selbst gesagt, dass wir nicht zulassen werden, dass die Berliner durch das Tun der Russen verhungern. Und ... Ich darf dir nicht sagen, was es ist, aber wir haben noch ein Ass im Ärmel und das wird einen gewaltigen Unterschied machen, wenn der Winter einbricht."

„Ich bin froh, dass wir uns so gut verstehen", sagte sie und schmiegte sich an ihn, wobei sie offenließ, ob sie ihn oder die Amerikaner im Allgemeinen meinte.

„So schnell wirst du uns nicht los." Er schmunzelte und drückte sie fester an sich. Ausnahmsweise war sie froh, dass er nicht die Absicht hatte, jemals von ihrer Seite zu weichen. „Komm, lass uns nach Hause fahren."

Nach Hause? Er betrachtete ihre Wohnung als Zuhause? Eine plötzliche Angst ergriff Bruni. Victor war so ein netter Kerl und sie wollte nicht, dass er verletzt wurde. Aber irgendwann würde der unvermeidliche Tag kommen, an dem sie diese Affäre beenden musste, weil sie einen passenden Gönner gefunden hatte.

Hauptmann Rubljow kam ihr in den Sinn. Fast musste sie über den Unsinn kichern, den er ihr erzählt hatte und der vom *Neuen Deutschland*, der SED-Zeitung, Tag für Tag wiederholt wurde. Dort wurde die Luftbrücke als reine Kriegstreiberei der Westmächte bezeichnet und die Existenz einer Blockade abgestritten. Stattdessen wurde die Sowjetunion im Gegensatz zu den anderen Alliierten für die gute Versorgung der Bevölkerung im eigenen Sektor gelobt.

Sie konnte verstehen, warum ein Mann wie Rubljow die sowjetischen Direktiven verbreitete; aber wie konnten diese Kriecher der SED ihre Seele, ihr Land, ja sogar ihre Landsleute an die Russen verschachern? Was hatten sie im Gegenzug erhalten? Sie konnte sich keinen Handel vorstellen, der es wert war, einen solchen Verrat zu begehen.

Bruni war selbst eine Opportunistin, das stritt sie gar nicht ab. Sie war die Geliebte eines russischen Offiziers gewesen. Diese Beziehung hatte sich als sehr vorteilhaft erwiesen, denn dafür, dass sie mit ihm geschlafen hatte, hatte er sie vor einer Vergewaltigung beschützt.

In ihren Augen war es das perfekte Geschäft gewesen, aber niemals hätte sie zugestimmt, ihr Land, ihre Freunde oder ihre Kolleginnen für ihn zu verraten. Sie hatte ihm nicht dabei geholfen, während des Wahlkampfs Lügen und Drohungen zu verbreiten, und sie hatte ganz sicher nicht für die SED gestimmt, die fest in russischer Hand war.

Nein; sie mochte egoistisch, eitel und immer auf ihren eigenen Vorteil bedacht sein, aber eine Verräterin war sie jedenfalls nicht.

„He, mein Schöne, ist alles in Ordnung?" Victors Stimme klang besorgt.

„Ja. Ich bin nur etwas müde." Sie wollte ihm nicht sagen, wie selbstsüchtig sie war, denn Victor hatte aus unerfindlichen Gründen diese Seite an ihr bisher nicht erkannt. Stattdessen hielt er sie für einen wunderbaren, warmherzigen und fürsorglichen Menschen. Sie wollte, dass er noch eine Weile an diese Illusion glaubte.

„Möchtest du, dass ich zur Garnison zurückfahre, wenn ich dich nach Hause gebracht habe?"

Er sah so entzückend aus, wenn er sich um sie sorgte. Ein warmes Gefühl durchströmte ihren Körper. „Nein, ich fände es schöner, wenn du heute Nacht bei mir bleibst."

„Dann lass uns fahren. Und wenn wir bei dir sind, können wir die Kiste auspacken."

„Welche Kiste? Was ist da drin? Ein Geschenk für mich?"

„Es ist eine Überraschung, deshalb kann ich es dir nicht verraten." Seine Augen funkelten spitzbübisch.

Spielerisch boxte Bruni seinen Arm. „Du bist so gemein!"

29

WLADI

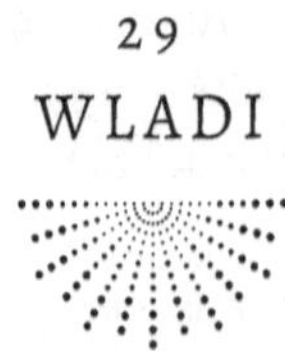

General Sokolows Kopf sah aus wie eine Tomate kurz vor dem Explodieren – nicht, dass man in Berlin Tomaten kaufen konnte. Zumindest die westlichen Sektoren hatten seit Beginn der mit den Verkehrskontrollen einhergehenden Straßensperren vor drei Monaten keine Frischwaren mehr gesehen.

„Das läuft nicht so, wie Sie es versprochen haben!", schrie Sokolow den Kommandeur der Luftstreitkräfte, Oberst Uljanin, an.

„Wir haben Militärübungen durchgeführt, bei denen wir die Korridore durchqueren. Wir haben unsere Leute sogar angewiesen, ihre Flugzeuge zu drangsalieren, aber diese sturen Imperialisten geben einfach nicht auf. Nicht einmal der tödliche Unfall letzte Woche, bei dem eines unserer besten Jagdfliegerasse mit einem ihrer unangekündigten Flugzeuge kollidiert ist, hat sie dazu bewogen, ihre rechtswidrigen Aktivitäten über unserem Territorium einzustellen."

Wladi fragte sich, ob er eine neue Direktive verpasst hatte, laut derer alle Flugzeuge, die den Korridor benutzten, bei den sowjetischen Behörden angemeldet werden mussten. Er nahm sich

176

jedenfalls vor, in Zukunft zu erwähnen, dass der Flugverkehr in den Korridoren illegal war. Womöglich existierten die Korridore nicht einmal? Er würde diese Frage später mit Uljanin klären müssen, denn er wollte Sokolow keinesfalls mit unangemessenen Fragen weiter erzürnen.

„Genosse Hauptmann, was haben Sie für nachrichtendienstliche Informationen für uns?", rief Sokolow, wobei sich sein tomatenrotes Gesicht zu einer schmerzverzerrten Grimasse verzog.

Er nennt mich weiterhin Genosse, also bin ich noch nicht auf dem Weg Richtung Sibirien. Wladi atmete tief ein und überlegte, ob er dem General zuerst die gute oder die schlechte Nachricht überbringen sollte. Wenn er mit der schlechten Nachricht begann, riskierte er, das Opfer eines Wutanfalls zu werden. Wenn er aber andererseits seinen Beitrag mit einer guten Nachricht beenden konnte, würde Sokolow vielleicht Gnade walten lassen.

Er entschied sich dafür, die Wahrheit etwas zu beschönigen. „Genosse General, wir machen gute Fortschritte."

„Ihre Einheit erzählt mir das schon seit Wochen. Also, wo sind die Fakten?"

Wahrscheinlich brauchte es die gute Nachricht im Moment dringender als gedacht. „Die Abhöranlage am Flughafen Gatow ist nun voll funktionsfähig, und alles, was wir auffangen, wird unverzüglich zur Entschlüsselung nach Moskau geschickt." Wladi erwähnte nicht, dass die Briten von der Abhöranlage wussten und zusätzliche Maßnahmen ergriffen hatten, um wichtige Funksprüche doppelt zu verschlüsseln, während sie weiterhin im Klartext vom Tower an die Flugzeuge sendeten.

„Gerede! Gerede! Welche Informationen haben wir abgehört?"

Das war der springende Punkt. Die Experten in Moskau waren bisher nicht in der Lage gewesen, die Verschlüsselung zu knacken. „Es tut mir sehr leid, Genosse General, aber über diese streng geheime Angelegenheit wurde ich nicht unterrichtet. Ich nehme an, Sie werden direkt von Moskau informiert."

Sokolow machte ein finsteres Gesicht. Er war nicht dumm und durchschaute vermutlich Wladis Versuch, die Schuld auf andere zu schieben, aber er konnte Moskau schlecht vorwerfen, einem einfachen Hauptmann Informationen vorzuenthalten.

Nun brauchte Wladi all sein Geschick, um beim nächsten, noch viel heikleren Thema die richtigen Worte zu finden.

„Genosse General, abgesehen davon, dass wir ein hervorragendes Abhörgerät haben, um die Briten auszuspionieren, ist es uns auch gelungen, mehrere Spione auf der Baustelle in Tegel einzuschleusen." Wladi vermied tunlichst das Wort Flughafen, denn das hätte nur einen weiteren Wutanfall provoziert. Seit die Amerikaner mit dem Bau im französischen Sektor begonnen hatten, hatte sich Sokolows Laune im gleichen Maße verschlechtert, wie die Arbeiten voranschritten.

„Meinen Sie etwa, das wüsste ich nicht längst?", explodierte Sokolow und aus den Augenwinkeln bemerkte Wladi, wie Oberst Uljanin mit der Wand zu verschmelzen schien.

„Natürlich, Genosse General, in Ihrer großen Weisheit wissen Sie das alles schon, aber", jetzt würde es noch schwieriger sein, ihm die schlechte Nachricht zu überbringen, „unsere Spione haben uns berichtet, dass die Amerikaner schweres Gerät wie Kräne und Bagger eingeflogen haben und –"

„Das kann nicht sein!" Spucke flog aus Sokolows Mund.

Wladi betrachtete konzentriert seine Schuhspitzen, während er antwortete: „Ich fürchte, sie haben einen Weg gefunden, die Maschinen zu zerlegen, nach Berlin zu fliegen und sie hier wieder zusammenzubauen."

„Diese verfluchten Imperialisten sollen hingehen, wo der Pfeffer wächst! Warum können sie uns nicht einfach in Frieden lassen?"

Weder Wladi noch Uljanin wagten es, eine Antwort auf diese offensichtlich rhetorische Frage zu geben. Doch Wladi musste immer noch die schlimmste aller Nachrichten vortragen. „Genosse General, unsere Spione haben die Möglichkeit erwähnt, dass der Bau in weniger als sechs Wochen abgeschlossen sein könnte."

Mit der Heftigkeit von Sokolows Ausbruch hatte er nicht gerechnet. Nachdem dieser zehn Minuten lang geschimpft und seine Fäuste mit solcher Wucht auf den Eichenholzschreibtisch hatte sausen lassen, dass seine Sekretärin wie eine verängstigte Maus hereinschaute, verlangte er nach seiner Medizin gegen Magengeschwüre. Dann starrte er Wladi auf eine Art an, dass dieser das Gefühl hatte, als würde ihm langsam und qualvoll der Sauerstoff aus der Lunge gepresst.

„Gerade rechtzeitig vor dem Winter. Sie wissen, was das bedeutet?"

„Ja, Genosse General."

„Das bedeutet, dass diese undemokratischen Bestien ihre Kapazität um mindestens dreißig Prozent erhöhen werden. Das gleicht den Wegfall der Wasserflugzeuge, die nicht mehr auf der gefrorenen Havel landen können, mehr als aus."

„Ja, Genosse General", flüsterte Wladi, der befürchtete, Sokolow würde ihn mit bloßen Händen erwürgen.

„Das bedeutet, dass diese Schächer in der Lage sein werden, ausreichend Kohle einzufliegen. Und das bedeutet, dass die Berliner nicht erfrieren werden. Und das wiederum heißt, dass sie nicht in unsere Meldestellen strömen werden, um ihre Bezugsscheine zu registrieren und unsere Kohle und unsere Lebensmittel zu bekommen. Und das bedeutet ..." Schweigend starrte Sokolow Wladi eine lange Weile an. „Wenn General Winter nicht mit einer Menge Eis und Nebel auf unserer Seite ist, dann ist diese Blockade zum Scheitern verurteilt."

Wladi schluckte. Es war das erste Mal, dass Sokolow das Wort *Blockade* ausgesprochen hatte. Laut dem offiziellen Sprachgebrauch bedeutete Blockade, dass ein Gebiet hermetisch abgeriegelt war. Doch da der Verkehr sowohl aus Ost- als auch Westberlin in die umliegende sowjetisch besetzte Zone weiterhin möglich war, gab es in Berlin keine Blockade.

„Wenn diese Aktion nicht das gewünschte Ergebnis bringt, muss jemand dafür bezahlen." Ein bösartiger Ausdruck glomm in Sokolows Augen auf. „Und das werde nicht ich sein."

Wladi glaubte, ein schweres Schlucken von Oberst Uljanin zu hören, der regungslos an die Wand gepresst stand, offenbar in der Hoffnung, Sokolow würde seine Anwesenheit vergessen. Als dieser ihn jedoch ansah, stand Uljanin stramm.

„Genosse General, wir werden unsere Anstrengungen verdoppeln, um den amerikanischen und britischen Luftverkehr abzufangen und", er warf Wladi einen flehenden Blick zu, „wir bitten den Nachrichtendienst der Roten Armee um Unterstützung, um auch den Druck am Boden zu erhöhen."

Jetzt versuchte diese Ratte also vorsorglich, die Verantwortung für das Fiasko auf den Nachrichtendienst abzuwälzen.

„Arrangieren Sie ein paar Unruhen oder noch besser einige Ablenkungsmanöver", sagte Sokolow. „Sehen Sie zu, dass die Westmächte ein paar echte Probleme haben, mit denen sie sich herumschlagen müssen. Dann haben sie keine Zeit mehr für ihren fliegenden Zirkus."

Wladis Gedanken rasten auf der Suche nach einem guten Einfall. Langsam sagte er: „Genosse General, wenn Sie einverstanden sind, könnten wir auf den unterirdischen Bahnhöfen in den Westsektoren ein paar Ablenkungsmanöver anzetteln." Das gesamte S-Bahn-System wurde von der Ostberliner Polizei bewacht. Es wäre ein Leichtes, Krawalle zu inszenieren, derer die Polizei nicht Herr wurde. „Ich habe vor, zunächst alle westlichen Veröffentlichungen beschlagnahmen zu lassen."

Das würde einen Aufschrei unter den Berlinern auslösen und die Militärpolizei aller Sektoren auf Trab halten. Dann wären die westlichen Tölpel zu beschäftigt, um sich mit den Anschlägen zu befassen, die gleichzeitig auf der Baustelle in Tegel stattfinden könnten.

„Machen Sie, was Sie wollen, aber machen Sie es schnell und liefern Sie mir Ergebnisse", sagte Sokolow in einem etwas versöhnlicheren Ton.

„Danke, Genosse General. Wenn Sie gestatten, mache ich mich sofort an die Arbeit."

Sokolow machte eine winkende Handbewegung und Wladi fiel ein Stein vom Herzen. Eilig salutierte er und stürmte aus dem Büro. Er war am Leben und unversehrt – vorerst. Jetzt war es von größter Wichtigkeit, dass er die gewünschten Ergebnisse lieferte, wenn er nicht derjenige sein wollte, der für die gescheiterte Operation „Verkehrskontrollen" bezahlen musste.

30

BRUNI

Der Oktober war angebrochen. Die bunten Blätter fielen von den wenigen Bäumen, die sowohl den Krieg überstanden hatten als auch bisher nicht dem Mangel an Heizmaterial zum Opfer gefallen waren. Das leuchtende Gelb, Orange und Rot schmückte die ansonsten graue und triste Stadt.

Doch der Herbst hatte andere, weniger willkommene Gäste mitgebracht: niedrige Temperaturen, eisige Ostwinde, Dunkelheit und Nebel. Der Frost überzog die Pflanzen, die sich auf den Schutthaufen angesiedelt hatten, und taute erst gegen Mittag.

Der größte Feind der Piloten war jedoch die schlechte Sicht. Sobald das beständige Dröhnen der Motoren ausblieb, wurden die Menschen in Berlin, einschließlich Bruni, angespannt und übellaunig. Das geschah dieser Tage viel zu häufig, gelegentlich sogar für vierundzwanzig Stunden am Stück.

Victor hatte ihr erklärt, wie der bodengesteuerte Anflug mit Radar die Flugzeuge auch bei schlechtem Wetter durch gesprochene Anweisungen sicher landen lassen konnte. Doch wenn der Nebel allzu dicht wurde, waren nicht nur die Piloten, sondern auch die Fluglotsen machtlos.

Leider hatte der Oktober jede Menge des verhassten Nebels im Gepäck. Auf dem Weg zur Verpflegungsstelle, um dort für

Lebensmittelkarten anzustehen, rieb sich Bruni die eiskalten Hände. Grimmig stellte sie sich vor, wie der schreckliche Sokolow hämisch dasselbe tat und sich über die unerwartete Unterstützung der Natur freute.

Bald würde der Winter über die Stadt hereinbrechen und mit ihm Schnee sowie Temperaturen unter dem Gefrierpunkt, nicht nur bei Nacht, sondern auch am Tag. Sie erinnerte sich nur zu gut an den Winter vor zwei Jahren, als allein in Berlin fast zweitausend Menschen den *weißen Tod* gestorben waren.

In diesem Jahr hatte jeder Einwohner einen Sack Kohle für den Winter zugeteilt bekommen. Bruni schnaubte. Das würde höchstens für drei Wochen reichen. Zum Glück besaß sie noch den pompösen Pelzmantel, den Fjodor ihr geschenkt hatte, sowie die kuschelige Daunendecke von Dean.

Was ihr mehr Sorgen bereitete, war das Essen. Das eingeflogene Trockengemüse schmeckte wie Stacheldraht und alles andere war auch nicht viel besser, nicht einmal die Armeerationen, die Victor mitbrachte. Der Schwarzmarkt war die einzige Quelle für frische und schmackhafte Lebensmittel.

Doch seitdem die Sowjets der Schieberei den Krieg angesagt hatten und sogar beim Handel zwischen ihrer Zone und Westberlin hart durchgriffen, war es gefährlich geworden, auf den Schwarzmarkt zu gehen. Selbst Waren in den Geschäften im Ostteil Berlins zu kaufen, wurde zunehmend schwierig, denn die Westberliner wurden auf dem Heimweg regelmäßig von sowjetischen Soldaten durchsucht. Wenn man erwischt wurde, war die Beschlagnahme der teuer erstandenen Waren noch das geringste der Probleme.

Sogar Heinz war trotz seiner guten Kontakte zu den russischen Soldaten einmal verhaftet worden. Nach Bezahlung eines beträchtlichen Schmiergelds war er zwar drei Tage später wieder auf freien Fuß gekommen, hatte das Gefängnis jedoch hinkend und mit zwei Zahnlücken verlassen.

Nein, Bruni war nicht verwegen genug, um sich in der sowjetischen Zone einzudecken. Dann begnügte sie sich lieber mit nach Stacheldraht schmeckendem Trockengemüse und den etwas weniger abscheulichen Armeerationen. Wenigstens backte das Café de Paris sein eigenes himmlisch duftendes, frisches Brot, von dem jeder Angestellte am Abend zwei dicke Scheiben mit einer Portion Suppe aus Trockenkartoffeln erhielt.

Dennoch war sie in Sorge. Ihre hautengen Kleider schlackerten lose um ihre Hüften und sie hatte Angst, dass ihre weiblichen Rundungen der mangelhaften Ernährung zum Opfer fallen würden. Ihr Aussehen war ihr wertvollstes Kapital, denn ohne die Fähigkeit, ihr männliches Publikum zu bezirzen, war sie nur einen Schritt von der Gosse entfernt.

Sie stieß einen tiefen Seufzer aus und öffnete die Hintertür zum Kabarett. Die Küche war der einzige beheizte Raum, deshalb trafen sich die Mädels immer zuerst hier, wärmten sich auf, tauschten den neuesten Tratsch aus und hofften auf ein paar Reste von der Zubereitung des Tagesmenüs.

„Hallo zusammen", grüßte Bruni.

„Hast du schon das Neueste gehört?"

Bruni schüttelte den Kopf. Es gab immer irgendwelche Neuigkeiten, aber in diesem Moment war sie mehr daran interessiert, ihre Hände um eine heiße Tasse Tee zu legen.

„Der Magistrat hat gegen das Votum der SED beschlossen, die Abholzung des Grunewalds zu erlauben", sagte Gabi.

Bruni zuckte mit den Schultern. Was sie betraf, so konnte ruhig jeder verdammte Baum gefällt werden, Hauptsache sie musste nicht frieren. „Das ist wahrscheinlich eine kluge Entscheidung, denn es gibt nicht genug Kohle zum Heizen."

„Wie kannst du so etwas sagen?" Sallys Augen blitzten wie Dolche. „Der Grunewald ist unser letztes Naherholungsgebiet, ein Kleinod, das die grausamen Bombenangriffe der Alliierten überlebt hat. Es ist so traurig."

Brunis linke Augenbraue schoss in die Höhe. Sie hatte Sally nie für eine Nostalgikerin gehalten und bis zum heutigen Tag hatte sie nicht ein einziges Mal ihre große Liebe zu Bäumen erwähnt. „Das ist wirklich nicht der richtige Zeitpunkt, um wehmütig zu sein."

„Du bist eine kaltherzige Frau", sagte Gabi.

„Hör mal. Mein Herz mag kalt sein, aber mein Körper braucht nun mal Wärme. Ich werde die Bäume genauso vermissen wie alle anderen auch. Aber lasst uns nicht vergessen, wieso der Magistrat das tut. Nämlich, weil es wegen der Blockade dieser sowjetischen Drecksäcke nicht genug Kohle gibt, um unsere Häuser im Winter zu heizen. Also ich für meinen Teil möchte nicht zu Eis erstarren."

Jetzt war Sally stinksauer. „Die Sowjets sind überhaupt keine Drecksäcke! Sie sind die Einzigen, die sich wirklich um unser Wohlergehen kümmern. Im *Neuen Deutschland* steht, dass die Vernichtung des Grunewalds völlig unnötig ist, weil die Sowjets großzügig angeboten haben, die Westsektoren mit ausreichend Kohle zu versorgen, genauso wie sie es seit Jahren mit ihrem eigenen Sektor tun."

„Ach, und zu welchem Preis? Was wird uns das kosten?"

„Nichts. Das ist eine Angelegenheit zwischen den vier Besatzungsmächten."

Nun erhob der einbeinige Koch, ein ehemaliger Wehrmachtssoldat, seine Stimme. „Sally, sei nicht so naiv. Der Preis besteht darin, das Ruhrgebiet und seine Kohleproduktion unter internationale Verwaltung zu stellen, damit die Russen so viel Kohle stehlen können, wie sie wollen. Liest du denn nur *Neues Deutschland* und sonst keine andere Zeitung?"

„Das stimmt so nicht." Sally schürzte die Lippen. „Außerdem bekommen die armen Holzfäller nicht einmal richtige Werkzeuge, sondern nur so mickrige Beile und Sägen, die nicht stark genug sind für die Laubbäume, die wir hier haben."

Wäre es nicht so traurig, hätte Bruni laut aufgelacht. Wo nahm Sally nur diesen Unsinn her? „Na, das sagt doch eigentlich alles, oder? Wenn die Sowjets keine Blockade über Berlin verhängt hätten, könnten wir die benötigten Werkzeuge einfach importieren, anstatt uns mit dem arrangieren zu müssen, was da ist." Sie reichte ihre leere Tasse dem Koch und drehte sich um, um sich für ihren ersten Auftritt umzuziehen, aber Sally rief ihr nach:

„Es gibt gar keine Blockade, denn dazu müsste die Stadt hermetisch abgeriegelt sein."

Bruni konnte sich das dumme Zeug keine Sekunde länger anhören und begann, den Text eines ihrer Lieder zu trällern und damit Sallys Stimme zu übertönen.

VICTOR

5 . *November 1948*

Der große Tag war gekommen, und obwohl auf dem neuen Flughafen Tegel außer der Landebahn noch nichts fertig war, wurde die Ankunft des ersten Flugzeugs pünktlich zur Mittagszeit erwartet.

Victor, Lejeune, James und all die anderen französischen und amerikanischen Soldaten, die an den Bauarbeiten beteiligt waren, säumten die Landebahn auf der Seite des unfertigen Flughafengebäudes und Kontrollturms. Auf der anderen Seite der Piste standen Tausende von neugierigen deutschen Arbeitern, die diesen historischen Moment nicht verpassen wollten. Auf den Gesichtern aller Anwesenden zeichneten sich gleichermaßen Hoffnung und Besorgnis ab.

In der Ferne füllte sich der Himmel mit anfliegenden Flugzeugen unterschiedlicher Modelle und Nationalitäten. Durch seinen Feldstecher entdeckte Victor sogar eines mit dem australischen Känguru-Emblem. Wenige Minuten vor zwölf brach ein Flugzeug aus der Formation aus und nahm Kurs auf Tegel.

„Das sind sie!", rief Victor nervös. Er, Lejeune und James hatten alles zigmal durchgetestet, aber jetzt kam die Feuerprobe. Das Flugzeug, das für die erste Landung in Tegel ausgewählt worden war, war eine Douglas C-54 Skymaster. Sie wurde von Captain Glenn Davidson geflogen und hatte wichtige Passagiere an Bord: den Oberbefehlshaber der United States Air Force Europe, General Cannon, und den Stabschef der amerikanisch-britischen Luftbrücke, General Tunner.

Alles musste perfekt sein.

Sie hätten sich keinen besseren Tag aussuchen können: Die Sonne strahlte mit den Zuschauern um die Wette und kein Wölkchen verdunkelte den hellblauen Himmel. Um Punkt zwölf Uhr landete der große Vogel elegant auf dem neuen Rollfeld und kam etwa einhundert Meter vor dem Ende der Landebahn zum Stehen.

Die beiden Generale stiegen aus und Victor eilte zum Flugzeug, um sie zu begrüßen und ihnen die neuen Gebäude zu zeigen, bevor sie später gemeinsam mit den Generalen Clay und Harris ins amerikanische Hauptquartier gefahren wurden.

In der Zwischenzeit wurde die Fracht in der Rekordzeit von zwölf Minuten aus dem riesigen Laderaum in die bereitstehenden Lastwagen geladen, während die Besatzung zur mobilen Kantine schlenderte und mit dem Fräulein flirtete, das heiße Getränke und belegte Brote ausgab.

Zwanzig Minuten später war die Skymaster wieder in der Luft auf dem Weg nach Wiesbaden. Victor und Lejeune zogen sich für eine Einsatzbesprechung mit den Fluglotsen und dem Chef des Bodenpersonals in ihren Bauwagen zurück.

Die Hoheit über den Flughafen Tegel würde bei der französischen Armee liegen, die auch die deutschen Arbeiter und die Abfertigung der Waren koordinierte, während die Amerikaner den Flugbetrieb einschließlich der Flugsicherung überwachen sollten. Victor war zuversichtlich, den regulären Betrieb innerhalb von zwei Tagen aufnehmen zu können.

Doch dazu kam es nicht.

Am nächsten Tag fuhr er nach Tempelhof, um weitere Teile für die Funkausrüstung abzuholen. Er blickte auf, als einer der Piloten auf den Hangar zuging.

Aus Gründen der Effizienz waren die Piloten angehalten, in der Nähe ihrer Maschinen zu bleiben. Als Victor den jungen Mann erkannte, der da über das Rollfeld schlenderte, stöhnte er auf. Wer sonst hätte es sein können als Glenn?

„He, Mann, wie lebt es sich so in Berlin?"

„Das reinste Zuckerschlecken, wenn man sich gern von den Militärübungen der Sowjets in den Schlaf lullen lässt." Die Deutschen waren nicht die Einzigen, die sich vor der sowjetischen Militärpräsenz rund um Berlin fürchteten. Die kaum verhohlene Bedrohung zehrte an den Nerven aller und selbst General Harris war beim Lärm explodierender Artilleriegranaten unweit der amerikanischen Garnison unruhig geworden.

„Ach komm, so schlimm kann es nicht sein. Ich hab gehört, dass es 'ne Menge hübscher Fräuleins gibt, die nichts lieber tun, als einem amerikanischen Soldaten die Nacht zu versüßen." Glenn grinste. „Wirklich schade, dass wir nicht in die Stadt dürfen."

„Ich bin mir sicher, in Wiesbaden gibt es genauso viele Fräuleins, die man ins Bett bekommt." Victor drehte sich um und begutachtete den Inhalt einer weiteren Holzkiste, auf der wenig aussagekräftig *Tegel* stand. „Ich wüsste zu gerne, welches Genie da drüben für die Beschriftung der Kisten zuständig ist", murmelte er und hatte Glenn bereits vergessen.

„Tut mir leid, Mann, aber ich bin hier, um einen Brief abzugeben. Er ist für ein Mädchen, das im Café de Paris arbeitet. Weißt du, wo das ist?"

Victor horchte auf. „Das weiß hier jeder. Für wen ist der Brief denn?"

„Eine Sängerin namens Brunhilde von Sinnen."

Eifersucht überkam Victor mit nie dagewesener Wucht. Er hoffte inständig, Glenn würde keine intimen Details über eine frühere Beziehung mit Bruni preisgeben, denn ansonsten würde er hart an sich halten müssen, um ihm keinen Kinnhaken zu verpassen. „Kennst du sie?"

„Ich nicht, aber die Kleine, die ich ins Bett kriegen will, ist mit ihr befreundet."

Die Anspannung wich aus Victors Körper und Erleichterung machte sich in ihm breit. „Ich kann mich darum kümmern, dass sie den Brief bekommt; das Café de Paris ist nicht weit von Tegel entfernt."

Ein lauter Pfiff ertönte und Glenn zuckte mit den Schultern. „Ich muss zurück. Diese Hunde laden so schnell aus, dass wir nicht einmal Zeit zum Pinkeln haben." Dann zog er einen Umschlag aus der Tasche und reichte ihn Victor. „Versprich mir, dass du ihn Zaras Freundin gibst. Sonst komme ich nie zum Zug."

„Keine Sorge, ich kümmere mich heute Abend persönlich drum. Ich will ja nicht derjenige sein, der dir dein Sexleben ruiniert."

Glenn klopfte ihm auf den Rücken. „Danke, Mann."

Victor war gerade auf der Rückfahrt nach Tegel, als der Regenguss einsetzte. In der Hoffnung, den Bauwagen zu erreichen, bevor sich das Gelände vollends in Schlamm verwandelt hatte, raste er wie ein Wahnsinniger durch die sich bildenden Pfützen. Er parkte den Wagen vor dem Tower und eilte hinein.

„He, Bob, Steve, ich habe die Kiste mit den Funkgeräten dabei. Könnt ihr mir kurz helfen?"

Die beiden Mechaniker hatten schon auf ihn gewartet und gemeinsam hievten sie die schwere Kiste die Treppe hinauf, wo die Fluglotsen ihren Arbeitsbereich hatten.

„Ich sehe euch dann morgen, wenn wir den regulären Betrieb aufnehmen", sagte er und verließ das Gebäude wieder. Glücklicherweise hatte der Regen inzwischen nachgelassen. Nachdem er den Jeep zum Bauwagen zurückgebracht und Lejeune mitgeteilt hatte, dass er für heute Schluss machte, ging er die fünfzehn Minuten von Tegel zu Brunis Wohnung zu Fuß, Zaras Brief in der Brusttasche. Dunkel erinnerte er sich an eine schwarzhaarige Schönheit, die aussah wie Schneewittchen und für die Bruni während seines ersten Besuchs in Berlin eine Abschiedsfeier gegeben hatte. Er musste sich eingestehen, dass er zu diesem Zeitpunkt schon zu sehr in Bruni vernarrt gewesen war, um ihrer Freundin viel Aufmerksamkeit zu schenken. Trotzdem ging er fest davon aus, dass es sich um dieselbe Person handelte.

Unterwegs hörte der Regen ganz auf, doch nun bildete sich ein dichter Nebel. Er schaute zum Himmel und schüttelte besorgt den Kopf, denn das beständige Motorengeräusch war weg. Hoffentlich würde die Sicht am nächsten Tag den Landeanflug wieder erlauben.

Victor klopfte an die Wohnungstür und Bruni öffnete mit einem strahlenden Lächeln. Als er ihr figurbetontes Kleid sah, blieb ihm buchstäblich die Spucke weg und er spürte ein Ziehen im Unterleib. Von dieser Frau konnte er einfach nicht genug bekommen. Doch bevor er der Versuchung nachgab und über sie herfiel, erinnerte er sich an seinen Auftrag.

„Ich habe einen Brief für dich. Ein Pilot aus Wiesbaden hat ihn mir gegeben."

Bruni nahm den Brief mit einem Stirnrunzeln entgegen, aber als sie ihn umdrehte, quietschte sie vor Freude. „Er ist von Zara!"

„Ich nehme an, Zara ist eine Freundin?"

Bruni nickte. „Sie ist eine ganz liebe Freundin, eine bezaubernde Person. Marlene und ich haben uns solche Sorgen um sie gemacht, weil wir nichts von ihr gehört haben, seit sie Berlin verlassen hat. Und dann die Blockade ... Ich hoffe, ihr geht es gut."

Victor setzte sich im spärlich von zwei Kerzen beleuchteten Wohnzimmer auf das Sofa, um Bruni Zeit zu geben, den Brief zu lesen. Er genoss es eigentlich immer, sie zu betrachten. Doch wenn sie sich unbeobachtet fühlte, war sie ein ganz besonderer Augenschmaus: Ihr Körper schien weicher zu werden und ihre Miene spiegelte ihre Gefühlsregungen unverstellt wider.

Nun glühten ihre Wangen im Kerzenschein. Beim Lesen erschienen nacheinander Besorgnis, Entsetzen, Trauer und schließlich Erleichterung auf ihrem Gesicht. Er fragte sich, welche Neuigkeiten solch heftige Reaktionen bei ihr hervorriefen.

Als sie fertiggelesen hatte, ließ Bruni den Brief in den Schoß sinken und drehte den Kopf zu Victor. „Gott sei Dank, Zara geht es gut." Tränen stiegen ihr in die Augen. „Du wirst nicht glauben, was die Russen ihr Entsetzliches angetan haben. Ich kann mir gar nicht vorstellen, wie sie nach dieser Erfahrung noch so positiv klingen kann."

Victor eilte zu ihr und legte seinen Arm um ihre Schultern. Es war das erste Mal, dass er sie weinen sah, denn normalerweise war Bruni äußerlich so emotional wie ein Eisblock. Diese unbekannte Seite an ihr erschreckte und rührte ihn zugleich. Obwohl sie vorgab, niemanden lieben zu können, musste sie ihre Freundin Zara sehr fest ins Herz geschlossen haben, wenn sie wegen einer letztlich gut überstandenen Sache in Tränen ausbrach.

Brunis Schultern bebten, während sie in Victors Armen unkontrolliert schluchzte, bis sie ihn plötzlich wegstieß und mit hasserfüllten Augen ansah. „Ich hasse die Sowjets aus ganzem Herzen für das, was sie ihr angetan haben. Glaub mir, eines Tages werden sie dafür bezahlen!"

„Meine Süße, bitte beruhige dich."

Mit tränenerstickter Stimme erwiderte sie: „Wie kann ich mich beruhigen? Hier, lies selbst."

Victor nahm den Brief, obwohl er sich ein wenig unwohl dabei fühlte, Zaras private Zeilen zu lesen. Doch bald verwandelte sich sein Unbehagen in das dringende Bedürfnis, sich zu übergeben, um dann in blanker Wut zu gipfeln. Wäre in diesem Moment ein Russe in der Nähe gewesen, er hätte ihn weiß Gott zu Tode geprügelt.

Zaras Brief war bewusst vage gehalten, aber Victor hatte während des Kriegs genug Schreckliches erlebt, um die Lücken zu füllen.

„Sie ist jetzt in Sicherheit in Wiesbaden und das ist alles, was zählt." Er strich immer wieder über Brunis Rücken, um sie zu trösten.

„Das ist alles meine Schuld!", sagte sie niedergeschlagen.

„Wie kann das deine Schuld sein?"

„Weil ich sie dazu ermutigt habe, nach Wiesbaden zu gehen. Wenn sie nicht in diesem Zug gewesen wäre ..." Bruni ließ sich aufs Sofa zurückfallen und vergrub das Gesicht in ihren Händen.

„Vermutlich hatten es die Russen auf sie abgesehen, also wäre sie auch in Berlin verhaftet worden," sagte Victor.

„Aber nicht, wenn sie im amerikanischen Sektor geblieben wäre."

„Unsere Militärpolizei bemüht sich zwar, aber trotzdem schleusen die Sowjets immer noch ihre Schergen ein und entführen deutsche Bürger in Nacht-und-Nebel-Aktionen." Victor sah hilflos mit an, dass seine tröstenden Worte keine Wirkung zeigten. Deshalb tat er das Einzige, was ihm einfiel, und küsste Bruni auf den Mund.

Verzweifelt klammerte sie sich an ihn und erwiderte seinen Kuss, bis sie beide nach Atem rangen.

„Bring mich ins Bett", bat sie und er gehorchte gerne, nahm sie auf die Arme und trug sie ins Schlafzimmer. Ihr Liebesspiel war noch leidenschaftlicher als sonst. Zum ersten Mal spürte er, dass er einen Blick auf die wahre, unverfälschte und hemmungslose Version von Bruni erhascht hatte, die sie so sorgfältig vor allen Menschen außer ihren besten Freundinnen verbarg.

Viel später kuschelte sie sich an ihn und zog die warme Daunendecke hoch. „Danke. Das habe ich dringend gebraucht."

„Es war mir ein Vergnügen." Victor schwebte im siebten Himmel. Sie hatte es nicht bemerkt, aber heute Abend hatte sie ihm ihr wahres Ich offenbart und das machte ihn unglaublich glücklich. Viel glücklicher, als gut für ihn war.

„Zara hat Marlene und mir eine Bleibe angeboten, sollten wir Berlin jemals verlassen müssen." Sie drehte sich in seinen Armen, um ihn anzuschauen. Ihre wunderbaren, leuchtend blauen Augen waren erfüllt von Wehmut. Doch ihre nächste Frage traf ihn völlig unvorbereitet: „Geht das überhaupt?"

„Was meinst du?" Victor war sich nicht ganz sicher, worauf sie hinauswollte.

„Berlin zu verlassen. Ist das überhaupt möglich?"

„Eigentlich nicht. Man braucht einen speziellen Passierschein, um in einem der Flugzeuge mitgenommen zu werden. Und die sind sehr schwer zu bekommen." Er ließ unerwähnt, dass die Entscheidungsgewalt über diese Pässe bei General Harris persönlich lag und dass dieser noch nie einem normalen deutschen Bürger einen solchen bewilligt hatte. Harris hatte sogar verboten, dass Ehefrauen und Kinder amerikanischer Soldaten ausgeflogen wurden, weil er der Überzeugung war, dass die Sowjets dies als Schwäche ansehen und für ihre Propaganda ausnutzen würden.

Die einzigen Personen, die aus Berlin hinauskamen, waren – abgesehen von wichtigen Besuchern und Journalisten, die sich mit eigenen Augen ein Bild von der Lage in Berlin machen wollten – hochrangige Militärs wie Harris selbst oder Berliner Politiker auf Dienstreise.

Die Briten hingegen hatten damit begonnen, Hunderte der am schlimmsten unterernährten Kinder auszufliegen, damit sie von ihren Verwandten in den westlichen Zonen aufgepäppelt werden konnten. Doch Bruni war kein Kind und, obwohl sie ein paar Kilo abgenommen hatte, keineswegs unterernährt.

Sie seufzte. „Ich meine ja nicht jetzt sofort. Aber wie sieht es aus, wenn die Amerikaner Berlin verlassen? Kannst du mich dann hier rausholen?"

Obwohl ihre Bitte ziemlich egoistisch war, rührte sie ihn. „Meine Süße, sowohl General Harris als auch General Clay haben versprochen, die Berliner nicht im Stich zu lassen. Selbst Präsident Truman hat gesagt: ‚Wir sind und bleiben in Berlin. Basta.' Du brauchst dir also keine Sorgen zu machen."

Bruni biss sich auf die Unterlippe. „Aber was, wenn die Sowjets anfangen, eure Flugzeuge abzuschießen?"

„Das werden sie nicht, denn das bedeutet Krieg. Und sie wollen einen neuen Krieg noch viel weniger als wir."

„Da bin ich mir nicht so sicher."

„Es gibt wirklich keinen Grund zur Sorge." Er blickte ihr in die Augen, die so voller Angst waren, dass er sich nicht verkneifen konnte hinzuzufügen: „In dem höchst unwahrscheinlichen Fall, dass wir Berlin verlassen, werde ich einen Weg finden, dich herauszuholen."

„Versprochen?" In Brunis Augen glomm ein Hoffnungsschimmer.

„Versprochen." Er hatte keine Ahnung, wie er das anstellen sollte, aber er verließ sich darauf, dass es nie so weit kam.

32

BRUNI

November 1948

Ein hartnäckiger Nebel legte sich über die Stadt und mit ihm eine deutlich wahrnehmbare Anspannung.

Bruni war froh über ihren Pelzmantel, in dem sie dem nasskalten Wetter mit dichtem Nebel, Eis und Schneeregen trotzte. Aufgrund der widrigen Bedingungen waren die öffentlichen Verkehrsmittel vollends zum Erliegen gekommen, einschließlich – was um einiges schlimmer war – des Flugverkehrs. Seit zehn Tagen konnten keine Frachtmaschinen mehr landen.

Selbst der stets optimistische Victor machte ein mürrisches Gesicht. Bruni wusste, dass er unbedingt seinen Flughafen in Betrieb nehmen wollte – ein Wunsch, den er mit allen Bürgern Berlins teilte.

„He, Bruni, du siehst furchtbar aus. Hier, nimm das." Der Koch reichte ihr einen Teller heiße Suppe, als sie mit zerzaustem Haar im Café de Paris eintraf.

„Danke. Ich wünschte, der Winter wäre endlich vorbei."

Er lachte. „Der hat noch nicht mal angefangen. Aber hast du schon gehört? Sokolow wird sich im Radio an die Bevölkerung wenden."

196

Bruni zuckte mit den Schultern. „Welche Lügen will er uns diesmal auftischen?" Es war verlorene Liebesmüh, bei den Sowjets auf ein Fünkchen Wahrheit zu hoffen.

Die Wahl zur Stadtverordnetenversammlung stand kurz bevor, was die bestehenden Spannungen zwischen Ost und West weiter verstärkte. General Sokolow hatte gnädigerweise zugestimmt, Wahlen in ganz Berlin zuzulassen. Dies allerdings unter der Bedingung, dass Organisationen wie der Freie Deutsche Gewerkschaftsbund und der Kulturbund, die in Ostdeutschland angesiedelt und im Westteil verboten waren, für die Wahlen zugelassen würden.

Bruni ahnte, dass es sich um eins von Sokolows üblichen Spielchen handelte, denn er wusste genau, dass die Westmächte dem niemals zustimmen würden. Als die Oberbürgermeisterin seine Bedingung als reine Schikane bezeichnete, antworteten die Sowjets prompt: Sie zerrten Louise Schröder sowie mehrere andere deutsche Politiker vor ein sowjetisches Militärtribunal und klagten sie der Kriegstreiberei an.

Als Bruni im Radio davon hörte, hätte sie fast ihren Kaffee verschüttet. Ausgerechnet die Leute, die ständig unnötige Feldmanöver direkt an den Grenzen zu den Berliner Westsektoren abhielten sowie amerikanische und britische Flugzeuge in den Korridoren drangsalierten, beschuldigten diejenigen der Kriegshetze, die ihnen vorwarfen, freie Wahlen untergraben zu wollen?

„Pst", zischte eine der Kellnerinnen und drehte das Radio lauter.

General Sokolow sagte ein paar Grußworte auf Deutsch und übergab dann an den Radiosprecher, der die vorbereitete Rede verlas.

„An alle Männer, Frauen und Kinder, die in Berlin leben, insbesondere diejenigen im amerikanischen, britischen und französischen Sektor, Moskau hat euch nicht vergessen. Wir haben euer Leid gesehen."

„Ein Leid, das ihr verursacht habt", murmelte jemand.

„Wir reichen euch die Hand der Freundschaft. Wir wissen, dass die westlichen Alliierten euch nicht ernähren können. Ihre Versorgungsflugzeuge kommen nicht mehr und bald werden auch ihre Truppen abziehen. Die Kohlevorräte sind bereits erschöpft und auch die Milch für eure Säuglinge ist so gut wie aufgebraucht. Aber ihr braucht nicht zu verzweifeln, eure Kinder müssen nicht darben, denn das sowjetische Volk bietet euch, unseren Brüdern und Schwestern, die Nahrung an, die eure Unterdrücker euch vorenthalten."

„Mein Gott, das ist wirklich bühnentauglich!", rief Bruni, woraufhin ein mehrstimmiges *Pst* ertönte. Ihre Kollegen klebten förmlich am Radio, um zu hören, was der sowjetische Kommandant zu sagen hatte.

„Wir wenden uns an alle gerechten Mütter, die ihre Kinder nicht verhungern lassen wollen; wir wenden uns an die ehrlichen Arbeiter, die ihre Familien versorgen wollen; und wir wenden uns an alle Berliner, die auf der Seite des Friedens stehen: Ihr alle seid eingeladen, zu den Meldestellen im Ostsektor zu kommen. Gegen Registrierung erhaltet ihr einen Laib Brot und Lebensmittelkarten, mit denen ihr in jedem unserer reichhaltig bestückten Geschäfte einkaufen könnt."

„Und wo ist der Haken?", fragte Gabi.

„Der Haken ist, dass man nicht mehr zur Wahl gehen kann, sobald man im Osten registriert ist, weil nur die westlichen Sektoren freie Wahlen zugelassen haben", antwortete der Koch.

„Pah. Wen kümmern die Wahlen, wenn man tot ist? Ich habe mich jedenfalls bei den Sowjets angemeldet. Die beste Entscheidung, die ich je getroffen habe", sagte Sally.

„Wie konntest du nur?" Bruni starrte sie ungläubig an, aber Sally zuckte nur mit den Schultern.

„Ich muss ein Baby versorgen und du hast doch gehört, was Sokolow gesagt hat: Die Amerikaner haben keine Milch für unsere Säuglinge. Erwartest du wirklich, dass ich meinen kleinen Liebling wegen politischer Machtkämpfe elendiglich verhungern lasse?"

„Sokolow lügt", sagte der Koch. „Das Café kann keine Milch

kaufen, weil die Amerikaner sie nur an Familien mit Kindern unter drei Jahren ausgeben. Mein Neffe arbeitet im Depot in Gatow. Dort lagern genug Vorräte, um uns alle mindestens zwanzig Tage lang zu ernähren."

„Und dann? Wie geht es nach den zwanzig Tagen weiter?", fragte ein junges blondes Mädchen namens Clara.

„Dann können wir immer noch anfangen, uns Sorgen zu machen." Der Koch war wie immer die Ruhe selbst. Bruni vermutete, dass er während seiner Zeit bei der Wehrmacht weit Schlimmeres erlebt hatte.

„Aber dann ist es zu spät, etwas zu tun!", brach Clara nun in Tränen aus. „Ich muss doch mein Muckelchen füttern!"

„Clara, beruhige dich."

Dicke Tränen kullerten der jungen Frau übers hektisch gerötete Gesicht. „Ich muss das machen", weinte sie, „das ist die einzige Möglichkeit. Ihr könnt von mir doch nicht erwarten, dass ich mein eigenes Kind töte, oder?"

Bruni fand, dass das Mädchen furchtbar übertrieb. Der Koch hatte wahrscheinlich recht. Abwarten schadete nicht. Wenn es hart auf hart käme, könnte Clara immer noch vor den Sowjets zu Kreuze kriechen. Diese letzte Option hatten sie alle.

Nachdem Clara in die Kälte zurückgehetzt war, herrschte Schweigen in der kleinen Gruppe, bis jemand murmelte: „Das arme Ding."

33

VICTOR

Victor war nicht der Einzige, den der Stress plagte. Auch der sonst so entspannte Lejeune fuhr bei jeder Kleinigkeit aus der Haut und schrie die französischen Soldaten wie die deutschen Arbeiter gleichermaßen an.

Victor schaute auf den Kalender im Bauwagen und strich einen weiteren Tag aus. „Verflixt noch mal! Fünfzehn verdammte Tage, seit das letzte Flugzeug gelandet ist!"

„Ich brauche dringend das neue Schweißgerät." James zündete eine Zigarette an der alten an und blies den Rauch in die Luft. In den letzten Tagen hatte sein Kettenrauchen übermenschliche Ausmaße angenommen und fast erwartete Victor, dass er anfangen würde, sich in jeden Mundwinkel eine Zigarette zu stecken.

„Ich brauche Stahl für den Tower und ..." Victor fuhr sich mit der Hand durch die Haare. Wenn sich das Wetter nicht bald besserte, würden sie noch ganz andere, viel schlimmere Probleme bekommen, als dass die Flughafengebäude nicht fertig wurden. Zum Beispiel zwei Millionen verhungerte oder erfrorene Menschen.

Verärgert stand er vom Schreibtisch auf und trat hinaus in den kalten, undurchdringlichen Nebel, in dem er kaum die eigene

Hand vor Augen sah. Er wusste, dass die Mannschaft in diesem Moment die Landebahnlampen testete, aber nicht der geringste Lichtschimmer drang durch die graue Suppe.

Mehr aus dem Gedächtnis als nach Sicht ging er zum fast fertigen Tower. Wenn doch nur ein steifer Ostwind aufkäme und den dicken Nebel wegfegte. Sein Fehlen war für Berlin Segen und Fluch zugleich: Einerseits brachte die Brise klare Sicht, andererseits Schnee und Eis. Nur den milden Temperaturen war es zu verdanken, dass bisher niemand erfroren war.

Doch nur wenn sich das Wetter endlich besserte, konnten die Westmächte Lebensmittel und Kohle einfliegen, die so dringend benötigt wurden. Es war eine ausweglose Zwickmühle und an alldem waren die Sowjets schuld. Er ballte die Fäuste und hob sie vors Gesicht, als würde er gegen einen unsichtbaren Russen kämpfen.

Obwohl die amerikanische Garnison nicht unter demselben Mangel litt wie die deutsche Zivilbevölkerung, schlug die andauernde triste Dunkelheit, von den Berlinern *November* genannt, jedem aufs Gemüt.

Victor selbst stammte aus dem ländlichen Montana, wo strenge Winter mit viel Schnee die Regel waren, nicht jedoch der undurchdringliche Nebel. Die ständige Dunkelheit, verstärkt durch das Fehlen von künstlichem Licht aufgrund der Stromengpässe, zehrte an seinen Nerven.

Wenn man Bruni Glauben schenken durfte, und sie übertrieb selten, war der Winter im Jahr zuvor besonders bitter gewesen: Tausende von Berlinern waren erfroren. So gesehen war der Nebel möglicherweise doch die bessere Alternative.

Ein- oder zweimal am Tag trotzte ein besonders waghalsiger Pilot den Elementen, schaffte es durch die graue Suppe und landete in der Stadt. Anflüge auf Gatow hatten eine etwas höhere Erfolgsquote, weil die Landung dort draußen viel einfacher war als in Tempelhof, der direkt im Zentrum lag.

Inmitten dieser Misere hatte General Harris eine Entscheidung von großer Tragweite getroffen und angeordnet, dass bis auf

Weiteres ausschließlich Kohle eingeflogen wurde. Dies ging zwar auf Kosten des Nachschubs an Lebensmitteln, aber die Menschen konnten einige Tage ohne Essen auskommen, während sie ohne Kohle innerhalb von Stunden erfrieren würden.

Natürlich war nicht jeder mit dieser Entscheidung einverstanden. Victor hingegen hatte keinen Zweifel an der Intelligenz seines Vorgesetzten und berichtete ihm weiterhin zweimal wöchentlich über die ausbleibenden Fortschritte in Tegel. Jedes Mal, wenn er Harris' Büro betrat, war der General über Karten, Diagramme und Kalkulationen gebeugt. Gemeinsam mit einer Gruppe von Ernährungsexperten feilte er an den Bedürfnissen der hungernden Bevölkerung.

Seine Leute hatten den Kalorienbedarf eines Menschen bis auf die letzte Kommastelle berechnet und überlegten sich immer wieder raffinierte Methoden, um Frachtraum und Gewicht zu sparen, sodass mit derselben Anzahl von Flugzeugen mehr Nährstoffe eingeflogen werden konnten.

Viertausend Tonnen pro Tag waren das absolute Minimum, um zwei Millionen Menschen gerade so am Leben zu halten. Wenn die Flugunterbrechung noch lange dauerte, würde es unweigerlich zu einer Katastrophe führen.

Mit jedem Tag, der verging, grub die Sorge vor einer ausgedehnten Periode schlechten Flugwetters tiefere Furchen in das Gesicht des Generals, der sich mit aller Kraft dagegen wehrte, die ohnehin schon mickrigen Rationen weiter kürzen zu müssen.

Denn das wäre verhängnisvoll.

Doch weder Harris noch Victor gaben die Hoffnung auf. Wenn man den deutschen Arbeitern in Tegel glauben durfte, hatte es noch nie ein Jahr gegeben, in dem sich der Novembernebel nicht spätestens im Dezember aufgelöst hatte. Victor betete, dass sie recht behielten.

Gleichzeitig arbeiteten die Ingenieure in Wiesbaden und in den USA fieberhaft an einem besseren und leistungsfähigeren Radarsystem, das es den Flugzeugen endlich ermöglichen würde, bei praktisch jedem Wetter zu landen. Dann würden sie den

Sowjets und ihrer menschenverachtenden Blockade eine lange Nase machen.

Zwei Tage später lichtete sich der Nebel und die Flugzeuge kamen endlich zurück. Als die ersten Formationen auf allen drei Flughäfen landeten, meinte Victor, einen Seufzer der Erleichterung durch die Stadt gehen zu hören.

Der Betrieb in Tegel lief mit nur kleinen Pannen bald auf Hochtouren und Victors Arbeit in Berlin war so gut wie erledigt. Er fühlte sich wunderbar beschwingt – vermischt mit einem Wermutstropfen. Berlin zu verlassen, würde auch bedeuten, Bruni zu verlassen. Trotz seiner guten Vorsätze hatte er sich Hals über Kopf in sie verliebt.

Bei einer seiner telefonischen Besprechungen fragte er General Tunner nach den nächsten Schritten.

„Richards, Sie haben in Tegel großartige Arbeit geleistet und ich habe Ihre Bitte, in die Staaten zurückzukehren, nicht vergessen. Ich möchte aber, dass Sie bis Jahresende bleiben und sicherstellen, dass der Betrieb reibungslos weiterläuft."

„Jawohl, Sir." Victor war enttäuscht und glücklich zugleich.

„General Harris hat vorgeschlagen, Sie bei der offiziellen Einweihung von Tegel noch einmal zu befördern, damit Sie als Second Lieutenant heimkehren können."

„Danke, Sir." Victor war stolz auf das, was er erreicht hatte und auf die unerwartete zweite Beförderung in so kurzer Zeit. Doch völlig ungetrübt war sein Glück nicht.

Bruni hatte sehr deutlich gemacht, dass sie einen Offizier wollte und keinen einfachen Soldaten. Nach der Beförderung wäre er endlich einer. In einem Anfall von Sturheit beschloss er jedoch, ihr davon nichts zu sagen. Wenn sie ihn nicht um seiner selbst willen liebte, hatte sie es nicht verdient, davon zu erfahren.

„Ist das machbar?" Tunners Stimme holte ihn in die Gegenwart zurück.

„Es tut mir sehr leid, Sir, aber die Leitung war für etwa zehn Sekunden tot. Könnten Sie bitte wiederholen, was Sie gesagt haben?"

Tunner teilte ihm die Pläne für die bevorstehende offizielle Eröffnung des Flughafens Tegel mit und gab ihm Anweisungen, eine Veranstaltung für die geladenen Gäste zu organisieren.

„Jawohl, Sir, das ist überhaupt kein Problem. Jetzt, da die Bauarbeiten abgeschlossen sind, können wir die Ressourcen nutzen, um die Eröffnung vorzubereiten, und gleichzeitig die maximale Kapazität aufrechterhalten."

„Prima. Dann sehen wir uns in einer Woche vor Ort." Tunner legte auf und ließ Victor in einem merkwürdigen Gemütszustand zurück.

In einer Woche würde sein Herzensprojekt offiziell der Welt vorgestellt und er befördert werden. Und vier Wochen später wäre er auf dem Weg zurück in die Staaten.

Er war am Ziel seiner Träume – bis auf eine winzig kleine Sache ...

3 4

BRUNI

Bruni wartete voller Vorfreude auf den Tag der Eröffnungsfeier, für die sie und Marlene eine Einladung von Victor bekommen hatten. Die amtierende Oberbürgermeisterin Louise Schröder sollte eine Rede halten, ebenso wie die drei westlichen Kommandanten, die Generale Harris, Ganeval und Herbert.

Der Stabschef der angloamerikanischen Luftbrücke General Tunner würde ebenfalls der Veranstaltung beiwohnen. Im tristen Berlin war es eine willkommene Gelegenheit zum Feiern.

Bruni überlegte hin und her, was sie anziehen sollte, und entschied sich schließlich für ein schlichtes, figurbetontes dunkelgrünes Ensemble mit taillierter Jacke und einem Bleistiftrock, der etwa zwei Zentimeter unter dem Knie endete. Sie hätte etwas Auffälligeres wählen können, hielt das dezente Kostüm aber für angemessener in einer Stadt, in der es an allem mangelte.

Zum Ausgleich für die schmucklose Aufmachung arrangierte sie ihre platinblonden Locken gekonnt ums Gesicht. Dann wendete sie all ihr Können auf, um ihre Wimpern länger und dichter erscheinen zu lassen und dabei die theatralische Wirkung sorgfältig zu vermeiden, auf die sie sonst für ihre Bühnenauftritte abzielte.

Dies war die Gelegenheit, sich als respektable Frau zu zeigen, als beliebte Entertainerin, die ihrem Idol Marlene Dietrich in nichts nachstand. Als Frau, mit der selbst die hohen Tiere öffentlich bekannt sein wollten.

Schon seit geraumer Zeit nagte es an ihr, dass außer Fjodor alle Offiziere, mit denen sie etwas gehabt hatte, sich mehr oder weniger heimlich mit ihr getroffen und die Verbindung zu ihr nie öffentlich eingeräumt hatten. Selbst Victor, der wie ein Hündchen an ihr hing, hatte sie bisher nicht als seine offizielle Freundin vorgestellt.

So wolltest du es schließlich: ohne jegliche Verpflichtung. Weißt du nicht mehr?, wies ihre innere Stimme sie zurecht.

Ja, viele Jahre hatte sie so gelebt, aber in den letzten Monaten hatte Victor das Eis um ihr Herz Stück für Stück abgetragen und ihre Entschlossenheit, ihn nur als *Geschäftsbeziehung* zu betrachten, langsam dahinschmelzen lassen.

Sie seufzte und trug zartrosa Lippenstift auf. Es war schön und gut, von der wahren Liebe zu träumen, aber im echten Leben führte das nur zu unnötigem Herzschmerz. In dem Moment, in dem man einem Mann vertraute, wurde man von ihm ausgenutzt oder zumindest benutzt. Oh, nein, sie hatte nicht vor, sich jemals wieder das Herz brechen zu lassen, um es dann mühsam wieder kitten zu müssen.

Mit diesem Gedanken im Hinterkopf setzte sie einen passenden Hut auf und schnappte sich Handschuhe, Mantel und Handtasche. Sie war gerade dabei, sich ein letztes Mal im Spiegel zu begutachten, als es an der Tür klopfte.

„Hallo, Marlene." Bruni gab ihrer Freundin auf beide Wangen einen Luftkuss. Marlene trug ihr schönstes Kleid – ein Erbstück von Bruni – und sah genauso aufgeregt aus, wie Bruni sich fühlte.

„Du siehst umwerfend aus, so ... staatsmännisch. Du könntest glatt unsere nächste Oberbürgermeisterin werden", sagte Marlene.

„Um Himmels willen, bloß nicht! Mir den ganzen Tag

langweilige Diskussionen im Magistrat anzuhören, ist nicht mein Ding."

Marlene lachte. „Ist das deine Vorstellung davon, was eine Oberbürgermeisterin so macht?" Dann sah sie sich um. „Kommt Victor nicht mit?"

„Nein, er kann uns leider nicht abholen. Er ist seit dem frühen Morgen damit beschäftigt, die letzten Vorbereitungen zu überwachen. Wir werden zu Fuß gehen müssen, aber es sind nur zwanzig Minuten."

„Es ist mir schleierhaft, wie du in den Dingern überhaupt laufen kannst", sagte Marlene mit einem bezeichnenden Blick von ihren festen Schuhen auf Brunis hohe Absätze.

„Übung macht den Meister. Komm, lass uns gehen."

Auf dem Weg zum Flughafen tauschten sie den neuesten Klatsch aus, unterhielten sich darüber, wie es Zara in Wiesbaden erging, und überlegten, ob der Pilot, der Victor den Brief gegeben hatte, wohl ihr fester Freund war.

„Nein, das sieht Zara gar nicht ähnlich", meinte Marlene. „Du weißt doch, dass sie einen großen Bogen um Uniformen macht."

„Das mag ja sein, aber wenn der Mann, der drinsteckt, nur charmant genug ist, meinst du, sie würde trotzdem widerstehen?"

„Komm schon, Bruni. Nicht jeder ist so wie du."

Bruni lachte. „Das will ich doch hoffen. Das würde unsere Welt ganz schön durcheinanderbringen, nicht wahr?"

„Apropos Männer, was ist mit dir und Victor?" Marlene sagte es leichthin, aber Bruni spürte die Neugier hinter ihren Worten.

„Du kennst mich doch. Es ist nichts Ernstes zwischen uns. Er ist überhaupt nicht mein Typ und wie alle Soldaten hat er wahrscheinlich eine Frau zu Hause."

Marlene blieb wie angewurzelt stehen und rief: „Hast du ihn denn gar nicht gefragt?"

Natürlich hatte Bruni ihn gefragt, würde das aber um keinen Preis der Welt zugeben. Sie drehte sich zu Marlene um: „Wieso sollte ich? Da ist nichts Emotionales zwischen uns, sondern das ist eine reine Zweckbeziehung."

„Und das soll ich dir glauben?"

Bruni zuckte mit den Schultern und ging weiter. „Wie kommst du darauf, dass ich mich plötzlich geändert habe und mein Herz an einen Mann verliere?"

„Weil deine Stimme ganz weich wird, wenn du von ihm sprichst. Und wegen der Art, wie du ihn ansiehst. Du kannst dir gerne selbst was vormachen, aber mich täuschen Sie nicht, Fräulein von Sinnen! Dazu kenne ich dich schon viel zu lange."

Bruni war nicht bereit, auch nur in Betracht zu ziehen, dass Marlene recht haben könnte, deshalb wechselte sie schnell das Thema. „Glaubst du, dass die Amerikaner in der Lage sein werden, uns den ganzen Winter über zu versorgen, jetzt da es drei Flughäfen in der Stadt gibt?"

Marlene zuckte mit den Schultern, als wollte sie sagen, dass sie nicht weiter nachbohren würde, wenn Bruni nicht über Victor sprechen wollte. „Das hoffe ich doch, genauso wie ich hoffe, dass General Winter die Seiten gewechselt hat." In Berlin kannte jeder den Witz über die drei unbesiegten Generale: den polnischen General Matsch, den russischen General Winter und den amerikanischen General Distanz.

Sie kamen am Flughafen an, zeigten ihre Einladungen vor und wurden in den abgesperrten Bereich für Presse und Besucher geführt. Bruni machte sich nicht viel aus den Reden und all den Lobpreisungen für die Beteiligten, sodass sie froh war, als der offizielle Teil endete und sie Victor auf sich zukommen sah.

Er schüttelte erst Marlenes, dann ihre Hand und schenkte ihr das umwerfende Lächeln, das ihr jedes Mal die Knie weich werden ließ. Er küsste sie jedoch nicht. Brunis Herz zog sich zusammen.

„Wie hat euch der Festakt gefallen?", fragte er.

„Es war wunderbar und Sie können sich nicht vorstellen, wie dankbar wir alle in Berlin den Amerikanern sind!", erwiderte Marlene anmutig, aber Bruni warf ihm nur einen wütenden Blick zu.

Victor beugte sich vor und flüsterte Bruni ins Ohr: „Es tut mir leid, meine Schöne, dass ich dich nicht abholen konnte."

Glaubte er wirklich, das war der Grund, warum sie sauer auf ihn war? Na gut, vielleicht deshalb auch, aber es war bestimmt nicht der Hauptgrund.

„Es gibt einen kleinen Empfang mit Häppchen und ihr seid eingeladen", sagte Victor zu den beiden.

Marlene grinste. „Wenn es was zu essen gibt, bin ich dabei."

Bruni wollte ein missmutiges Gesicht machen, aber eine Einladung zum Essen abzulehnen, wäre schlichtweg dumm gewesen. Also zwang sie sich zu einem Lächeln und folgte ihm.

Nachdem er etwa eine halbe Stunde mit allen wichtigen Leuten gesprochen hatte, schlich sich Victor an sie heran und flüsterte: „Lass uns von hier verschwinden."

Sie sah ihn an und sein verliebter Ausdruck fegte ihre Enttäuschung beiseite. „Musst du nicht hierbleiben?"

„Nein. Außerdem bin ich viel lieber bei dir."

Brunis Herzschlag beschleunigte sich und Wärme strömte durch ihre Adern. Sie verabschiedete sich von Marlene und keine halbe Stunde später fielen sie und Victor eng umschlungen in ihre kleine Wohnung.

„Möchtest du etwas trinken?", fragte sie.

Victor schüttelte den Kopf und schob sie Richtung Schlafzimmer. „Ich glaube, du weißt, was ich will."

Bruni liebte das neckische Glitzern in seinen Augen und winkte ihn verführerisch ins Zimmer. „Oh ja, das tue ich." Eine Melodie summend, bewegte sie sich durch den Raum und legte ein Kleidungsstück nach dem anderen ab, bis sie nur noch in hochhackigen Schuhen, Unterwäsche und Strümpfen, die von Strapsen und einem Strumpfgürtel gehalten wurden, vor ihm stand.

„Du bist so wunderschön", flüsterte Victor, als er sie in seine Arme zog. „Lass mich den Rest ausziehen."

Bruni nickte und schlang ihre Arme um seinen Hals, damit er sie zum Bett trug.

Als sie viel später eng umschlungen nebeneinanderlagen, dachte Bruni darüber nach, dass sie vielleicht ihre eiserne Regel, keine Gefühle zu erlauben, noch einmal überdenken sollte. Sie war noch nie verliebt gewesen, aber das, was sie für und mit Victor empfand, musste dem nahekommen. Es war ganz anders als alles, was sie jemals zuvor erlebt hatte.

„Bist du wach?", fragte sie.

„Ja. Ich kann nicht schlafen." Victor strich ihr mit der Hand über den Rücken, seufzte und hob Brunis Kinn, damit sie ihn ansah.

„Was ist los?", wollte sie wissen.

„Der Flughafen ist fertig."

„Du hast grandiose Arbeit geleistet", strahlte sie ihn an. „Ich war heute sehr stolz auf dich."

„Danke. Ich hatte eine Vereinbarung mit General Tunner. Er wird meine Entlassungspapiere unterschreiben, sobald meine Arbeit hier beendet ist." Seine Stimme klang angespannt.

Es dauerte einen Moment, bis die Bedeutung seiner Worte in ihre grauen Zellen sickerte, aber dann hatte Bruni das Gefühl, als würde ihre Welt aus den Fugen geraten. „Du gehst weg?"

„Zum Jahresende. Ich werde zurück in die Staaten versetzt."

Sie riss sich von ihm los, griff nach der Daunendecke und wickelte sie fest um sich. „Wie kannst du mir so etwas antun?"

Victor setzte sich auf und fuhr sich mit einer Hand irritiert durchs Haar. Im Mondlicht, das durchs Fenster fiel, konnte sie nur seine Silhouette sehen. Er glitt vom Bett und tastete nach Streichhölzern und Kerzen.

„Bruni, hör zu. Du wusstest, dass dieser Tag kommen würde."

Sie war aus dem Bett geflohen und stand vor Wut bebend am Fenster. Er machte einen Schritt auf sie zu, aber sie drehte sich zornig zu ihm um und schrie: „Lass mich einfach in Ruhe!"

„Warum bist du so aufgebracht? Du machst dir doch gar nichts aus mir. Weißt du noch?"

Bruni hob einen Schuh vom Boden auf und warf ihn nach Victor. „Nimm deine Sachen und hau ab!"

„Du willst, dass ich mitten in der Nacht gehe?"

„Ja. Sofort. Und lass dich hier bloß nicht noch mal blicken." Sie wusste, dass sie überreagierte, aber nachdem sie sich endlich eingestanden hatte, dass sie echte Gefühle für ihn hegte, ließ er sie im Stich?

Sie hatte es die ganze Zeit gewusst! Die Männer waren alle gleich! Wenn man ihnen sein Herz schenkte, trampelten sie darauf herum.

VICTOR

Victor war sprachlos. Da Bruni immer darauf bestanden hatte, dass ihre Beziehung rein geschäftlich war und nichts mit echten Gefühlen zu tun hatte, war er auf eine so heftige Reaktion nicht vorbereitet.

Die ganze Zeit über hatte sie gewusst, dass er Berlin nach Fertigstellung des Flughafens verlassen würde, um nach Wiesbaden oder in die Staaten zurückzukehren. Wohin er ging, sollte für sie keinen Unterschied machen, denn in einer abgeriegelten Stadt war jede Entfernung unüberwindbar.

Mit einem verwirrten Blick auf die wutschnaubende Frau, die am Fenster stand und ihn düster anstarrte, sammelte er schnell seine Kleidung zusammen und verließ das Schlafzimmer, um sich in der Küche anzuziehen. Sie war zwar alles andere als treffsicher, aber er wollte nicht riskieren, dass sie auch den zweiten Schuh nach ihm warf und ihn zufällig mit dem tückischen Pfennigabsatz traf.

Er ärgerte sich mehr über sich selbst als über sie. Er hatte gedacht, es würde sie erleichtern, wenn er ihr von seiner baldigen Abreise erzählte. Stattdessen führte sie sich auf wie eine verschmähte Liebhaberin. Grübelnd zog er sich an und seine Hand lag bereits auf der Türklinke, als ihm der Grund für ihren Ausbruch bewusst wurde. *Sie liebt mich.*

Der Schock dieser Erkenntnis ließ ihn zusammenklappen wie ein Schlag in die Magengrube. Er sank auf den wackligen Stuhl im Flur und starrte die Wand an. *Sie liebt mich.* Immerzu wiederholte er diese Worte in seinem Kopf.

Obwohl sie sich weigerte, das Offensichtliche zu sehen, ließ es sich nicht mehr leugnen. Langsam schlich sich ein Lächeln über sein Gesicht und erstreckte sich von Ohr zu Ohr. Bruni war völlig anders, als er sich seine Traumfrau immer ausgemalt hatte, aber, verdammt noch mal, er liebte sie auch!

Er warf einen Blick auf die Wohnungstür, aber nun zu gehen, käme einer Kapitulation gleich. Und wenn es eines gab, das Victor verabscheute, dann die Segel ohne einen guten Kampf zu streichen. Offenbar war es an der Zeit, für das zu kämpfen, was er wirklich wollte: Bruni.

Ohne einen guten Plan, was er ihr sagen sollte, stand er auf und ging zurück zum Schlafzimmer. Er klopfte an die Tür, aber sie antwortete nicht, also drückte er die Klinke herunter. Eine herzerweichende Szene spielte sich dort ab: Diese wunderschöne Frau lag auf dem Bett, das Gesicht in ein Kissen vergraben, die Hände in die Laken gekrallt, und weinte hemmungslos.

Seinetwegen.

Er ging zu ihr und legte ihr eine Hand auf den Rücken. „Meine Süße, bitte hör auf zu weinen und sprich mit mir."

„Warum bist du noch hier?", schniefte sie in die Bettwäsche.

„Weil du mir wichtig bist. Ich wollte nicht einfach so gehen. Bitte sprich mit mir."

„Du hast doch schon alles gesagt, was es zu sagen gibt." Sie setzte sich auf, um etwas Abstand zwischen sich und ihn zu bringen.

„Noch lange nicht." Er griff nach ihr und zog sie auf seinen Schoß, ohne auf ihre Proteste zu achten. „Mir war nicht klar, wie viel ich dir bedeute."

„Tust du nicht."

„Doch, tue ich, sonst würdest du dich nicht so aufregen. Ich kann auch den Anfang machen, wenn es dann einfacher für dich ist." Victor drehte ihr Gesicht zu sich, wischte mit dem Daumen die Tränen weg und küsste sie dann sanft. „Ich liebe dich. Schon eine ganze Weile, aber ich hatte Angst, es dir zu sagen. Ich hatte Angst, dass du mich auslachen würdest, weil du immer gesagt hast, ich sei nur ein angenehmer Zeitvertreib und dass dein Herz niemals einem Mann gehören kann."

Bruni sah ihn an und errötete. „Ich habe das gesagt, weil ich immer so empfunden habe. Aber dann bist du aufgetaucht. Die ganze Sache hat in mir Panik ausgelöst. Ich bin nicht gut im Umgang mit Gefühlen. Es tut mir leid."

„Das braucht es nicht." Victors Herz frohlockte, aber er wollte es aus ihrem Mund hören. „Heißt das, du empfindest etwas für mich?"

Sie nickte und streichelte dann seine Wange. „Ich glaube, ich liebe dich. Der Gedanke, dich nie wiederzusehen, hat mir das Herz zerrissen. Wenn das Liebe ist, dann liebe ich dich." Er senkte den Kopf und küsste sie mit der ganzen Leidenschaft, zu der er fähig war.

„Wie geht es jetzt weiter?", fragte er, als sie Atem holten.

„Ich weiß nicht." Ihre Augen trübten sich vor Verzweiflung.

„Komm mit mir!"

„Wie soll das gehen? Falls du es noch nicht bemerkt hast: Es gibt da so ein klitzekleines Blockädchen."

Er konnte sich ein Schmunzeln nicht verkneifen. Das war sein Mädchen; nie verlor sie ihren trockenen Humor.

„Nun, ja, es stimmt, das ist ein kleines Problem, aber ..." Ein Gedanke kam ihm in den Sinn. Es gab eigentlich nur eine Möglichkeit, dieses Problem aus der Welt zu schaffen. Aber waren sie beide bereit für eine so folgenschwere Entscheidung?

Er betrachtete ihr liebliches Gesicht, ihre schimmernden blauen Augen und erinnerte sich plötzlich an die Geschichte eines amerikanischen Soldaten, der eine Deutsche geheiratet und sie mit in die Staaten genommen hatte, nur um festzustellen, dass dort bereits ein Ehemann auf sie wartete.

Nein, so etwas wäre nicht Brunis Stil. Seinem Bauchgefühl folgend sagte er: „Ich kann darum bitten, weiter in Berlin stationiert zu bleiben, aber dann müsste ich auf die versprochene Beförderung verzichten, die ich nach meiner Rückkehr in die Staaten erhalte." Auf diese raffinierte Weise wollte er herausfinden, ob sie auch dann bei ihm bleiben würde, wenn er weiterhin nur ein einfacher Soldat war.

„Ich kann das unmöglich von dir verlangen", sagte sie und schmiegte sich enger an ihn. „Du hast so lange auf diese Beförderung gewartet und wenn einer sie verdient, dann du. Ohne dich wäre Tegel immer noch eine Matschpfütze!"

„Du willst wirklich hierbleiben?" Er küsste sie erneut.

Sie schaute ihn misstrauisch an. „Sagst du das nur, um dein Gewissen zu beruhigen, weil du mich in dieser verfluchten Stadt zurücklässt?"

Mit dieser Anschuldigung hatte er nicht gerechnet. „Ich? Nein, ich möchte mit dir zusammen sein. Ich liebe dich."

Bruni schien nicht überzeugt zu sein, was ihm unverständlich war. Nachdem sie die ganze Zeit so getan hatte, als würde sie sich nichts aus ihm machen, glaubte sie nun, dass er nur mit ihr spielte? Was war das für eine verdrehte Denkweise?

„Meine Süße. Das ist ganz und gar nicht der Fall, glaub mir."

Sie stieß sich von ihm ab. „Immer wenn ein Mann sagt: ,glaub mir', lügt er einem dreist ins Gesicht."

Victor wollte vor Verzweiflung brüllen. „Was kann ich tun, um dir zu zeigen, dass ich es ernst meine?"

„Tu etwas Außergewöhnliches für mich."

„Was zum Beispiel?"

„Ich weiß nicht." Bruni zuckte mit den Schultern. „Irgendwas, das schwierig ist, aber nicht unmöglich."

Victor dachte einen Moment lang nach und grinste dann. „Ich glaube, ich habe eine Idee. Du beschwerst dich doch immer über die russische Propaganda. Wie wäre es, wenn ich den sowjetischen Radiosender zum Schweigen bringe – nur für dich?"

Ihre Augen wurden groß wie Untertassen. „Das ist unmöglich." Dann legte sie den Kopf schief und musterte ihn. „Du meinst das ernst, oder?"

„Sehr ernst."

„Also, wenn es dir gelingt, den sowjetischen Rundfunk zum Schweigen zu bringen, und sei es auch nur für einen Tag ..." Sie fuhr sich mit der Zunge verführerisch über die Lippen und Victor hätte sie am liebsten sofort wieder vernascht. „... dann glaube ich dir, dass du mich wirklich liebst, und ich werde alles tun, um mit dir zusammen zu sein. Selbst wenn ich für den Rest meines Lebens auf einer Farm irgendwo in der Pampa von Montana leben muss." Sie rümpfte angewidert die Nase und er konnte nicht anders, als sie aufs Bett zu drücken und jeden Zentimeter Haut mit Küssen zu bedecken.

„Abgemacht", sagte er, bevor sie sich erneut liebten.

WLADI

Wladi schlug den Kopf auf die Theke. Er hatte den Tag über in einem der anrüchigeren Lokale Berlins verbracht und sich betrunken.

„Verdammter Scheißkerl! Hat er es doch noch geschafft!", fluchte er und fragte sich, ob der Tag noch beschissener werden konnte. Der dritte Flughafen der Westmächte war voll funktionsfähig, Sonnenschein und Wind hatten den undurchdringlichen Nebel vertrieben und zu allem Überfluss hatten die Amerikaner gerade einen neuen Rekord bei der eingeflogenen Tonnage verkündet.

In Selbstmitleid schwelgend wollte er einen weiteren Wodka bestellen, als die Tür aufflog, zwei seiner Kameraden vom Nachrichtendienst hereinstürmten und direkt auf ihn zuhielten.

„He, Wladi, du wirst in Karlshorst gebraucht", sagte sein alter Kumpel Grigori und gab dem anderen Mann, Alexei, ein Zeichen, ihn am Arm zu packen. Gemeinsam zerrten sie ihn aus der Kneipe zum wartenden Auto.

„Verdammt, Mann, es ist noch nicht mal Zeit fürs Abendessen und du bist ein besoffenes Wrack. Was ist denn los mit dir?", schimpfte Grigori mit ihm.

„Mein Leben ist aus und vorbei. Der verdammte Amerikaner

hat seinen Flughafen fertig gebaut. Das Wetter ist auch auf ihrer Seite und jetzt machen sie der Blo– den Verkehrskontrollen den Garaus." Er musste unbedingt seine Klappe halten.

„Reiß dich zusammen, sonst erlebst du den heutigen Abend wirklich nicht mehr." Grigori hielt Wladis Kinn mit einer Hand hoch und auf sein Nicken hin kippte Alexei ihm einen Eimer eiskaltes Wasser ins Gesicht.

„Ihr verdammten Mistkerle, wollt ihr mich ersäufen?", fragte Wladi spuckend und prustend.

„Im Gegenteil, wir versuchen, dir den Arsch zu retten. General Sokolow will dich sprechen."

Na, war das nicht großartig? Er konnte kaum einen klaren Gedanken fassen und wurde zum General zitiert. Das war eine garantierte Abkürzung in die Verbannung nach Sibirien. Nun, wenigstens würde er in den Gulags dort eine ganze Reihe ehemaliger Kollegen treffen. Wladi gab ein hustendes Lachen von sich. „Was will er denn?"

„Er ist sauer, dass er nicht zur Eröffnung von Tegel eingeladen wurde", gluckste Alexei.

Wladi sehnte sich nach einem weiteren Wodka, um darin seine Verzweiflung zu ertränken. Die offizielle Eröffnungsfeier dieses vermaledeiten Flughafens, den es eigentlich gar nicht geben dürfte, war schon zwei Wochen her. Er konnte immer noch nicht glauben, dass es den Amerikanern gelungen war, ihren Plan allen Widrigkeiten zum Trotz durchzuziehen.

Der Bau eines Flughafens in Moskau hätte mindestens ein Jahr gedauert, und hier hatte es dieser Richards innerhalb von neunzig Tagen geschafft, obwohl ihm weder Baumaschinen noch ausreichend Rohmaterialien zur Verfügung gestanden hatten. Der Mann musste magische Kräfte besitzen.

Die amtierende Oberbürgermeisterin Louise Schröder hatte eine fesselnde Rede gehalten, in der sie den drei westlichen Kommandanten für ihre anhaltenden Bemühungen gedankt hatte, der Berliner Bevölkerung zu helfen.

Sokolow hatte man natürlich nicht eingeladen, denn aufgrund

der verzerrten Berichterstattung der Lügenpresse hielt ihn jeder im Westen für eine Bestie, die nicht davor zurückschreckte, aus politischen Motiven eine ganze Stadt verhungern zu lassen. In den letzten zwei Wochen war er deshalb besonders reizbar gewesen und musste offenbar dringend einen Sündenbock finden, den er für den neuerlichen Rückschlag verantwortlich machen konnte.

Grigori schien Wladis Gedanken zu lesen. „An deiner Stelle würde ich es den Schwarzhändlern in die Schuhe schieben. Sag ihm, dass du einem Schmugglerring auf der Spur bist, der Rohstoffe über die Havel verschoben hat, und dass du kurz davor stehst, die Schuldigen zu finden."

„Ich? Aber ich weiß doch gar nichts." Es war das erste Mal, dass er von diesem angeblichen Schmugglerring hörte.

„Du hast zwanzig Minuten, um dir eine glaubhafte Geschichte auszudenken."

Wladis benebeltes Gehirn wollte sich gar nichts ausdenken. In seinem derzeitigen Zustand hatte er die unvermeidliche Degradierung bereits akzeptiert und wünschte sich nur, als Straßenkehrer in Moskau arbeiten zu dürfen. Alles, nur nicht Sibirien.

Irgendwie gelang es ihm, sich aufrecht zu halten und nur leicht zu wanken, als Grigori ihn in General Sokolows Büro schob.

Der General brüllte ins Telefon: „Das ist inakzeptabel! Ein abscheulicher Angriff auf die Souveränität der Sowjetunion! Ein kultureller Skandal! Eine Beleidigung für jeden Bürger Berlins! Eine Rückkehr zum Faschismus!"

Die Person am anderen Ende der Leitung schien ihn zu unterbrechen, denn Sokolow fasste sich mit einer schmerzverzerrten Grimasse an den Bauch und sagte dann etwas ruhiger: „Stalin wird gegen diese mutwillige Zerstörung unseres Eigentums in aller Form protestieren."

Wladi trat an den großen Besprechungstisch, wo er sich auf den am weitesten von Sokolow entfernten freien Platz setzte. Einer der Adjutanten des Generals saß bereits.

„Was ist passiert?", flüsterte Wladi.

„Haben Sie nichts mitbekommen? Die Explosion muss in ganz Berlin zu hören gewesen sein."

Wladi schüttelte den Kopf. Eine Explosion? Nun, da der Adjutant es erwähnte: Am späten Vormittag hatte er einen furchtbaren Lärm gehört, aber Wladi hatte dem nicht viel Aufmerksamkeit geschenkt. Wahrscheinlich die Sprengung eines abbruchreifen Gebäudes, das passierte ständig.

„Diese französischen Ganoven haben unseren Funkturm in Tegel gesprengt."

Schlagartig war Wladi hellwach. „Sie haben was getan?"

„Unter dem Vorwand, der Funkturm sei eine Gefahr für den Flugverkehr am neuen Flughafen, haben sie ihn einfach gesprengt."

Sokolow war fertig damit, seinen Gesprächspartner zu beleidigen, und wandte sich an die sechs Männer, die in seinem Büro versammelt waren.

„Soeben habe ich bei General Ganeval eine formelle Beschwerde eingelegt. Der französische Kommandant hat die Unverfrorenheit zu behaupten, er könne in seinem Sektor tun, was er wolle, und wir sollten einfach einen neuen Funkturm auf unserem Gebiet bauen."

Es war eine seltsame Situation, über die sich die Amerikaner, Briten und Franzosen bereits seit drei Jahren beschwerten: Der Berliner Rundfunk stand unter sowjetischer Kontrolle und gewährte den anderen Siegermächten keine einzige Minute Sendezeit. Aber sein Hauptquartier befand sich im britischen Sektor und der Sendeturm im französischen. Nun hatten die Imperialisten offenbar einen Weg gefunden, den Sender loszuwerden, der – wie sie es fälschlicherweise bezeichneten – *hasserfüllte Sowjetpropaganda* ausstrahlte.

Wladi ergriff die Gelegenheit, sich mit Sokolow gut zu stellen. „Genosse General, was für ein abscheuliches Verbrechen gegen unsere antifaschistischen Bestrebungen! Ein Dolchstoß in den Rücken von Demokratie, Freiheit und Brüderlichkeit. Wir müssen diesen Angriff auf Frieden und Einigkeit rächen."

„Was schlagen Sie vor?" Sokolow starrte Wladi an. Der General war der persönlichen Rache nicht abgeneigt und wenn Wladi ihm den Schuldigen oder zumindest einen Sündenbock für die Sprengung des Sendeturms liefern konnte, würde ihn das in den Augen des Generals rehabilitieren.

„Genosse General, wir wissen, wer für diese heimtückische Tat verantwortlich ist, und ich kann Ihnen seinen Kopf zur Bestrafung liefern."

„Wer soll das sein?"

Wladi hatte keine Ahnung, also nannte er den Namen des Mannes, dessen schiere Existenz ihn in den letzten zwei Wochen so gequält hatte. „Second Lieutenant Victor Richards."

Sokolow schien unschlüssig. Niemand scherte sich darum, wenn eintausend Deutsche entführt wurden, aber einem amerikanischen Soldaten etwas anzutun, würde mit Sicherheit ein Nachspiel haben.

„Natürlich diskret", fügte Wladi hinzu.

„Genosse General", schaltete Uljanin sich ein, „Hauptmann Rubljow hat recht. Wir können diese verderbte Tat nicht ungestraft lassen. Falls also der Schuldige einen tragischen Unfall erleidet, kann uns niemand die Schuld dafür geben."

Aber die Botschaft werden sie trotzdem verstehen, vervollständigte Wladi in Gedanken Uljanins Satz.

General Sokolow nickte Wladi kaum merklich zu und wandte sich anderen Themen zu. Wladis Verbannung nach Sibirien war vorerst vom Tisch. Jetzt musste er nur noch dafür sorgen, dass Richards einen verhängnisvollen Unfall erlitt.

VICTOR

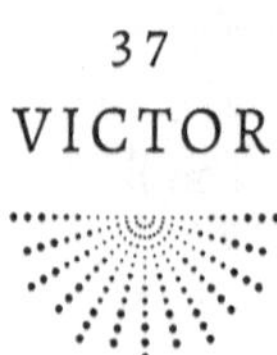

Bruni schlang die Arme um Victor. „Ich kann nicht glauben, dass du es geschafft hast. Du bist mein Held. Wahrscheinlich bist du sogar der Held sämtlicher Westberliner.“

Es war überraschend einfach gewesen, den französischen Kommandanten davon zu überzeugen, dass die Funktürme aus Gründen der Flugsicherheit beseitigt werden mussten. Niemand verlor ein Wort über den willkommenen Nebeneffekt, dass die hasserfüllte Propaganda der Russen zumindest für eine Weile aufhören würde. Wo immer Victor mit seinem Vorschlag vorgesprochen hatte, hatten alle zufrieden genickt.

„Ich liebe dich. Das weißt du, oder?“, sagte Bruni.

„Ja, das weiß ich. Aber ich muss dir etwas gestehen ...“

Ihre Augenbraue hob sich und Sorgenfalten erschienen auf ihrem Gesicht.

„Keine Sorge, es ist nichts Schlimmes, meine Süße. Ich wurde vor zwei Wochen zum Second Lieutenant befördert.“

„Oh! Warum hast du mir das nicht gleich gesagt?“

„Weil ich Angst hatte, du würdest mich nur lieben, weil ich jetzt ein Offizier bin.“

Sie kicherte, wurde dann aber ernst. „Es stimmt, ich habe

immer gesagt, dass ich einen Offizier brauche, der mir den Lebensstil bieten kann, den ich mir wünsche. Aber das war, bevor ich mich in dich verliebt habe. Mit dir würde ich zusammen sein wollen, selbst wenn du Straßenkehrer wärst."

„Gut zu wissen, denn ich habe vor, die Air Force zu verlassen." Der Schrecken in ihrem Gesicht ließ ihn laut auflachen. Als sie merkte, dass er sie nur necken wollte, stürzte sie sich auf ihn, um ihn zu kitzeln. „Du mieser Hund, du!"

„Das heißt Sir und Lieutenant, mein Fräulein!"

„Oh bitte, Herr Lieutenant, verzeihen Sie mir mein Versehen noch ein einziges Mal", sagte sie, kaum in der Lage, das schelmische Funkeln in ihren Augen zu unterdrücken; er hätte ihr am liebsten einen Klaps auf den Hintern gegeben, weil sie so ein böses Mädchen war.

„Nur, wenn du versprichst, alles zu tun, was ich will."

Ihre Augen leuchteten vor Zuneigung. „Das werde ich ganz gewiss."

„Immer?"

„Für immer und ewig."

„Ich liebe dich so sehr."

„Ich liebe dich auch."

~

Im nächsten Band **Ein Spielball der Mächtigen** erfahren Sie, wie es Zara ergangen ist. Ihr Brief an Bruni hat ja schon deutlich gemacht, dass die Reise keineswegs ohne Zwischenfall verlaufen ist. Ganz im Gegenteil, sie wird von den Sowjets entführt und verhört…außerdem taucht Glenn, der Pilot wieder auf und soviel darf ich schon verraten: Zara und er verlieben sich in einander.

Jetzt lesen

Wenn Sie Hintergrundinformationen über meine Bücher haben wollen, oder wissen möchten, wann das nächste erscheint, tragen

Sie sich hier in meinen Newsletter ein:
https://marionkummerow.de

Sie sich hier in meinen Newsletter ein:
https://marionkummerow.de

ANMERKUNGEN DER AUTORIN

Liebe Leserin, lieber Leser,

vielen Dank, dass Sie **Eine Stadt der Hoffnung** gelesen haben. Als ich mit dem Schreiben von **Eine Zeit des Aufbaus**, dem ersten Band der Buchreihe „Schicksalhaftes Berlin", begann, wusste ich noch nicht, welches Ausmaß meine Recherchen annehmen würden.

Ich fuhr dafür extra nach Berlin und besuchte die in den Büchern erwähnten historischen Orte, darunter Karlshorst, das amerikanische Hauptquartier, und die ehemaligen Flughäfen Tempelhof und Gatow.

Tempelhof steht unter Denkmalschutz und sieht noch genauso aus wie zu seiner Betriebszeit, auch wenn die Gebäude und Hangars heute anderen Zwecken dienen und unter anderem von Start-up-Firmen als Büros genutzt werden.

Im Rahmen einer Führung besichtigte ich das Flugfeld, einen Hangar und das ehemalige Verwaltungsgebäude einschließlich der Basketballhalle der Amerikaner im fünften Stock, die mich so sehr beeindruckt hat, dass ich sie im nächsten Band **Ein Spielball der Mächtigen** verewigt habe. Band 3 hat übrigens Zara und Glenn als Hauptpersonen, aber auch Wladi werden Sie wiedertreffen.

Der britische Flughafen Gatow wurde zum Militärhistorischen Museum umgebaut und ich habe mehrere Stunden in der Ausstellung über die militärische Luftfahrt vom Ersten Weltkrieg bis zur Gegenwart verbracht. Luftfahrtenthusiasten lege ich den Besuch schon aufgrund der fast einhundert Flugzeuge ans Herz, die im Außenbereich zu sehen sind.

Ein Teil der Ausstellung in den Innenräumen ist der Berlin-Blockade und der Luftbrücke gewidmet, über die ich mir auch beim Besuch des Alliiertenmuseums im ehemaligen amerikanischen Hauptquartier ein gutes Bild machen konnte.

Zwei der Höhepunkte im Alliiertenmuseum sind die Hastings TG 503, ein britisches Transportflugzeug aus der Zeit der Luftbrücke, und ein französischer Militärzug, die ich als Teil einer Führung besichtigt habe. Dort hatte ich die Idee für die Szene, in der Wladi den Zug besteigt und Mrs. Harris belästigt.

Doch für ein vollständiges Bild fehlte noch die Sicht der sowjetischen Seite. Von einem Freund, der in der DDR aufgewachsen ist, wusste ich, dass dort die Blockade als „Maßnahme zur Währungskontrolle" erklärt wurde, die aufgrund der westlichen Währungsreform notwendig war.

Deshalb war ich sehr gespannt auf das Deutsch-Russische Museum in Karlshorst, das bis kurz nach der deutschen Wiedervereinigung „Museum der bedingungslosen Kapitulation des faschistischen Deutschlands im Großen Vaterländischen Krieg" hieß. Es ist eine Fundgrube an Informationen über die historischen Schauplätze, denn dort befand sich das Büro des sowjetischen Kommandanten, wo auch die Unterzeichnung der Kapitulation stattfand. Das Büro der fiktiven Figur Sokolow und der Saal, in dem einige der Besprechungen stattfinden, sind genauso beschrieben, wie ich sie im Museum vorgefunden habe.

Doch über die Blockade erfährt man dort nichts; es ist, als hätte es diese Zeit nie gegeben. Stattdessen findet sich in der Ausstellung viel über den Zweiten Weltkrieg und die heldenhaften Taten der Sowjets sowie über die wunderbare Freundschaft zwischen Ostdeutschland und der Sowjetunion.

Ich war zutiefst enttäuscht. Mein einziger Anhaltspunkt war ein originaler Ausschnitt aus der Wochenschau im Museum in Gatow, der erklärt, wie die Westmächte die Luftbrücke nutzen, um Waren aus Berlin zu stehlen und in ihre Zonen zu bringen.

Wieder zu Hause suchte ich im Internet nach weiteren dieser Wochenschauen, hatte aber keinen Erfolg. Stattdessen gelangte ich auf einige Websites mit absurden Verschwörungstheorien, die unter anderem behaupten, es habe nie eine Blockade gegeben. Mit pseudowissenschaftlichen Argumenten erklären die Leugner sehr detailliert, wie und warum das alles ein abgekartetes Spiel der amerikanischen Industriellen war, die Waren aus Berlin stehlen und mehr Flugzeuge verkaufen wollten.

Dann stieß ich auf die Zeitung *Neues Deutschland*, das ehemalige Parteiorgan der SED, die heute noch existiert. Wie Sie sich vorstellen können, ist sie eine sehr pro-kommunistische Zeitung – und ich schloss ein Archivabonnement dafür ab. 😱

Sämtliche Ausgaben, von der ersten im Jahr 1945 bis zur deutschen Wiedervereinigung im Jahr 1989, wurden digitalisiert. Die meisten der aus Wladis Sicht geschriebenen Kapitel basieren auf Erkenntnissen aus Artikeln im Neuen Deutschland. Immer, wenn Sie denken, dass seine oder Sokolows Äußerungen übertrieben, lächerlich oder schlichtweg absurd sind, kann ich Ihnen versichern: Ich habe mich bei meiner Darstellung wahrscheinlich noch viel zu sehr vom gesunden Menschenverstand leiten lassen. Die Sowjets und die SED haben diesen Unsinn allen Ernstes verbreitet.

Wie immer halte ich in diesem Buch die Schilderungen der historischen Schauplätze und Ereignisse so wahrheitsgetreu wie möglich, die meisten Figuren jedoch sind rein fiktiv mit Ausnahme von General Tunner. Ich habe seine Memoiren gelesen und im nächsten Buch dieser Reihe mit dem Titel **Ein Spielball der Mächtigen** wird er eine größere Rolle spielen. Er war nicht nur der Kopf hinter der Luftbrückenoperation *The Hump* in China sowie der Berliner Luftbrücke, er spielte auch eine bedeutende Rolle bei der Gleichstellung von Frauen. Er war der erste Militär, der während des Krieges weibliche Piloten für Überführungsflüge in den Vereinigten Staaten einsetzte.

Die Rede „Ihr Völker der Welt", die ich in Ausschnitten zitiere, hat Ernst Reuter wirklich gehalten (Quelle: https://www.berlin.de/berlin-im-ueberblick/geschichte/artikel.453082.php).

Auch die Sprengung der Funktürme am Flughafen Tegel ist eine wahre Begebenheit, aber es lässt sich nicht belegen, dass dies als Beweis der unsterblichen Liebe zu einer Frau erfolgte.

Wenn Ihnen **Eine Stadt der Hoffnung** gefallen hat, würde ich mich sehr über eine Rezension freuen.

Marion Kummerow

BÜCHER VON MARION KUMMEROW

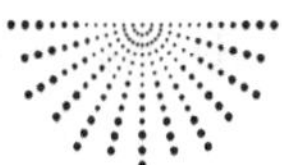

Liebe und Widerstand im Zweiten Weltkrieg

- Band 1: Unnachgiebig
- Band 2: Unerbittlich
- Band 3: Unbeugsam

Kriegsjahre einer Familie

- Prequel: Gewagte Flucht
- Band 1: Blonder Engel
- Band 2: Dunkle Nacht
- Band 3: Tödlicher Ehrgeiz
- Band 4: Agentin wider Willen
- Band 5: Beherzte Rettung
- Band 6: Tollkühner Aufstand
- Band 7: Enorme Opfer
- Band 8: Bittere Tränen
- Band 9: Enthüllte Tarnung
- Band 10: Glücklich Vereint
- Band 11: Heftige Strafe
- Spin-off: Nicht ohne meine Schwester

- Spin-off: Nur die Liebe heilt ein Herz

Schicksalhaftes Berlin

- Band 1: Eine Zeit des Aufbaus
- Band 2: Eine Stadt der Hoffnung
- Band 3: Ein Spielball der Mächtigen
- Band 4: Eine Fahrt ins Ungewisse

Margaretes Weg

- Prequel: Neugeboren aus der Lüge
- Band 1: Ein Licht der Hoffnung
- Band 2: Am Ende dunkler Tage
- Band 3: Die Frau im Schatten

KONTAKTINFORMATIONEN

Ich freue mich über jede Zuschrift:

Twitter:
http://twitter.com/MarionKummerow

Facebook:
http://www.facebook.com/AutorinKummerow

Website
https://www.marionkummerow.de